全国高等院校古籍整理研究工作委员会资助项目
安徽师范大学学术著作出版基金资助项目

《芜湖关华洋贸易情形论略》校注

WUHUGUAN HUAYANG MAOYI QINGXING LUNLUE JIAOZHU

沈世培◎校注

安徽师范大学出版社
·芜湖·

责任编辑:胡志恒
封面设计:陈　爽

图书在版编目(CIP)数据

《芜湖关华洋贸易情形论略》校注 / 沈世培校注. — 芜湖 : 安徽师范大学出版社, 2015.12
ISBN 978-7-5676-2273-9

Ⅰ. ①芜… Ⅱ. ①沈… Ⅲ. ①地方贸易-对外贸易-贸易史-研究-芜湖市-清后期 Ⅳ. ①F752.952

中国版本图书馆CIP数据核字(2015)第273213号

《芜湖关华洋贸易情形论略》校注
沈世培　校注

出版发行:安徽师范大学出版社
芜湖市九华南路189号安徽师范大学花津校区　　邮政编码:241002
网　　址:http://www.ahnupress.com/
发 行 部:0553-3883578 5910327 5910310(传真)　　E-mail:asdcbsfxb@126.com
印　　刷:虎彩印艺股份有限公司
版　　次:2015年12月第1版
印　　次:2015年12月第1次印刷
规　　格:700 mm × 1000 mm　1/16
印　　张:15
字　　数:209千
书　　号:ISBN 978-7-5676-2273-9
定　　价:38.00元

前　言

1876年9月中英签订《烟台条约》，芜湖被增设为通商口岸。1877年2月18日芜湖海关设立，4月1日开关，5月正式开始对外贸易。资本主义列强遂以芜湖为据点，大肆倾销洋货和拼命掠夺安徽丰富的农产品和矿产品，更加快了安徽半殖民地化的进程。

芜湖海关税务由洋税务司负责，征收轮船装运进出口各种货物税银。芜湖关历任税务司每年对上一年芜湖口岸进出口贸易情况进行总结，形成每年一个总结报告，以此指导外国资本主义输入商品和掠夺原料。芜湖位于长江中下游要冲，贾贸四集，水路交通尤称方便。芜湖辟为通商口岸后，更一跃而为安徽对外贸易的主要城市。外国侵略者在芜湖设海关、辟租界，一些外国"冒险家"、商人纷至沓来，19世纪末20世纪初，他们在芜湖建立27个洋行，具体经营进出口业务，并在安徽各地设立经销点和代理处。在长江沿岸口岸中，芜湖地位较高。这些报告就反映了芜湖海关历年进出口贸易情况，内容很详细。关于光绪四年（1878）到民国八年（1919）芜湖海关进出口贸易情况的报告，分别是由芜湖海关税务司白恩、亚列门、赫司、教立克、葛立宛、恩司、威尔脱、司柏莱、吴德甫、罗德、莫锐尔、刻恩、姜司顿、湛参、马耀、亚纳柏司脱、赫美玲等撰写。每个报告先介绍上年芜湖形势，然后介绍进出口贸易净值，进口和出口货物的名目、数量的变化，用数字对比表示芜湖关贸易在沿江口岸贸易中的地位，叙述货物来源和去向，进出口税的细目等。这些资料是研究晚清和民国时期经济史和社会史比较难得的材料。过去虽然出版了这些资料，但是存在版本不一、无标点、无注释等不足，给读者阅读带来困难，并且没有专门出版芜湖海关贸易资料，给历史研究带来不便。

京华出版社2001年出版了由中国第二历史档案馆和中国海关总署办公厅汇编的《中国旧海关史料（1859—1948）》（以下简称为“京华本”），包含了从光绪十五年（1889）到民国八年（1919）英译汉芜湖关进出口贸易情形报告，给研究芜湖口岸贸易带来便利。

除此之外，安庆市图书馆承继了原来安徽省图书馆藏的《芜湖关贸易情形论略》（以下简称为“安庆图书馆本”），共五册，包含了从光绪四年（1878）到民国三年（1914）英译汉芜湖关贸易情形报告，中间缺光绪二十三年（1897）和光绪二十四年（1898）两个报告，是用表格誊写的文字，很工整，繁体字，竖排，无标点，无注释，无页码（板式见附录图一）。

安徽省图书馆藏芜湖关税务司编《芜湖关华洋贸易情形论略》（以下简称为“安徽省图书馆抄本”），也是五册，内容与“安庆图书馆本”一致，也是手抄本，繁体字，竖排，无称点，无注释，无页码，但是无表格，字体不同，较为潦草（抄本式样见附录图二）。

同时，芜湖市地方志办公室藏的《芜湖关贸易情形论略》，是“安庆图书馆本”和“安徽省图书馆抄本”的复印件。其中“安庆图书馆本”复印件共17册，包含从光绪四年（1878）至民国元年（1912）各年报告，中间也缺光绪二十三年（1897）和光绪二十四年（1898）两个报告，其中光绪四年（1878）至光绪九年（1883）为第1—4册，光绪十年(1884）至光绪十九年（1893）为第5—9册，光绪廿年（1894）至光绪卅年（1904）为第10—14册，光绪卅一年（1905）至民国元年（1912）第15—17册，并《清光绪三十一年芜湖关华洋贸易情形论略（一九〇五年）》缺两页。“安徽省图书馆抄本”复印件，包含从宣统二年（1910）到民国三年（1914）五个报告。这两个复印件可以简称为“芜湖复印本”（版式见附录图三）。

把“安庆图书馆本”和“安徽省图书馆抄本”与“京华本”比较，发现前二者与后者是不同的：前二者包含了光绪四年（1878）到民国三年（1914）英译汉《芜湖关华洋贸易情形论略》，中间缺光绪二十三年（1897）和光绪二十四年（1898）两个报告，而后者包含了从光绪十五年（1889）到民国八年（1919）英译汉《芜湖关华洋贸易情形论略》，中间有光绪二十三年（1897）和光绪二十四年（1898）两个报告；前二者与后者内容也有差异，并前二者所列数字比后者更详细。所以对前二者加以整理并出版，就有其必要性。

从“安庆图书馆本”和“安徽省图书馆抄本”比较看，“安庆图书馆本”誊写的字迹清楚，比较规范，而“安徽省图书馆抄本”有的字迹潦草，有的字不规范，难以辨认。所以，本书选择“安庆图书馆本”为底本标点、校注出版，并做了以下工作：

第一，选择一个标题为统称。“安庆图书馆本”各年报告标题称法不统一，有的称为“芜湖口岸贸易论略”，有的称为“芜湖口岸贸易情形论略”，有的称为“芜湖口贸易情形论略”，有的称为“芜湖海关贸易情形论略”，有的称为“芜湖关贸易情形论略”，有的称为“芜湖口华洋贸易情形论略”，有的称为“芜湖关华洋贸易情形论略”等，本书选择“芜湖关华洋贸易情形论略”为这些报告的统称，并作为书名内容。

第二，把各报告题目后括号内年份标注进行统一。由于各报告题目后括号内年份标注不统一，有的是阿拉伯数字，有的是汉字数字，有的有“年”，有的没有“年”。为了统一版式，本书统一采用汉字数字加年标注年份。

第三，把竖排改为横排。

第三，繁体字改为简体字。

第四，竖排列表，改为横排自制表格。

第五，对各报告进行标点。

第六，对书中有的名词进行注释。

第七，纠正书中别字，如书中把南陵县误写为“南宁县”，书中注释纠正。

第八，对有的不常用的字或词进行注音和释义。

第九，对“安庆图书馆本”中错误数字进行校正。“安庆图书馆本”有的数字多字或少字，明显有错误，甚至有的缺数字。为此，本书在校注过程中，把“安庆图书馆本”与“安徽省图书馆抄本”和“芜湖复印本”进行比对，并用“京华本”考证。

第十，表格中数字遵照原文，没有改动，比如第2页表格数字，就是原文表述，没有改动，第1个数字“二四九二〇匹”，实际上为“24920匹”，或为“二万四千九百二十匹”。

第十一，文中数字仍然以原文为准。有的数字如果仔细推敲，可能在计算方面不准确。如第2页进口洋货，“洋货入口之总净值，共计关平银一百九十二万五千七十五两。……鸦片烟可列为进口货中第一位，其净值为关平银一百三十四万五百三十二两，占进口洋货全额百分之六九·三四”。如果把这里鸦片净值与前面洋货进口总净值比较，那么得出的数字应该约为69.64%，而不是69.34%。这种差错，是本来英文计算错误，还是翻译错误，还是誊写错误，我们无从知晓。类似情况在文中还有，我们只有在使用这些资料并进行计算时，才会发现。为了尊重原文，不作改动，并不作注释，希望读者在使用时要仔细推敲，在此说明。

第十二，文中数字小数点，有的使用了“·”，有的使用了“、”，个别的使用汉字“点”。因为只有极个别的地方使用了汉字“点”，为了尊重原文，本书在使用小数点“·”和“、”地方，统一使用了“·”，没有采用汉字“点”。而在使用了汉字“点”的极个别地方，为了尊重原文，不作改动，仍然采用汉字“点”。

第十三，每个论略报告后有落款，标出写作时间和作者，其中写作时间年份在原文中表示方式不统一，为了尊重原文，不作改动。

第十四，文中不确定的行文，如第25页“出口之生丝：为五百三十四担五十四斤。去年为三百八十一担八十七斤，今年较多一百五十二担六十七斤，大部分来自宁国府之泾县，大部分来自池州府之青阳”，使用了两个“大部分”，不知是翻译错误，还是誊写错误，为了尊重原文，不作改动。

沈世培

2015年10月20日

目　录

一　清光绪四年芜湖口华洋贸易情形论略
（一八七八年）

查今年本埠贸易之总净值为关平银[①]三百二十一万九千四百七十六两，较去年多关平银一百六十三万二千七百九十四两。虽以数字观之，今年之贸易，为去年两倍有余。然须知去年之贸易，为期仅七月余，且虽于四月一日开关，实则对外洋贸易于五月底方正式开始。又多项细目，其价值之计算，似嫌略高。由此以观，在芜湖成为通商口岸之第二年时，其贸易之开展或不能如预算之大。不过，吾人应认明今年贸易之不发达，亦由于：（一）去年茶商所受之损失；（二）今年春初，天气奇寒，茶苗受冻；（三）夏秋之间，洪水泛滥。余认为贸易册上之数字，颇可满心，更以余所闻本埠今年贸易兴隆，商人获益虽不甚巨，然亦可观。

进口：芜湖曾未与外洋直接贸易，各种入口之洋货，皆由上海转来，洋货入口之总净值，共计关平银一百九十二万五千七十五两。去年为关平银八十九万三千四百八两。鸦片烟可列为进口货中第一位，其净值为关平银一百三十四万五百三十二两，占进口洋货全额百分之六九·三四，计有二十三万八千九十担，平均每月二百箱之普，较去年多十二万一千九百四十一担。自专贩鸦片之洋行于上年九月在本埠成立以来，贸易上实受一大冲动，余细考内地商人购买力之情形查悉，庐州府为七百二十担，安庆府

① 清季民国初，银两的价值是由重量和含银纯度所决定的，称量银两重量的叫“平”，表示含银纯度的叫“色”。银两的重量标准分官平和市平两大类，官平是由政府规定的重量标准，一般包括库平（每两37.3克不等）、关平（每两37.7993克不等）、曹平（每两36.65克不等）等；市平是民间通用的重量标准，市平的种类繁多。

四百二十担，宁国府三百五十担，徽州府一百八十石，池州府三百六十石，太平府（在芜市购买者在内）三百五十石。若安庆、庐州、徽州各地商人到此，比今年更为利便，则预估明年烟土之进口将增加至百分之十或十五。在芜所收之厘金，连县公署所收之税皆在内，共计每担为十七两四钱，但输入他县，每担另抽收一万八千文钱。今年有巨额之烟土逃去厘金，政府已定于明年（1879）招得汕头商人承包，定为每月关平银三千八百两（约合征收二百二十箱烟土税之数），其多征之数，概归入承包人私囊。本埠共有八个烟土行，中有五家为闽籍。

棉织品　共计关平银二十二万七千三百四十七两，占进口全额百分之十一·八三，以灰市布及标布为大宗，灰市布四万三千二百四十四，值关平银七万七千八百三十二两，标布共二万六千七百九十四，值关平银七万五千七百五两，较去年，一多一万八千三百二十四，一多二万六千七百九十四。由下表观之，除英国粗细斜纹布外，各种进口棉货，均较去年为多。

货别	光绪三年(1877)	光绪四年(1878)
本色市布	二四九二〇匹[①]	四三二四〇匹
素白市布	一〇〇一匹	二二三八匹
标布	二三六八〇匹	
美国粗斜纹布	六六〇匹	一四四五匹
英国粗斜纹布	七七六〇匹	七四七〇匹
美国细斜纹布	四〇匹	五二〇匹
英国细斜纹布	四六八〇匹	四三四九匹
美国粗布	一八八〇匹	六三五〇匹
斜纹布	四六〇匹	一〇三〇匹
丝绒	一四二四匹	四一六五一匹
手帕	一一四〇二打	一六〇一〇打

① “二四九二〇匹”，规范表述应为“二万四千九百二十匹”。类似情况不再出注。

毛织品　共计关平银一万九千一百零八两，占进口全额百分之五・六六，其大宗为英国羽毛布三千二百二十四匹，大企呢哆啰呢一千二十六匹，哔叽三千八百八十匹，杂色呢一千一百二十匹，小呢七百二十匹，较去年超出不多（去年贸易仅为期七八个月），寔则较去年为少。

金类　亦有甚巨之增加，共计为关平银一万九千二百二十八两，约占进口洋货百分之一。铁支取作剪子、刀、斧、钉等材料之用者，共有四千三百七十二担二十斤，去年仅为三百九十九担二十五斤，此中有一千一百九十六担三十二斤领有子口凭单运入内地。铁丝、铅块、锡块，虽进口甚少，然较去年增加甚多。

各种杂货　均略有增加。用民船装运到此之煤油，亦有二万四十罐[①]，去年为二千一百九十罐，上中等商店及住宅多用之。

赤糖　计为一万一千一百二十六担三十斤，白糖为九千六百四十七担八十三斤，其领有子口单运往内地者，计池州、安庆、宁国、六安州等处赤糖一万七百五十四担九十斤，白糖九千六百三十三担三十三斤。

土货进口之净值　为关平银六十九万九千四百五十六两，总值为关平银七十万四千九百八十两，此中计上海为关平银四十六万一千一百七十两，占全额百分之六五・四二，汉口为关平银二十一万三千六百四十八两，占全额百分之三〇・三，九江为关平银二万二千九百七十七两，占全额百分之三・二六，其余关平银七千一百八十五两，占全额百之一・〇二，为镇江、宜昌、宁波所输入者。

墨枣	三五四二・四二担	关平银一四一七〇两[②]
红枣	一一一八・〇七担	三三五四两
木耳	五六五・一六担	一一三〇三两

① 罐，为英、美制容量单位，现中国大陆地区已停用此字，写作“加仑”。

② 表中数字，此条有“关平银”三字，其余省略了。

续表

粗细夏布	六七八·五六担	一九一七〇两
桂圆	一二七四·九九担	一〇二〇〇两
药材	一九〇〇·二四担	九九一四两
土布	一八七七·一七担	六二八八六两
豆油	一三一五六·八一担	七八九四一两
桐油	一一九一六·三八担	五九五八一两
赤糖	一七〇七二·七〇担	六三一六九两
细糖	三七九三六·八〇担	二一六二四〇两
柏油	四八一四·四四担	四八一四四两

复出口：除本地白糖与夏布外，今年复出口贸易亦甚平常，总值仅为关平银九千三百四十两，开列如下（均以关平银计算）。

大土(烟)	三担	关平银一七〇一两①
波斯土(烟)	二担	七九四两
标布	二五〇匹	三七五两
美国斜纹布	一〇〇匹	一九〇两
英国羽毛	一〇匹	一一五两
大企呢哆啰呢	六匹	一四四两
素绵羽绫	二〇匹	二〇〇两
哔叽	二〇匹	一二四两
海参	三·八三担	一五三两
香菌	〇·六四担	二〇两
麻袋	二四五〇匹	二三六两
粗细夏布	一五四·〇四担	四三〇一两
桂圆	二·四六担	二〇两
药材	四·一五担	五七两
土布	〇·八五担	二八两
桐油	三·一〇担	一六两

① 表中数字，此条有“关平银”三字，其余省略了。

续　表

白糖	一四〇·〇二担	七九八两
未详计之货物值		六八两

以上计输往镇江者，为关平银五千八十一两，上海关平银三千六百五十七两，汉口关平银五百九十九两，九江关平银三两。

出口：出口土产物之总值，除复出口外，共计关平银五十九万四千九百四十五两，去年为三十六万五千六百六十九两。分列如下：

商埠	关平银	百分之成数
上海	四六九七四〇两	七八·九五
汉口	八三四五二两	一四·〇三
广东	三〇四五七两	五·一三
镇江	八八七〇两	一·五〇
九江	二三二六两	〇·三九

若除去零碎各项外（未详细开列之货物在内），共计关平银三千九百七十四两。查得今年出口贸易，仅有十六种，其中如茶、棉花、铁块、烟、夏布、麻等，较之去年不佳，此外各种俱有显著之增加。

出口之煤　共二千二百四十五吨，去年仅二十二吨。今年上半年，国家订立法规数条，允许民船由池州煤矿于流波矶运煤，不准装运其他货物，官署征收其船钞及出口税。此种船只多用广东民船，上竖二旗，一为池州煤矿公司旗，一为龙旗，与招商局同。每吨池州煤矿公司纳出口税银一钱，按季缴与芜湖关监督。厘金亦按季于省城厘金总局缴纳。至各矿掘出之煤，概运至上海，每吨约售关平银五两至六两之谱，大宗为附近华人收买之，招商局购用甚少，盖因此煤热力颇小，须掺杂多量洋煤，大概为池州煤四分之一，与日本煤四分之三之比例，所以作轮船用不甚相宜。棉花减少一百七十八担八十斤，今年总出口为九百八十七担十三斤，此中四分之三为湖口镇来者，其余则从安庆、和州等地至。减少之原因，与今春淫雨淹没幼苗固有关系，而其主因或为轮船收费太重，运货不甚合算，大宗出口，均改用民船装运所致。纸扇俱从南京运来。铁块，皆铸好于芜湖关公署旁之制造厂中（此为芜湖唯一之厂），用拨船运出至镇江。药品，较去年增加十四万八千四百八十五担，值关平银五千八百六十二两，其出口总数，计二千四百七十九担三十四斤，值关平银九千四百十五两，计有二十三种，即桔梗为四担五斤，值关平银二十七两，由无为州运来。茨实，一千六百一十四担八十四斤，值关平银四千四百八十二两七钱九分，从含山县、太平府与芜湖运出。秋石（尿素）[①]，三担九十斤，值关平银二十七两八钱，从南宁县[②]运出。枫树叶，共三十四担二十五斤，值关平银六十八两六钱，从池州府运出。龟版七十四担，值关平银四两五钱，从芜湖运出。莲须一担七十斤，值关平银十两二钱，从南宁县运出。明党，三百二十七担，值关平银二千四百四十一两，大宗由运漕镇、和州与大平县[③]运出。白术，三十三担五十三斤，值关平银二百四十二两九钱二分，大宗由泾县运出。半夏，二十四担二十二斤，值关平银一百三十五两二分，大宗由本埠运出，亦有少数由繁昌县与宁国府运出。鳖甲，三担四十二斤，值关平银十一两六钱七分，从芜湖运出。丹须，八担六十六斤，值关平银二十四两六钱，从铜陵县运出。丹根，八十斤，值关平银一两六钱，由铜陵县运出。丹皮，三百五十三担三十五斤，值关平银一千六百九十二两五钱二分，大部由铜陵运出，池州、泾县、含山县、南陵县亦有少数运出。胆草，三担四十二斤，值关平银十两二钱六分，从和

① 秋石，是一种中药的名称，别名秋丹石、秋冰，属钙化合物类。但原文在括号内注为尿素，不知何因。

② “南宁县”应为“南陵县”。下文中出现的“南宁县”，也应为“南陵县”，不再注释。

③ 此“大平县”应为“太平县”。

悦州运出。枣仁，八十斤，值关平银六两四钱，从南陵县运出。土杜仲，五十斤，值关平银十五两，皆芜湖运出。紫苑，十三担三十斤，值关平银三十四两五钱八分，皆从南宁县运出。药菇，一担三十六斤，值关平银四两，从南京运来。玉竹，三十二担三十斤，值关平银一百三十二两七钱四分，大部从泾县运出。萸肉，二担五十斤，值关平银三十两，从徽州运出。远志，五十斤，值关平银一两六钱，从南宁县运出。乌药，四担二十斤，值关平银九两三钱，从宁国府运出。产药之主要区域，列表如下：

霍山县	一四五〇担	关平银四〇九〇两[①]
铜陵县	三〇八担	一四八二两
运漕镇	一三〇担	九三六两
芜湖	二〇三担	七六三两
宁国府	八一担	五四八担[②]

五谷之出口　十三万七千八百一十七两一钱（去年为十万四千四百六十七两二钱八分），计：

	光绪三年	光绪四年
稻	三二八三九·五〇担	八五八〇担
米	一〇二三八九·五八担	九五八八七·二八担
麦	二五八八·〇二担	

湖北官购稻三万一千八百九十二担五十斤免税运出，又福州赈饥米一万一百八十三担，北方赈饥二万四千九百十八担五十斤，及湖北官米十六担八十斤，亦概行免税。今年收成约有八成，规定之米价甚贱。因贱价之故，米在南方市场大半年间均甚活跃，否则出

① 表中数字，此条有“关平银”三字，其余省略了。
② “担”字应为“两”字。

口之米必更少矣。

出口之纸　计一千三十一担二十四斤，较去年多二百七十七担十七斤，其中除四十担二十八斤外，全由泾县运出。泾县之西南八英里许，有村庄甚多，傍小山之谷，皆造纸之场所。其制法，系取檀树皮纸、桑树皮及麦秆等，洗濯多次，加若干石灰而煮之，复行洗濯，于是，终年陈于山麓之空地，以俟其干。经历年之吹晒，多次之洗濯，再置于石上，以木锥击碎（约锥一千四百下，使之粉碎），移至别处，乃以扬钓藤[①]之枝，煮成胶状之液，置于瓦缸中，将此投入，至溶成泥浆状，倾入水漕中，以粗捧扰之，然后用一精制之竹架或一大长方形之筛，两人各执一端，放入液中，使筛以等速度横过液面。如是，有顷，此溶液即平均流于筛面之全部，上有薄薄一层，即刻变干成纸一张，翻转此架，纸即落出。迨制出甚多时，乃移至干燥室。此室内置一大砖炉，炉外以石灰涂之，离屋脊仅几尺许，将纸约分为一尺厚一束，置于炉顶烘干。一张一张重行叠好，如有未干者，则以毛刷将纸贴于炉边须臾，此为最后烘干之手续。又送至打包室，分成重八十斤至一百二十斤之包。最大张之纸，据云，每张二尺长，值洋一元。特料纸，全用檀树皮做成，普通纸为檀树皮纸、桑树皮、麦秆等混合而成。从泾县至芜，每包之运费，约一角五分至二角五分之谱，依河道之深浅而定。每担缴纳沿途厘金计，在码头须付皮税一百二十文，清弋江纳税十六文，湾沚一百二十文，东河大关（常关之支关）纳税银二钱，另外费用银二钱，为运铜至北京之费，以及关上小工之工资。此处所产之纸，以宣纸最著名，为本埠纸中之优者。

丝　亦为泾县出产，今年增二百八十五担八十斤，为去年八倍。从泾县至芜湖之运费，连内地厘金在内，每担约银二两，即每担须纳码头厘金八百文，湾沚厘金八百文，芜湖常关进口税银四钱，又须银四钱，为支付运铜至北京之费，运费（水浅时运费较

① “扬钓藤”，即杨桃藤，是制造宣纸的药料。

高）五百文。上述之数，较子口税为低。余不知何以今年尚发出两张子口凭单，载有此项货物十七担六十斤，或因领有子口凭单，即可免内地关卡之留难，否则甚觉麻烦之故耳。

丝织品　占出口贸易百分之三九·二五[①]，约增四倍，计为四百三十担六斤，值关平银二十三万三千五百二十五两，去年为一百十四担九十斤，值关平银五万七千四百五十两，内四十一担六十二斤运至汉口，一担七十一斤运至九江，余则运往上海。此种货物均为南京制造厂出品，拟运往上海者。然镇江距宁并不远于芜湖，而又有顺流之利，其不运至镇江而反运至芜湖，骤观之，甚可惊异。夷考其情，则知自南京至镇江，沿途须完纳两次厘金，若运至芜湖，则祇须由陆地运出太平府境外若干路程，再由此地以民船运至本埠，可免一切厘金，若直接以轮船装运，常关亦不抽进口税。

出口之茶　甚少，较之去年实形惨落。吴德甫于去年本埠贸易之报告书中曾谓："以余所知关于从芜湖将一部分茶运出，华商之意见，甚为分岐。但皆确信，虽长江两岸及少数他处之茶，已渐有由捷径运芜之可能。而余不欲在现在情形之下扰乱前定贸易之步骤，余将观察明年（一八七八年）贸易之情形，为将来决定意见之根据。"不幸上年此项贸易，未能作为来年之标准，故意见亦无从决定。去年出口之绿茶，为三千一百六十二担七斤，红茶仅二十八斤。今年绿茶七百七担五十八斤，红茶三百八十三担五十七斤。其锐减之原因，可推测而知也，（一）今年雨雪杂降，天气奇寒，幼苗被冻坏者，约十分之六。（二）去年从此地出口之绿茶商人受损失甚大，彼等欲提高价格之故，已将今年大部分之货物运至大通及镇江，以供其本地之购求。余闻贩运红茶者，颇获厚利，若今年气候调节适宜，茶树健旺，则明年本季可望大量货物之出口。烟叶之大部分产自桐城县及繁昌县，多半运往镇江。烟丝则产自巢县、泾县

① "百分之三九·二五"意为"百分之三十九·二五"。

及庐州府，全部运往上海。

粗夏布及麻布　亦见于去年出口表中。但今年出口，尚不到银一千两，列入未计名杂货之内。

子口税：领有子口凭单运入内地之洋货，计值关平银二十万六千三百五十二两，占进口洋货（鸦片烟除外）百分之三五·三，此路贸易并不繁盛。今天夏季，江水骤涨，附近之居民被水患者，咸麕集河岸，以避灾阨。予附一表于后（见附表一），以示今年领有凭单，运往各镇洋货之数量。灰市布、标布、白糖较去年增多，至他项货物，则略形落下。在长江南岸之池州，与本埠之贸易甚盛，已领有大部分之子口凭单，货物之运往此地者，值关平银十五万八百十五两。安庆府、庐州府在长江之北岸，亦为次要，各购有值关平银一万四千五百三十九两及一万四千四百四十五两之货。安庆府及宁国府之贸易额，较去年为小，糖之一项，尤为落下。太平府城距芜湖仅二十三英里，有足以自豪之五大布匹行（为苏州之支行），其棉织品与毛织品，大都从苏州运来，于上海领得子口凭单。其苏州之同业行，于厘金一项，已交涉妥贴，祇须贴其商标，持子口凭单一张，则通行全省，不用再缴厘金，即运至太平府，亦仅于乌溪镇，或三里埂，多完一次。今年从芜湖或镇江运往太平府之布匹，皆无子口凭单，有少量从本埠运往者，经过常关。从内地运出货物，领有子口凭单者甚少。今年仅发出三张，即丝十七担六十斤，值关平银三千三百九两，药材二十担十六斤，值关平银一百六十一两，从泾县运出。

税钞　今年所征各项税钞，计为关平银三万一千四百二十一两三钱八分一厘，较去年多九千五百三两二钱二分三厘，有值关平银六千七百一两八分之稻米出口，因政府命令而免税，若将此计入，则共征税钞关平银三万八千一百二十二两四钱六分一厘。所附之表，系示每项征收之税钞及增加之数（均按关平银计算）。

	光绪三年(1877)	光绪四年(1878)	较上年增加之数
进口税	六一·五四八两	一九九·九七七两	一三八·四二九两
复进口税	一六一〇·五一〇两	四三二二·三七五两	二七一一·八六五两
出口税	一四七七一·六五六两	二一〇二五·三〇七两	六二五三·六五一两
船钞	一六〇四·六九四两	一六六九·四七〇两	六四·七七六两
内地子口税	三八六九·七五〇两	四二〇四·二五二两	三三四·五〇二两
总数	二一九一八·一五八两	三一四二一·三八一两	九五〇三·二二三两

贸易船只　运货来往芜湖之航业，实可谓操于中国招商局手中。盖彼有长年按期航行之轮船五只，另有三只专供短路程之用。中国航行公司有轮船四只，航行在芜并不起落货物，仅停几分种上下旅客。此外，尚有两只小轮船插有英旗，航行于长江，偶亦装载货物，又有租定之民船十八只，从汉口载运桐油、柏油、核桃，及小民船五只，插有英旗，运铁块至镇江。有少数船只，或从上海运煤油与火柴，或从宁波运药材、土酒及墨鱼到此。今年进出之船为一千二百九十八只，计一百一十八万六百三十二吨。各国船只数量之比例如下：

国别	行程之百分数	载量之百分数
英国	四八·八五	五二·一二
中国	四六·五三	四六·六一
美国	三·五四	一·一四
德国	〇·四六	〇·〇七
西班牙国	〇·六二	〇·〇六

金银　本埠贸易发达，金银表上之数字，亦日有增加。今年金银及铜钞进口之总数，为关平银四十二万四千九百二十三两，去年为关平银三十二万九千五百五十二两。今年出口之总数，为关平银二百六十四万九千五百四十七两，去年为关平银一百十三万一百十四两。下表示对各埠出入之量：

商埠	进口	出口
上海	四二五三四两	三三四一八八两
镇江	三六九一九三两	一八四〇八六六两
安庆	九三八两	九八〇六一两
九江	七八〇六两	二三〇七〇七两
汉口	四四五二两	一四五七二五两
总计	四二四九二三两	二六四九五四七两

芜湖之商行　今年本埠开设三个新洋行（二为英人设，一为美人设）。余恨未睹其发达，且有一行于年终停闭。中国商人所设之银行一、鸦片及钱店三，亦均倒闭。但今年新开有十七家商店，即银行三，鸦片与钱店五，贩买洋货及绸缎店二，茶店一，纸店一，布店一，杂货店四。

余附两表于后，一为芜湖之气象及江水之涨落表，一为去年（一八七七年）及今年（一八七八年）江水之涨落表。[①]

公历一八七九年三月二十五日芜湖关税务司白恩呈报

① 原文没有此两表。

二　清光绪五年芜湖口贸易情形论略（一八七九年）

在此新通商口岸，今年之贸易，甚为稳定与均一。总观全年之统计，余觉除去前任季报外，寔无须增益他语，且余以外人新来此地，对于本年商务之情形，尚未能作透澈之观察，故余仅全力注意于随时所发表之统计册，而于今年本埠商务之状况，不加叙述。

进口：棉织品与毛织品在最近一结[①]中，比较去年相当季中之数字，减少甚巨。其低落之最大原因，为稻米之出口无多。产米区域向皆购买货物于芜湖，今米市不动，银根吃紧，购买力大减矣。灰市布与棉剪绒，首先恢复原状，即早如五月已能追上去年相当月间之数字，下一季且超过之。如是之逐渐增加，直到年尾，得一满意之年结，但不能胜过其同类中别种布匹。一年来不幸之数字，故布匹一项，其数字仍较去年为少。

	绵织品[②]	毛织品(均按关平银计算)
光绪四年(1878)	二二七三四七两	一〇九一〇八两
光绪五年(1879)	一九七二一五两	一〇〇六八九两
两年之较为	三〇一三二两	八四一九两

金属全年之贸易，寔可满意，有多量之铁支、锡块与钢进口，价格亦甚稳定，尤可满意者，其全额三分之一上岸后，均领有子口

① “结”应为“季”字。

② “绵织品”应为“棉织品”。

凭单，运往内地。

糖　虽列入洋货内，寔则皆产于汕头附近之区域，此种贸易，皆在几家较大之南方商行之手中。因广东糖之运入本埠，经英属香港，故几似洋货赤白糖及别种糖之贸易。今年非常兴隆，经营糖业之商人，颇有盈余，统计册上已示每种增加四千五百担。

鸦片　此处亦与其他较老之商埠同驰名之印度土入口之数字，在贸易报告册上寔甚重要，此种贸易全年兴盛，尤于五六两月手边之畜积，难应零贩之需求，如此状况之下，其市价之数字，自可使商人满意，至如华中所吸之鸦片，其最大部分为驰名之白皮土（大土），今年此土之进口，计三千担，现尚日有增加，于此较新通货之中心，亟宜注意其市场涨落之情形。故余插一表于此，以示今年每月白皮土寔际之市价（均以关平银计算）。

正月	从关平银五一六两至五五〇两[①]
二月	五三六两至五九六两
三月	五五二两至五八二两
四月	五一二两至五四八两
五月	五二〇两至五五七两
六月	五三五两至五五一两
七月	五二八两至五五六两
八月	五二五两至五五三两
九月	五一五两至五四〇两
十月	五一三两至五三五两
十一月	五〇六两至五二八两
十二月	五一一两至五二〇两

今年有九十担波斯土进口，每担之价，约在三百九十两至四百三十两之范围内。因其值之贱，故售出较他种土为速。余闻其用之掺杂于他种土中者甚多。白皮土及少量之波斯土，已完全占领本埠

① 表中下列数字前省略了“从关平银”四字。

市场，而喇庄土与公班土则几绝迹。今年进口之公班土仅八箱，且每箱（一百二十斤）之价值为，从四百两至四百四十两之普[1]。喇庄土更少，仅二箱进口。至于内地所产之烟土，余未接得报告，盖依赖芜湖供给区域之商人，现在对此尚不注意。私园中种少量之罂粟，以备私人之收买者，亦全省皆是。从汉口来轮船每日至芜之旅客，常藏少量之四川土于行李中，偷渡海关。但本地生产及私运入口之土，其数目尚不值纪录，并无丝毫影响于印度土之输入，余亦未觅得因此情形而发生一种变动之理由，但已得少许种烟之经验，并有一大口岸为其聚散中心，余料将来种烟之处必广，因此而引起地方之不安恐尤多矣。

出口：茶当芜湖开放为通商口岸时，皆认为此新口岸不久必以茶出口站著名，在本期固有若干之进步矣。然尚不可因此表面情形而遂抱乐观也，反之，余恐其与事实正相背。去年本省之茶苗非常健旺，关心利益之商人，已作相当准备，待芜湖茶市之开幕，但无洋商到此，聚于手边之货物，停滞若干时后，不得已，送第一批到汉口，第二批至上海。其第一次之贩买，损失甚重，因货物达上游市镇之日，正价格跌落之时。虽第二次至上海之贸易获利甚多，仍不能偿此损失。其最不幸者，以吾人观之，此次运往汉口之茶中，系太平府所产之茶叶为最优之中等茶，火烘、制作、剔别均甚精细，较之专运往汉口之货为最优，计茶出口之总数为二千三百八十六担，于年终结算，商人尚受损失。

今年米之出口，计六万六千三百三十六担，有一万四百担之一批运至天津，为湖北、江西两省之钱粮。依农人之观察，本省今年收成颇好，在庐州、宁国、太平各府之四乡，盗贼均已翦除，恢复原状，其地收成已较去年为优，当太平之年百分之八十矣。现在本城有二十个售米之行，乡城皆有其主顾，彼等从产米地买来，以内河小船装运到芜。此外，尚有南方一二家商行住有专人及设办事处

① “普”应为“谱”。

于芜湖。全年之米价，甚为稳定，平均每担一元七角。米业之贸易甚好，商人亦自认颇有盈余。

在去年出口贸易中，有一可注意之事，厥为煤之运出，统计册上已显示[①]，由二千二百四十五吨，增至三千三百十五吨。此种增加，足令人注意者，即此种煤块仅为一短时期之工作，最后三个月仅有二百吨运出也。产物之忽然减少，使其数字不得超过去年一千吨之原因，实由上季池州煤矿场发生不幸之事件，即洪水骤然涨起，淹没矿场，一切工作皆形停顿。此虽为新兴之工业，然多少于芜湖之开放为商埠总有若干帮助，今受此打击，殊可叹息。但最近传来一好消息，省当局因知此种事业之重要，努力求治疗之法，未经多日之延滞，即聘得一德国工程师。余料此人定能觅得适当之助手，利用科学之原理，以恢复此间矿务也。

他种出口货之宜注意者，为丝织品，计增二百九担，值关平银六万一千两，皆由陆道运至南京，转水道运至芜湖（较运至镇江为合算，因由此则可免去沿途厘金也）。

本埠之子口贸易颇值讨论。金属与糖之在芜湖，全年均稳定，至于布匹及杂货之运入内地，去年十二个月中，均无甚变更。秋冬两季，此项贸易甚形活跃。在本年之第一结，发出凭单四百四十四张，去年为二百四十张，前年为二百五十一张。第二结发出四百五十九张，较去年相当季之二百六十三张，亦超过甚多。今年海关发出子口凭单之总数为一千四百九十三张，较去年多五百三十六张。

因本报告开端所述之理由，故在此时，关于本埠贸易之记载甚为简短。但余不能不于此极力表明余所笃信不疑之希望，在最近的将来，芜湖必声誉鹊起，即余居此几个月中，芜湖之繁盛，已有显著之增加。在城内及繁华之西郊，已建成许多居宅及货栈。余所怀疑者，本埠将来恐难必其受外洋之影响，而建立欧美式房屋于此风

① 原文无此表。

景优美之江边，以为外侨居留地。但余确料其必为洋货之市场，而维持开放之状态也。

公历一千八百八十年三月十八日芜湖关税务司亚列门呈报

三　清光绪六年芜湖口岸贸易情形论略（一八八〇年）

今年本埠贸易之总净值，共计为关平银三百九十三万四千一百四十四两，去年为三百五十六万三千五百七十三两，出口贸易之值加多，同时，进口洋货之值亦略有增进，唯进口土货之值，则有相当之减少。

进口：洋货进口之净值，为关平银二百三十七万四千五百七十五两，去年为关平银二百三十二万三千八百五十七两。

鸦片　占第一位，其净值为关平银一百七十六万二千五百三十五两（已除去喇庄土中复出口超过进口之值关平银四百一两），占进口洋货全额百分之七四·二三。今年净进口货有三千四百三十担八十斤，平均每月二百八十六箱，较一八七九年多二百八十九担八十斤，较一八七八年多一千四十九担九十斤，较一八七七年多二千二百六十九担三十一斤。于今年进口总数中，白皮土即有三千三百六十七担。以为烟土布散之中心而论，在此十九个通商口岸中，芜湖为第十一位，但依照今年海关公报四季中之数字计之，芜湖现为第八位。今年年底大约尚存土三百箱未能售出。其售出之量中，约有二十五分之十一送往徽州、和州及庐州府，二十五之六[①]送往安庆，二十五分之二送往徽州府、池州府各地，二十五分之一送往宁国府，其余二十五分之三送往太平府（连在芜湖当地收买者在内）。[②]关于承包厘金之法，在一八七八年报告书中曾叙及，但未得高级政

① “二十五之六”应为“二十五分之六”。

② 几个数字加起来不足100%，原文即如此，尊重原文。

府之允许进行，不久即行停止。

棉织品　计值关平银二十万七千七百七十九两，较去年多百分之八·七五，即关平银一万五百六十四两。多项进口货之量，视去年出入甚少。其最可注意之例外事件，即为英国市布从未在本埠贸易，今年净进口货为三千八百四十匹，值关平银八千六十四两，约为棉织品今年所增之数。

毛织品　计为关平银八万六百五十八两，较去年少百分之三·四，即关平银二万三十一两。其主要货物为，英国棉剪绒二千六百二十匹，大企呢哆啰呢三百二匹，哔叽二千八百匹，各色绒呢九百匹，小呢六百九十匹。除小呢外，均有减少。

金属　计值关平银二万一千四百十一两，仅为进口洋货全额百分之·九[①]，较去年少关平银四千一百一十八两，除洋铁之外，各项进口之金属，均较去年略少。

杂货　共计值关平银三十万二千一百九十二两，占进口洋货全额百分之一二·七二。糖一项，值关平银十六万四千三百五十二两，计今年进口赤糖一万三千三百七十三担二十七斤，白糖一万七千六百九担四十八斤，内除去四百七十五担十七斤外，全领有子口凭单运入内地。此项贸易，较去年约减少六千六百五十担。檀香仅达五千六百六十四担八十五斤，值关平银二万二千六十五两，去年为七千一百六十一担十六斤，有三分之一领子口凭单运往内地。煤油之需要日增，一八七七年其净进口仅二千一百九十罃，一八七八年二万四十罃，一八七九年五万九千一百九十罃，今年为六万九千四百一十罃。

进口土货　其净值为关平银五十四万四千八百六十两，其总值为关平银五十五万二千九百七十一两。于此总和中，上海占关平银三十四万七千一百四十两，或百分之六二·七八，汉口占关平银十六万三千四百三十七两，或百分之二九·五五，九江占关平银三万

① “百分之·九”应为“百分之〇·九”，规范表述应为“百分之零点九”。类似情况不再出注。

三千五百七十四两，或百分之六·〇七，镇江占关平银六千八百三两，或百分之一·二三，宁国府占关平银二千十七两，或百分之·三七[①]。进口主要货物之净量列下：

红黑枣	一四三八·九六担	关平银六五四五两[②]
纸扇	六七〇二五把	四〇五一两
木耳	四九六·五三担	一四九〇二两
粗细夏布	九九六·八七担	二九七四一两
生铁	二七八五·五〇担	六〇六九两
干桂圆	一一七六·六〇担	九二九一两
药材	二一九七·六四担	一二五五二两
土布	九五四·一六担	三二三七八两
桐油	一〇二五九·四六担	五四四五一两
赤糖	一五五六七·九八担	六一九四三两
白糖	三二九一四·二六担	二〇七五九〇两
冰糖	七七五六担	六七四四两
柏油	二二三四·四〇担	一八九九三两

以上扇子、桐油、糖均增加，而枣子、土布、柏油则减少，除桐油与土布外，其涨落均无须注明，至于桐油增加之原因，余之意见，以为去年产油地带桐籽之平均产额较低，因之进口亦较少，在今年年初，手边小量之蓄积，即刻告罄。故商人运送大批货物，以应其求，此项贸易，遂一跃而为土货中重要一项矣。土布系从上海及汉口运芜，其从上海运来者，大部分为洋货，在中国染色，即称为土货。此种货物进口之量，与去年无甚出入，但汉口土布则约减一半，本地某巨布商曾为余言，汉口土布用民船运此所需运费及关税，约每担（九十斤）关平银一两二钱五分，如此人之言确实可信，则此项货物在本海关统计册中减低原无足异因，若以江轮运

① “百分之·三七”应为“百分之〇·三七”。

② 原文表中数字此条有“关平银”三字，其余数字前省略了此三字。

装，关税一项（出口及复进口贸易）每担即为关平银二两二钱五分，而运费约五厘之谱，尚须在外。

四川土　乃前此进口货中所未见者，今年已有八担七十八斤，值关平银二千五百三十九两，较之外土，其价为贱，穷苦者必购买之也。

复出口：外货与土货复出口之总值，为关平银四万五千九百六十五两，此中鸦片占关平银三万五千八百三十五两，夏布占关平银七千三百三十三两。

出口：土货出口之值，年年逐渐增加，今年达关平银一百一万四千七百九两，一八七九年为关平银六十三万五千三百七十四两，一八七八年五十九万四千九百四十五两，一八七七年三十六万五千六百六十九两，与各埠贸易之比例如下：

	关平银	百分之成数
上海	八四〇九四八两	八二·八八
汉口	八一〇四九两	七·九九
广东	七〇九七五两	六·九九
九江	一六一三一两	一·五九
镇江	五六〇六两	〇·五五

其货物为：

丝织品	四〇一〇一四两	三九·五二
生丝	一一八五五三两	一一·六八
米	二六五二七一两	二六·一四
茶	六七〇七六两	六·六一
纸	六三三八一两	六·二五
棉花	四〇七二三两	四·〇一
别种货物及未记名之杂货	五八六九一两	五·七九

煤　较去年少二千三百五吨，其出产之量，因购求者少，皆视为不甚重要矣。今年一千一十吨。出口货中，上海八百四十吨，余为镇江购买者。余闻最近已发现一层优质之煤，希望明年购买者踊跃争前，据说苏州亦有销售此煤之可能云。

棉花　运出达五千七百一担三十九斤，四倍于去年所出口者。此中有四千三百九十七担二十五斤从乌江镇运来，一千二百九十五担三十一斤从和州运来。其增加，半因丰收，半因贩运者用江轮运载之结果。盖虽费用较大，然长途航行，较民船为快，且所获利益较多也。

水靛之出口　计为六百五十三担九斤，值关平银二千三百八两，大部分为江西省运来，有五百三十六担六十六斤运至上海，一百一十六担四十三斤运至镇江。

药材　较去年减少一千二百六十六担二十三斤，计为三十二种，去年二十九种。以下最近三年出口药材比较表，于研究中国医药，甚为有用。

货别	一八七八年	一八七九年	一八八〇年(以关平银计算)
柴胡		一〇·三二担 二〇·六四两	
桔梗	一四·〇五担 二七两	一一八·八七担 三四六·二〇两	四二·〇一担 一一八·五三两
芡实	一六一四·八四担 四四八二·七九两	二六七四·三〇担 八〇二二·二九两	一八三五·四一担 五五一二·九〇两
赤苓			〇·七〇担 二·八〇两
青香			一·一七担 四·六八两
秋石	三·九〇担 二七·八〇两		
种术		一一·二四担 五六·二〇两	五六·二三担 五〇〇·三三两

续　表

货别	一八七八年	一八七九年	一八八〇年(以关平银计算)
枫树叶	三四·二五担 六八·六〇两	一八八·三二担 五六四·九六两	一八〇·二九担 六九四·二七两
蝎子		〇·九五担 一四·二五两	
滑石			二·七八担 五·八九两
红娘子			〇·九七担 三·八八两
益母子			二·八三担 二·八三两
苦参		一·九三担 二·八九两	
光菇		七一·八一担 二八一·二四两	一七二·四五担 六八九·八〇两
龟板	〇·七四担 四·五〇两	二·一三担 一六·七二两①	五·八七担 四六·九六两
莲须	一·七〇担 一〇·二〇两		一·三〇担 六·五〇两
卢巴			一·四〇担 五·六〇两
马勃		〇·五三担 八·八九两	
茅术		五担 一五两	
蒙花		一·一二担 五·〇四两	
明党		三二七担 二四四一两	九八九·五六担 九五一七·九九两

① "安徽省图书馆抄本"为"一六·六二两"。

续 表

货别	一八七八年	一八七九年	一八八〇年(以关平银计算)
南星			一·七五担 一〇·五〇两
白合			四·〇三担 一八·一四两
百部草			二·五〇担 七·五〇两
百藓皮			五·四二担 一〇·八四两
白芍		三二·五二担 一三〇·〇八两	七五·〇三担 三〇〇·一二两
白术	三三·五三担 二四二·九二两		
半夏	二四·二二担 一三五·〇二两	二一·七三担 一六七·三〇两	三六·一六担 一八五·八〇两
鳖甲	三·四二担 一一·六七两	一六·一〇担 四八·二七两	二九·二〇担 八七·六〇两
山楂		五·二〇担 七·八〇两	
山萸肉		二〇·八二担 一三一·七六两	
首乌			一·六一担 七·〇九两
苏子		二·九二担 八·七六两	
丹须	八·六六担 二四·六〇两	一一五·〇一担 三二五·八〇两	五四·九三担 一六四·七九两[①]
丹根	〇·八〇担 一·六〇两	五三·八七担 一五四·九二两	

① “安徽省图书馆抄本”作“一六四七九两”，应为“一六四 · 七九两”。

续　表

货别	一八七八年	一八七九年	一八八〇年(以关平银计算)
丹皮	三五三·三五担 一六九三·五二两	五二三·七四担 二六六五·八〇两	三七三·六一担 一八六八·一五两
胆草	三·四二担 一〇·二六两	一三·一一担 三七·七三两	六五·一八担 二三〇·四五两
丹参		四一·八三担 一三六·七四两	一四·八三担 四二·四六两
苍术		五·四二担 一六·二六两	九·八一担 一九·六二两
枣仁	〇·八〇担 六·四〇两		
土荆皮			二·七二担 五·四四两
杜仲	〇·五〇担 一五两	〇·六六担 三三两	一·七五担 六一·二五两
紫苏子			三·九六担 七·九二两
紫苑	一三·三〇担 三四·五八两		
药菇	一·三六担 四两		
玉竹	三二·三〇担 一三二·七四两	三二·三四担 一二七·九六两	六·〇七担 二四·二八两
萸肉	二·五〇担 三〇两		
榆皮			一三·六八担 一八·一六两
远志	〇·五〇担 一·六〇两	一·一九担 一〇·七一两	
银花		三·六〇担 一〇·八〇两	
乌药	四·二〇担 九·二〇两		

纸之出口　有一千五百一担五斤，去年为一千一百九十二担五十九斤，均从泾县运来。

南方需米其巨，今年本省收成异常丰盛，因大量之米聚于市场，米价低落，农人之利益减少，深感不快。在相反方面，商人则认为米价适宜，其总出口数为二十一万三百六十九担九十六斤，较去年运出之量为三倍以上。此米十分之八从宁国府及太平府运来，仅十分之二来自产米丰富区域之庐州府，有八万六千三百十二担运至广东，为救济灾区之用，领有护照，概行免税。

出口之生丝　为五百三十四担五十四斤。去年为三百八十一担八十七斤，今年较多一百五十二担六十七斤，大部分来自宁国府之泾县，大部分来自池州府之青阳。青阳丝，闻系直接运至南京。

丝织品　大半为南京缎，出口有九百八十五担九十斤，值关平银四十万一千十四两，去年为六百三十九担八十一斤，值关平银二十九万四千三百十五两。

茶　尚未发达，为本埠贸易中之重要一项，其总出口为红茶一千二百七十四斤，绿茶七百八十担三十九斤，茶叶三百八十担十三斤。去年红茶二千一百五十四担三斤，绿茶二百三十二担三十斤。

子口税：领有子口凭单，运往内地之洋货之值，为关平银二十七万九千九十二两，占净进口洋货（鸦片除外）全额百分之四五·六。去年为关平银三十二万八千二百八十三两，为进口洋货全额百分之五〇·四一。余附一表于后[①]，以示今年领有子口凭单运往各地重要货物之数量。由表上观之，池州府仍为本埠之大顾主，在此购求之货，值关平银九万五千四百八十三两。其次，安庆府为关平银七万九千八百十两，宁国府为关平银五万三千三百四十八两，庐州府为关平银二万三千四百四十四两，所剩之数，即可认和州、江宁府及六安州之贸易值，因其余四府共仅为关平银一千六十六两，实无须注意也。所发出子口凭单，全限于本省之各府，故江苏省之江

①原文无表。

宁府在此购货，计值关平银八千三百三十五两，河南省之光州在此购货，计值关平银一百二十一两，实为列外也。江宁府购买货物，自然趋往镇江，但在一八七七年曾购原色布一百匹，标布一百五十匹于芜湖，领有子口凭单；一八七八年及一八七九年，无一匹布或呢运往该地，经过本关今年似发生变化，贸易又形活跃，发出至该府之子口凭单所照之物，计棉织品一千九百三十五匹，毛织品九十七匹，金属二百二十四担，糖四百五十担八十六斤，檀香三百十四担四十七斤。本埠与庐州府之贸易，仍甚重要，如糖及檀香增加甚多，布匹及金属略形低落。此等产米丰富区域之商人，至今运其产物，仍不往芜湖，而往镇江。因此老商埠不仅有出售谷类等等之好市场，以及蓄积运载之便利，并有较有之市场[①]，以收买洋货而运归。非至芜湖有足以自豪之大货栈及市场上储存种类繁多之洋货，恐难吸引庐州人舍弃出庐州口，顺流而下九十哩之镇江，而趋逆流而上十哩之芜湖也。眼光锐利之华商（大半为布商），现已规定正当步骤于本关旁，建筑一极大之货栈，以为储藏谷类之用，江滨亦建有三四货栈。此决可增加贸易，促进本埠之繁荣也。今年无从内地运出之土货领取子口凭单者。

税钞：今年所征税钞之总数，计为关平银五万一千六百五十七两五钱四分九厘，较去年多关平银一万六千六百三十三两二钱六分五厘。所附之比较表，系示各项所征之数，及两年比较之增减（以关平银计算两为单位）。

货别	一八七九年	一八八〇年	增加	减少
进口税	一七七·六五五	一〇六·一五七		七一·四九八
复进口税	二七五七·七六九	六〇九七·四八五	三三三九·七一六	

① “并有较有之市场”应为“并有较大之市场”。

续 表

货别	一八七九年	一八八〇年	增加	减少
出口税	二五四四九·五一九	四〇二四一·八七四	一四七九二·三五五	
船钞	一五七·八七九	七七·九六三		七九·九一六
子口税	六二八一·四六二	五一三四·〇七〇		一一四七·三九二
共计	三四八二四·二八四	一五六五七·五四九	一八一三二·〇七一	一二九八·八〇六

进口税及船钞之减少，在本埠之情形下，不能即认为贸易减少之记号。因本埠并无直接进口洋货，且江轮几占本埠贸易船只之全部，然其船钞则为上海关署征收，本埠所征之进口税，为由本埠进口之货物就近完纳者，或为旅客所携大量被免税而未领凭单之货物。船钞之征收，仅限于池州煤船，或偶然到此之海船。本埠之出口税陡增关平银一万四千七百九十二两三钱五分五厘，甚可满意。所征之总数关平银四万二百四十一两八钱七分四厘中，米占百分之三一，丝织品百分之二九，生丝百分之一三，茶百分之一三。换言之，上述四种货物中，占所征出口税全额百分之八十六。

贸易船只：今年雇用进出口之船，为一千六百三十只，计一百四十五万六十三吨。各国之船只比例如下：

国别	总行程之百分数	雇用之吨数百分比
英国	六三·四四	五八·一五
中国	三五·二一	四一·五一
美国	〇·七四	〇·一二
德国	〇·四九	〇·二〇
荷兰国	〇·一二	〇·〇二

有三只英轮，于芜湖进出，仅装运旅客，并不运货。故本埠吨数表上之数字，因此虚增甚多。其实际运货之船，仅以华轮为最多。兹将贸易总值之百分数，示之如下：

国别	值(关平银)	百分之成数
中国	三九二七二九九两	九七·五五
英国	七一六一二两	一·七八
德国	一八〇三六两	〇·四四
美国	八八〇二两	〇·二二
荷兰国	三二五两	〇·〇一

金银　今年金、银、铜钱进口之总值，为关平银二十八万六百五十九两，去年为关平银二十九万四千一百五十六两，今年出口之总值为关平银三百四十九万三千四百二两，去年为关平银三百一十八万七千三百九十三两。下表示今年与各埠贸易来往之量（以关平银计算两为单位）：

商埠	进口	出口
上海	一二九八四二	一八四四一五五
镇江	一三五八三二	一三五七六三四
南京		三〇八四
大通		一一八五三
安庆		一〇六五一五
九江	一〇六四九	一五九六六九
汉口	四三三六	一〇四九二
共计	二八〇六五九	三四九三四〇二

有一事须注意者，即本埠大量之进口货，俱付以本地钱号钞票，何以出口之金银，超过进口有如此之多，诚不可解也。进出口贸易值之差，示之如下（以关平银计算两为单位）：

续表

	一八七七年	一八七八年	一八七九年	一八八〇年
进口洋货之净值	八九三四〇八两	一九二五〇七五两	二三二三八五七两	二三七四五七五两
进口土货之净值	三二七六〇五	六九九四五六	六〇四三四二	五四四八六〇
进口总数	一二二一〇一三	二六二四五三一	二九二八一九九	二九一九四三五
出口总数	三六五六六九	五九四九四五	六三五三七四	一〇一四七〇九
进口之值超过出口之值为	八五五三四四	二〇二九五八六	二二九二八二五	一九〇四七二六
但金银出口超进口为	八九〇五六二	二二二四六二四	二八九三二三七	三二一二七四三
所余之数	三五二一八	一九五〇三八	六〇〇四一二	一三〇八〇一七

运出之金银，较必须用以支付入超者犹多。其超出之数，大部运至镇江，为以下之用：（一）付扬州以民船运来此地之盐价；（二）收买江西钱票（赣人因买盐而带至镇江者），不仅因购买江西纸、磁器等物，其商人不喜现洋，而喜江西钞票，亦以现银与钞票交易中，可得若干利益也。有此两种原因，故有以上所示之差。但省府汇款，亦为出口加多之一因也。

一八八一年三月二十一日税总司白恩呈报

四　清光绪七年芜湖口贸易情形论略
（一八八一年）

今年本埠贸易之净值（金银除外），共计关平银四百三十七万九千三十六两，去年为关平银三百九十三万四千一百四十四两。所增之数中，有关平银三十八万四百二十两，载明系属于出口贸易项下者。逐年出口稳定之增加，可认为本埠之繁荣与进步之表现。在芜湖四郊，星罗棋布之草蓬，最近两年来逐渐不见，于此地位，已建造富丽而坚固之房屋与商店。余思此亦可作商业茂盛之有力证明。但吾人仍可希冀进口贸易之相当发达，此虽难必其如此，然因居民将货物运往他埠，获得利益，自然有一种贪慕侈华之势，于是必需求较贵之进口货。余料此种状况，稍迟便可实现。目今华人皆竞投资于地皮之收买，及房屋之建造也。

进口：洋货进口之净值，为关平银二百三十七万六千三百二十四两，去年为二百三十七万四千五百七十五两，仅较增关平银一千七百四十九两。

鸦片　占第一位，其净值为关平银一百七十五万八千七两，占进口洋货全额百分之七三・九八，计：

①

白皮土	三四九五担	关平银一七四八五四八两[①]
公班土	九・六〇担	三五三六两
波斯土	一五担	五九二三两

① 原文表中数字，此条数字有“关平银”三字，其余省略了。

较去年进口之货，多八十八担八十斤。因市价低廉，故其值较去年少关平银四千五百二十八两。今年市价变动甚大，因其涨落靡定，常使商人之计算失当，于年终时查悉投机者，均蒙损失甚重。正月初，此项贸易颇为发达，市价亦高。二月中，复涨价，但因受大量进口货正于此时由印度首途来沪之影响。三月中，价即跌落，而商人亦因此观望不前。直至四五两月，市价继续低落，大约每担值银三十五两至四十两之普。六月中，因有即将抽收厘金之谣，商人欲于厘金成立之前赶紧积货，一时贸易颇盛。直到八月，商人知此项谣言，殊无根据，九月间之贸易，遂形停滞，九月终价涨，贸易继盛。十月中有重载从孟买至沪，并储大批货物于此，几度使市价暂时跌落，但于年终以前复形活跃，因市价低贱，可确保收买者储存之获益也。予闻波斯土之跌落，乃因四川土进口增加之故。今年统计册上所载此种货物，仅为二十八担六十七斤，估计此外大约有七十担至百担之普，为民船水手偷运入口。棉织品，计值关平银二十二万九千八十六两，较去年多关平银二万一千三百七两，为全额百分之九·六四。美国市布有显著之增加，其逐年增多之情形，计一八七七年为一千八百八十匹，一八七八年为六千三百五十匹，一八七九年为六千九百二十匹，一八八〇年为七千三十匹，一八八一年为一万三千五百六十匹。原色布及手绢亦有向上之趋势，但标布减少，别种布皆甚稳定。毛织品，计值关平银九万二千七百八十一两，较去年多关平银一万二千一百二十三两，为全额百分之三·九，其主要种类为英国羽毛三千二百四十二匹，大企呢哆啰呢五百四匹，哔叽三千七百八十匹，各种羽纱一千四十六匹，小呢七百四十七匹。上年各样货物，均略涨价，但大企呢哆啰呢则为例外。

金银　计值关平银二万五千五百三十四两，仅进口洋货全额百分之一·〇八，较去年多关平银四千一百二十三两。

杂货　计值关平银二十七万九百十六两，为进口货百分之一一·四。在所谓“洋糖”中，余再于统计册上举出其减少之数字，即去年赤糖一万三千三百七十三担二十七斤，白糖一万七千六百九担四十八斤，今年则减少为赤糖一万一千五百六十七担八十七斤，白糖一万二百四十七担三十七斤，大约全数均领有子口凭单运入内地。但由已发表之统计册观之，本糖进口所增之量，足以偿洋糖之减少而有余。檀香进口，有九千四十九担五十五斤，值关平银四万五千九百四两，去年为五千六百六十四担八十五斤，值关平银二万三千六十五两。

进口土货之净值　为关平银六十万七千五百八十三两，其总值为关平银六十一万二百二十六两。于此总数中，上海占百分之六三·六九，为关平银三十八万八千六百三十六两；汉口占百分二六·五六，为关平银十六万二千九十八两；九江占百分六·五五，为关平银三万九千九百五十三两；镇江占百分之二·八七，为关平银一万七千五百十一两；宁波占百分之·三三[①]，为关平银二千二十八两。重要货物之净量如下：

黑红枣	三七三二·五八担	关平银一四五四三两[②]
木耳	六二三·二〇担	一七一五〇两
粗细夏布	一三八九·二八担	四二三〇八两
生铁	二六二〇·三八担	五三八八两
干桂圆	一六八八·四六担	一三〇九九两
药材	一七七四·一二担	一〇五七一两
土酒	一八四一·七三担	六六二三三两
桐油	四六一九·三二担	二四五七七两
纸	五六九·七八担	一六五八八两
赤糖	一七五六五·三一担	六〇四七九两
白糖	四〇二七〇·〇一担	二一八五八八两
糖食	七一二·五〇担	六〇四三两
柏油	二三七六·一九担	一七〇八九两

① “百分之·三三”应为“百分之〇·三三”。

② 原文表中数字，此条前有“关平银”三字，其余省略了。

以上各种货物中，仅生铁、药材、桐油较去年为少，其他各项均有显著之增加。四川土（鸦片）之纳税者，计有二十八担六十七斤，值关平银七千八百九十一两；去年则为八担七十八斤，值关平银二千五百三十九两。

复出口　洋土各货复出口之总值，为关平银十一万三千一百二十一两。于此总和中，鸦片一项，即值关平银十万九千五百二十三两，皆为质量太劣之土，在本市难于售出者。此种情形，余可详释其故。在过去三年中，内地收买者，对于烟土质量之考察，较前精细，一八七七年与一八七八年劣烟尚可售出，现时购者，善于分别孰优、孰劣、孰中等，诛求甚苛，劣烟遂难售矣。

出口　土货出口之总值，亦有满意之增加，计为关平银一百三十九万五千一百二十九两，一八八〇年为关平银一百一万四千九百九两，一八七九年为关平银六十三万五千三百七十四两，一八七八年为关平银五十九万四千九百四十五两，一八七七年为关平银三十六万五千六百六十九两。

今年与各埠之贸易之比例如下（以关平银计算）：

上海	关平银一〇六九九一〇两[①]	占全额百分之七六·六九
汉口	一二四九八〇两	占全额百分之八·九六
广东	九九五四五两	占全额百分之七·一四
天津	五八六九七两	占全额百分之四·二一
九江	三一八四五两	占全额百分之二·二八
镇江	八四五一两	占全额百分之〇·六〇
香港	一七〇一两	占全额百分之〇·一二

其货物为：

① 原文表中，此条有“关平银”三字，其余省略了。

丝织品	关平银五三四五〇七两[①]	占全额百分之三八·三一
米	三九七七二七两	占全额百分之二八·五三
生丝	一四一七一九两	占全额百分之一〇·一六
棉花	九三九二〇两	占全额百分之六·七三
茶	八五九一三两	占全额百分之六·一六
纸	六五六七二两	占全额百分之四·七一
别样未计名之各种货物	七五六七一两	占全额百分之五·四〇

池州府煤矿运出之煤　仅达一千五百八十吨，比去年多五百七十吨出口。至于矿务，尚未见发展。其煤质之低劣，采矿机器之缺乏，以及从矿场运送至流波矶嘴之出口船上之困难，将来能否永久为一大贸易，尚属疑问。在此矿中，曾发见少许铜、锡矿之标本，但不能即认为有大量之金属，可适合工作之开支。

运出之棉花　为一万三千六百五十二担四十六斤，较去年多七千九百五十一担九斤，由乌江镇运来一万二千五百五十一担五十一斤，和州运来一千四十八担九十二斤，因汉口、九江棉花收成之减少，予本埠棉花之出口贸易一大刺击，汉口购去棉花八千八百二十二担六斤，九江购去四千四百三十七担八十九斤。

药材　计为四千九十一担七十八斤，值关平银二万五百七十八两，有三十三种如下：

名称	数量(以担计)	价值(以关平银两计)	出产区域
柴胡	二·六九	五·三八	芜湖
桔梗	七三·九九	二二一·九四	运漕镇及和州
芡实	一八三六·六九	五五〇九·四八	含山县及桐城县
菊花	三·四〇	一七	南宁县
种术	三·四八	三四·八〇	徽州
二丑	一七·九五	四〇·二〇	繁昌县

① 表中其他数字前省略了“关平银”三字。

续 表

名称	数量(以担计)	价值(以关平银两计)	出产区域
枫树叶	二四·三四	九二·〇八	铜陵县
旱莲草	〇·六〇	一·二〇	南宁县
辛夷	〇·九七	三·〇八	宁国府及徽州
花粉	一·二〇	二·四〇	芜湖
黄芪	三·三三	五〇	泾县
龟板	三·四七	二七·七六	巢县
明党	一〇五四·八四	九七八二·三〇	巢县运漕镇及和州
南星	一·四五	八·七〇	芜湖
白藓皮	六·五〇	一三	和州
白芍	九九·九四	三九九·七六	和州
白苏子	四·一五	一二·四五	芜湖
半夏	一九·九五	一二五·七〇	庐州府
鳖甲	三二·五二	九七·五一	芜湖及徽州
首乌	二·〇二	四·〇四	巢县
丹须	三三·五六	一〇〇·六八	繁昌县及铜陵县
丹皮	五三七·七六	二八五二	繁昌县及铜陵县
胆草	一一·四四	三五·五二	芜湖及巢县
丹参	一三八·二六	三九四·七四	繁昌县、和州、巢县
党参	五·一五	六〇·七〇	南京及宁国府
苍术	九·三六	二〇·一三	芜湖及和州
紫菀	六·三九	三一·八五	徽州及庐州府
药菇	九二·二三	三九六·四五	徽州及运漕镇
茵陈	二·三八	三·五一	芜湖
银花	三·八〇	一一·四〇	全椒县
玉竹	一九·九七	七九·八八	繁昌县
萸肉	一七·八七	一四二·九六	徽州
榆皮	二〇	四〇	浦口

出口之纸　计为一千五百八十担三十六斤，去年为一千五百一

担五斤，均从泾县运出。闻今年贸易较往年为优。

运出之米　较过去之任何年为多，总数为三十八万八千七百九十二担八斤。去年为二十一万三百六十九担九十六斤，今年又得丰收，米价低贱，在秋季大半季间，贩米至南方者，获利甚厚。但至年冬，因大量米聚积于广州，市场米价低落，利益锐减矣。出口之米中，有五万八千二百十六担三十斤，直运至天津，为北方军米，概行免税；有九万三千五百三十三担五十七斤，以海船直运广东；其余之二十三万七千四十二担二十一斤，由招商局轮船运至上海，以为复出口至南方之用。去年庐州府产米地带，供给本埠出口者，仅约为全额中十分之二，但今年有三分之一为此地出产者。予确信，若本埠江滨有大货栈以储蓄米粮，则出口之米，必为芜湖贸易册出口表上之最大一项，且仰给于庐州府者（于镇江米缺之时），必异常增多也。米之由庐州运来者，多用容量约百担至三百担之小船，故必须货栈，以为收积之所，而备雇用轮船运出。今年有海轮八艘于本埠运米，予敢预料，明年出口之数目必增，因运货者常厌恶从前招商局江轮之运货。当轮船之抵岸也，无充分之位置，可将所预备出口之货，扫数上船，而必须待至一星期，或十日之后再运。

生丝　共计为六百五担三十二斤，值关平银十四万一千七百十九两。去年为五百三十四担五十四斤，值关平银十一万八千五百三十三两。今春气候颇不宜于养蚕，死者甚多，故收成较通常为少，因而市价转昂。虽如此情形，然出口之总数，仍较去年多七十担七十八斤。余思此，必为最低限度仰给于泾县者，预卜将来此项贸易必臻隆盛。此丝，想不运往欧洲，大部分运至南北各商埠，一部分将载往印度。丝织品逐年增加，一八七七年为一百十四担九十斤，一八七八年四百三十担六斤，一八七九年六百三十九担八十一斤，一八八〇年九百八十五担九十斤，一八八一年一千一百七十六担十四斤。今年丝织品，共值关平银五十三万四千五百七两，为出口贸易全额百分之三八·三一，所纳之税（复进口税除外），共计关平银一万四千一百一十三两六钱八分，为出口税全额百分之二十。

茶　较前三年略有增加，现尚未见有可以变为本埠贸易中之重要一项之形势。兹将自芜湖开放为通商口岸之时，起讫至今日之出口量，列表如下（以担为单位）：

货别	一八七七年	一八七八年	一八七九年	一八八〇年	一八八一年
红茶	〇·二八	三八三·五一	二一五四·〇三	一〇二七·〇四	六四四·三四
绿茶	三一六二·〇七	七〇七·五八	二三二·三〇	七八〇·三九	二〇二三
未烘之茶叶				三八〇·一三	

子口税：领有子口凭单运往内地之洋货，计值关平银二十一万四千一百六十三两，为进口洋货（鸦片除外）全额百分之三四·六四。去年二十七万九千九十二两，为全额百分之四五·六。芜湖之子口贸易（为海关之旁支），现已逐渐减少。关于减低之理由，余尚未能作满意之说明。至本地商人对此事之见解，予曾接得以下之报告：（一）运往洋货之各地，皆在本省，距芜不远，仅过少数关卡，完纳厘金亦微，且常关之考查，较在此地为松懈。故货物运往不甚远之区域，或不经多数关卡者，均不须领子口凭单，以待照验也。（二）本省多数民众，甚为穷乏，内地之洋货商人，几等于小贩，购货甚少，不值得领子口凭单也。余附一表于后，以示今年重要货物领有子口凭单运往各地之数量。由表上观之，可知池州仍为本埠之大雇主，与此地贸易之值为关平银十万二千七百三十六两。其次，安庆府为关平银四万三千四十五两，宁国府为关平银二万二千四百一十三两，庐州为关平银二万一千五百八十四两，和州为关平银七千四百四十六两，六安州为关平银七千三百八十七两，江宁府为关平银六千七百一十八两。海关发出之子口凭单，多数为内地商店之货物。商人于上海购买货物，交与本埠招商轮船公司之账房，彼等

即负运送之责而领取子口凭单焉。

今年未有领取子口凭单而将内地货物运出者。

税钞：今年所征之一切税，共计为关平银七万八千五百二十九两二钱九分八厘，较去年多关平银二万六千八百七十一两七钱四分九厘，或多百分之五二。所附之比较表，示各项征收之数，及每项之增减（以关平银计算两为单位）。

	一八八〇年	一八八一年	增加	减少
进口税	一〇六·一五八	一四三·三一九	三七·一六二	
复进口税	六〇九七·四八五	五四〇六·五四五		六九〇·九四〇
出口税	四〇二四一·八七四	六八三六四·九一九	二八一二三·〇四五	
船钞	七七·九六三	八九·六〇〇	一一·六三七	
子口税	五一三四·〇七〇	四五二四·九一五		六〇九·一五五
总数	五一六五七·五四九	七八五二九·二九八	二八一七一·八四四	一三〇〇·〇九五

所征之出口税中，米占百分之四八，丝织品百分之二〇，茶百分之一〇，生丝百分之九，生棉百分之七，其余货物百分之六。

贸易船只：今年雇用上下船只之总数，为一千六百六十九只，有一百五十二万四千三百五十一吨。

将各国船只之比例列下：

国别	行程	吨数	运费
美国	〇·六〇	〇·一〇	〇·一一
英国	六二·七九	五八·三一	三·七四
中国	三六·〇一	四一·四七	九六·〇一
德国	〇·一二	〇·〇二	〇·〇一
西班牙国	〇·四八	〇·一〇	〇·一三

金银：今年进口金银及铜钞之总数，为关平银二十万八千六百八十两，去年为二十八万六百五十九两。今年出口之总数，为关平银二百六十一万六千三百九两，去年为关平银三百四十九万三千四百二两。下表示与各埠往来之量：①

商埠	进口	出口
上海	四〇六六六	一〇二六〇五八
镇江	七二〇三四	一二四七六二五
南京	二八九一	九六三六
大通	六七四五	一九二七
安庆	八二三九三	八六〇六四
九江	三九五一	二二一二六五
汉口		二三七三四
总计	二〇八六八〇	二六一六三〇九

公历一八八二年二月十六日芜湖总税务司白恩呈报

① 表中为关平银数字，单位为“两”。

五　清光绪八年芜湖海关贸易情形论略（一八八二年）

今年芜湖之贸易，虽遭前此未见之惨落，然如统计册上所示，其足以维持存在之能力及将来有充分发展之可能，已给予一种正明。诚然，推测芜湖将变为运米出口之大商埠者甚多，此种预料确为可信。前数年来，本埠之出口，有平稳之进步，直至今年，较之既往，有更著之开展。今年出口米之多，不特为前此所未有，并且超过最多之一八八〇及一八八两年之总和也。税钞一项，亦有长足之进步。运货进出之船只数，亦增多。但以上所说等等，至此必须将赞颂之辞，换为怨恨之音矣。查今年各项贸易，除上述者外，几全部惨落，贸易之总值，从去年关平银四百三十七万九千三十六两，降为今年关平银三百七十万七千五百一十四两，进口洋货低落尤多，然出进口土货亦有普遍之减少。此种极端不幸之贸易状况，实因夏秋之交，洪水大作，受其患者几及大半省，现有百万以上之居民，赖官方于芜湖郊外及省城附近之区域，收容救济。最奇者，当田禾被毁，财产丧失，正为严重之时，贸易并未减少，且有多项甚可满意。

贸易船只：今年进出船只之总数，为一千七百十六只，计一百四十九万八千五百十八吨。但此项数字，系全体江轮所有之吨重。查有过半数轮船开行于长江全段，仅于本埠靠岸装运搭客，与在沿江之其他各商埠同，故记于表上之总吨数，难作一明白指数，藉以计算本地贸易之涨落也。其与吾人大有关系者，厥为上下货物于此之船只。故欲作较好之改变，必须将贸易船只统计册上合理之部分载明，去年载货入口之船二百八十六只，计三十万五千三十吨，今年船三百六十一只，计三十一万九千七百八吨。船只数之增加，较吨数之增加更显者，其主因为一私人公司有轮船二只，于四月终设立一趸船于芜湖，此轮船虽小，然实质上亦有助于本埠贸易之开展也。现在三家大公司之轮船，已约定轮流日期航行，每公司一星期中，派二船从沪到汉。中国招商局独置趸船一只，并设办事处于此。余甚愿他两家公司睹其便利，而作相同之设备。如此不特有益于其己身，亦且促进吾人贸易之开展焉。

进口洋货之值：于一八八〇年达关平银二百三十七万四千五百七十五两，一八八一年稍有增加，今年降为关平银一百八十一万六千六百九十五两。其降落之主因，为鸦片进口之减少。从以下关于此类货物中重要各项之短论，即可知之。

鸦片　今年关于芜湖鸦片贸易最可注意之事件，为两家烟土行之倒闭。有一镇江行于两大间破旧铺面中开设，似亦不愿续开。华人另有方法运烟土入口，即烟贩共设一办事处于上海，购买烟土，皆由此代办。本埠所有之洋商，现亦归去，此种变动之发生，使此投机之进口货，不符于实际上现在所需要，自有若干影响于进口之低落。但尚有其他原因在也，人民之穷乏，固为减少输入大量鸦片之一因，而本土之供给，虽经过正式入口手续者无多，然余闻最近甚有增加也。今年外土之进口者，计白皮土二千八百二十三担四十一斤，去年为三千四百九十五担，公班土一担二十斤，波斯土一担，去年一为九担六十斤，一为十五担，比较观之，低落甚显。然吾人不可即认为本埠鸦片贸易将永远低落，以余所知，在此区域吸烟者之比例，常为甚大，有增无减穷者，固有不得已而戒烟，或吸最劣及杂质之土，但当其略有小康时，则复吸质量较好者，且瘾尤加大矣。

棉织品　本埠棉织品之贸易，亦有跌落，但不甚巨，有值关平银二十万九千四百六十六两之货物进口。去年之货物，值关平银二十二万九千八十六两。今年原色布运进较少。白粗布之入口，视去年有加。标布从去年三万四千一百四匹，降为今年二万四千七百五十五匹。美国及英国之斜纹布，较之去岁无甚变动。别种棉织品进口甚多。

毛织品　其贸易之情形，与棉织品相似，大约细稽各色货物，均较去年稍稍低落。但其差并不甚大，无须特别注明。

金属　今年与去年进口之金属中，各项货物之数量，极为相同，在每结中，亦无甚巨之差。此项贸易中，铁支占最大部分，有五千四百九十担进口。

杂货　在多项杂货中，可维持一较好的平均数。其增加之项，可记之于下：（一）煤油十一万五百九十罐，较去年进口之货，增加百分之四九。（二）洋火二万二千六百六十五罗，较增百分之一五，窗玻璃五万一千一百平方尺，较增百分之五·五。此外，尚有一事可加注意者，即此地之人民，渐知洋肥皂之价值，今年有三千六百五十二箱，价值关平银二千六百七十三两之货进口。此项货物不须纳税，预测且希望将来其功用愈显而需求大增，现在几全作浣衣之用，寖假其用途，可展向别方面也。

进口土货　其总值从去年关平银六十万七千五百八十三两，降为今年关平银五十七万七千六百六十九两。减少之数，可平均分配于数项货物。进口之重要货物为，从九江运来之粗夏布一千一百四十三匹，从香港运来之生铁二千三百四十九担，大部分从汉口运来之药材二千五百十二担，从汉口运来之桐油五千六百二十一担，从上海运来之豆油二千四百二十七担。从华南运来之糖，于进口货中，亦甚重要，因其大部分经过香港，故常置于洋货统计表中。赤糖、白糖、冰糖（土货及洋货）进口之总量，为七万七千九百三十五担。未列名之土货，到此甚少，合计值关平银三万九百二十四两。

出口：本埠出口贸易，虽属繁盛，然运出货物之值，已从去年关平银一百三十九万五千一百二十九两，降至今年关平银一百三十一万三千一百五十两。此全由于值钱之货物，如茶、丝、丝织品运出之减少。

米　总出口（连稻在内），今年为六十六万五千六百三十二担，超过去年全额百分之七十以上。此种大量之增加，甚可注意。因安徽米之收成，有百分之二十为夏季洪水所毁，出产富饶之庐州府，大部分似未罹灾，然歉收之报告，则由彼处发出也。有一可注意之事件关系于本报告者，即为庐州农人最近已开始运送大量货物来此，不复运至较远商埠之镇江，即到此为止矣。今年芜湖有三家以上之米行开张，因此竞争益剧，颇有影响于米市。本市场当更加扩大，收买者及运输者之人数必增，供给之米将源源而来，此时芜湖必成为附近区域过剩米之出口处。亟需增多货栈，以为蓄米待运之用。凡有资本欲经营商业者，能自进而应此急需，实大有造于芜湖也。

纸　出口每年有少数及平稳之增加，且其质甚好，将来必有较大之需求，今年出口为一千八百十六担。

丝　本埠丝业之贸易较小，然若干年来，有平稳之进步。今年则遭打击，仅有生丝一百四十七担二十六斤出口，至于去年，则达六百五担三十二斤。丝织品之出口，亦低落，去年一千一百七十六担十四斤，今年一千九十九担二十一斤。其降落之原因，为上海丝市之潇条。

茶之总出口　从去年二千六百六十七担，降至今年二千二十九担。由此运出之小量茶业，大半从宁国府太平县运来。最近余尚未见本埠茶出口有若何实质上之增加。其大部分出产地之徽州，在地图上观之，似不甚远，但运输之困难及人民离开、已往贸易路径之不便，故本埠开放时公认为极可忧虑之事。

煤出口之量　为二千九十一吨，虽觉甚少，但较前两年有加。此煤矿位于池州，离大通不远，平均日可出煤二十吨，以本地收买者为多。因其质并不甚佳，故行销不远，池州之煤矿尚未获得最大之成功。但此区域现已引起重大之注意而受激烈之竞争，因外洋专家曾传此矿中富于铜、铁、锡各矿也。内地资本家已着手组织新公司，以开金属矿，采用西洋方法，并请外人指挥，此种计划当有成功之望。

杂货　在出口杂货中，药材仍占重要部分，计进口者，有三千九百担，值关平银二万二百六十两，较之去岁，稍稍减少。棉及烟则甚低落。麻出口之增加，甚可注意，将渐变为统计表中重要货品之一。

内地子口税：今年从内地运出之货物，无领子口凭单者，输入内地领有凭单之洋货，其量亦减少。去年即已呈此现象，今年尤甚。去年发出凭单一千九十三张，所照之货物，计值关平银二十一万四千一百六十三两。今年仅发九百二十一张，所照之货物，值关平[①]十八万二千七千[②]十八两，为进口洋货全额百分之十。大约有三分之二货物领有凭单运往池州府；其运往庐州之货物，计值关平银一万五千七百十九两；运往宁国府之货物，计值关平银一万一千五十六两。

税钞：如鸦片及其他所有洋货运至此地，皆于上海纳税，此项贸易之减低，于芜湖税钞表中不能见之。但因大量米运出，出口税有显著之增加。今年所征税钞，总数为关平银九万五千一百八十七两，较去年所征，多关平银一万六千六百五十八两。

公历一八八三年二月二十日总税务司赫司呈报

①“关平”应为“关平银”，少一“银”字。

②此“千”应为“百”字。

六　清光绪九年芜湖口岸贸易情形论略（一八八三年）

贸易船只：较之去年，无实质上之变更。中国招商局之轮船，依照马可柏计划，规定日期于本埠起落货物。海轮为运米直接至广州及其他南方口岸之用者，此地已不多见，诚可注意也。

贸易之值：进口洋货之总净值，共计为关平银一百九十六万五千五十五两，去年为关平银一百八十一万六千六百九十五两。进口土货，共计关平银六十六万三千五百七十八两，超过去年关平银八万五千九百九两。至于出口土货，共值关平银一百二十七万八千七百二十四两，较去年少关平银三万四千四百二十六两。余计算外洋各地所有洋货之值，则适成下之比例：印度之鸦片占百分之七十，英国棉织品、毛织品、金属、杂货百分之十四，香港之糖、扇子、麻袋百分之七，德国之棉织品、火柴、钢窗、玻璃百分之二，美国之棉织品、煤油、木板百分之二，奥国殖民地之檀香百分之二，日本之八角、海带、人参、香菌百分之一，其余百分之二为南洋群岛之锡纸、燕窠，比利时之铁支，波斯之鸦片，荷兰之棉织品。

进口洋货：鸦片洋土贸易全握于本地商人之手中，彼需要若干，则从上海运若干来此，不使手边略有蓄积也。白皮土进口之总量，计为三千四百九十一担，较去年多六百六十八担，较一八八一年进口之最高纪录，仅少三担。其最高市价为五月，每担值芜湖市平银四百三十两，最低市价为十月，每担值芜湖市银四百二两。公班土，仅三箱进口。去年一箱波斯土，已增二十一箱，其今年之平均市价为银三百四十二两。据确实之报告，一年间运进之白皮土中，大通分销二百七十担，安庆四百担，庐州府三百九十担，凤阳府二百七十担，宁国府三百八十担，徽州府五百一十担，和州二百八十担，广德州二百六十担，芜湖七百三十担。完纳鸦片税之手续如下：先通过上海海关缴纳烟税，再送至厘金局查验后，每担征银十七两四钱，然后加印贴条，以资证明，于是运入货栈。如在芜湖收买，亦不须再完厘金矣。如欲运至内地，商人先将数量呈明厘金局，得其允许，始能改包。白皮土常定为十八两二钱重一包，因证明已缴纳一次厘金，故每包于离开本埠之先，厘金局再贴封条，通过内地关卡，每包须另纳钱一百八十文。从芜湖至大通有关卡三，至安庆有关卡五，至庐州府有关卡六，至凤阳府有关卡六，至宁国府有关卡三，至徽州府有关卡三，至和州有关卡三，至广德州有关卡六。四川土及他地之产品，与印度土之竞争至何程度，余尚未能确知。但在芜湖及其附近区域，大批收买四川土（穷户居多），则为甚显之事实。但今年无四川土通过本关或常关者，盖其到此，均秘密输运也。

棉织品　原色布较去年少四千一百九十四匹，标布少四千九十六匹，但白布则增加二千五十五匹，差可相抵。美国粗斜纹布、市布降落甚巨，其所以然者，殆因织布厂最近已能制成质量、打包及一切外装极似美国货之布匹，供给于市场之故也。手绢到此者，为量甚多，超过去年一千七百九十五打。今年对于染色布、印花斜纹布与棉剪绒之需求，极为稳定，合而计之，约与去年相同。

毛织品　哔叽、小呢、大企呢、哆啰呢均略有增加，而英国羽毛、羽绫、印花羽绸则有比例的减少，但以毛丝品贸易全体而论，实质上并无变更也。

金属　铁支达六千六百十九担，为芜湖开放以来之最大进口量。铅块较去年多三百五十四担，锡块多二十担，而锡板则少三十担，钢一项增加一百六担，甚可注意。

杂货　煤油一项宜深注意，从本埠开放以来，每年逐渐增加。

今年之进口，约为去年之二倍，较一八七八年，则在十倍以上。油质之优与售价之贱，均使居民乐于购藏，此亦为将来贸易开展之明证也。煤油大部分运往内地，领有子口凭单，以芜湖为中心，在其百哩半径以内者，均易购得。洋火之进口，为一万九千八百四十罗，较去年少二千八百二十五罗。需求肥皂者仍多，其进口有四千二百四十二箱，去年为三千六百五十二箱。窗玻璃亦逐渐增加，今年到此者，有六万七千六百五十平方呎，去年为五万一千一百平方呎。檀香之进口，约减少八百担。

进口土货　糖为本埠进口土货中重要货物之一，今年赤糖增七千六十七担，白糖增四千一百九十九担，冰糖增三十三担。虽其实际为国产，然因欲得子口凭单之特权起见，先由本国南方商埠出口至香港，作为洋货，统道上海，运至芜湖。

豆油之到此者，计有一万三千五百二十一担，去年仅二千四二十七担①。此种大量之进口，由于附近区域所产之菜油太少。从汉口运来之桐油，亦增加三千八百五十八担。他项进口土货为，九江夏布九百五十七担，汉口生铁一千七百三十担，上海与汉口之土布六百九十三担，汉口柏油二千七十八担，颇值注意。今年有三万五千二百七十六担米从镇江运来。此事须略加说明，盖以位于产米区域中心之芜湖乃迫而向他处运米补充。骤观之，宁不可怪，实则运米进口在今年春季省当局为急切需要而购办者，因镇江米价较芜湖为贱也。运进之米，全数售与本省之灾民，计分配于芜湖近郊者，一万六千三百二十担。复出口，以江轮运至安庆省城者一万八千九百五十六担。售出之价，较市价低百分之二十。

出口货：出口货中，茶、生丝、熟丝、鸡鸭毛，共计值关平银八万三千三百五十三两，此显为输往外国市场之货。至于米、丝织品、棉花、纸、烟、药材，以及其余之杂货，共计值关平银一百一十九万五千三百七十一两，可断言未离开中国。

① “二千四二十七担”应为“二千四百二十七担”，少一“百”字。

米　今年本省约有七成收获，出口之总量为四十五万四千九百二十六担，去年为六十五万二千九百四十五担，减少十九万八千十九担。去年为米粮贸易特别旺盛之年，今年之减少，亦不过暂时现象，无庸悲观，只须本埠米粮贸易能不离从前之标准，即足以维持本埠之生命矣。

丝　生丝系由泾县运来，再由此出口至上海，现亦减少，仅一百二十八担出口，去年一百四十七担。丝织品系由江宁府运来，大部分出口至上海及汉口，今年增二百二十一担。

茶　出口之茶，产自太平府，他处之茶无运至本埠者。前数年所有本埠出口之茶，均直接运至上海，今年红茶六百七十四担运至上海，又七百二十三担运至汉口，与洋商交易。绿茶减少百分之六十，全部出口至上海，此为例外也。

杂货　纸扇系从南京运来，增加甚多。麻产自池州及和州，出口较上年亦不甚佳。纸系产于泾县者，略有减少。棉花大部分产于乌江镇，有五千七百四十八担进口，较去年二千九百九十担，约加一倍。棉花全部运往汉口出售。烟叶产自巢县，有七百五十六担出口，较之去年一千三十九担，则减少矣。铁器为芜湖工厂唯一之出口货，但今年统计册上并未登载。此种贸易现已渐趋兴盛，有五六个工厂整年工作。镇江在此收买甚多，商人宁愿以民船装至镇江，受常关管理，而不愿用轮船、海船或拖船。池州煤之出口，余甚为抱憾，去年曾达二千九十一吨，固为一好现象，今年又跌至四百五十一吨。其跌落之主因，为所出之煤，于上海不能觅得一适当之市场。本省有两处煤矿，一在池州，一在贵池，均采用泰西之方法及机器。闻池州煤矿富于铁、铜及煤，贵池煤矿尤富于铁。查两公司之年结，实获利无多，未达股东之希望，池州煤矿公司计每股银二十五两，仅获利银十五两，贵池公司每股仅获利银十三两。

子口税：今年与前数年同无运出土货领取子口凭单者。运入之洋货中所余棉织品及毛织品，平均约与去年相同。锡块增加甚多，计为四百九十三担，去年为二百九十五担。杂货中，煤油一项增加特多，将来大有希望，其与内地之贸易，不下三万九千六百八十器。赤糖增加三千六百六担，白糖计为八千七百三十一担，约与去年相同。

税钞：本关署所征之税钞，未可为贸易盛衰之大概标准。今年计为关平银七万八千四百四十七两，去年为关平银九万五千一百八十七两，较少关平银一万六千七百四十两，因米出口减少之故也。

贸易概况　本埠全部贸易操于华人手中，但洋商或终能于本埠觅得良机而有充分之发展也。所谓“英租界”，位于江滨弋矶山之旁，若建筑货栈及房屋，甚为合宜。其地面略略高起，可免于夏季洪水之淹没，且沿岸河道之深度，足以停靠轮船，此处建筑码头甚易，现时远在江中之趸船将来可以除去矣。

公历一八八四年一月二十日税务司教立克呈报

七　清光绪十年芜湖关贸易情形论略
（一八八四年）

一八八四年上半年，本埠之贸易降落甚巨，主要货物进口之减少，尚不须特别注意，惟本埠最重要出口货之米竟减少，约为去年相当期间所出口者十分之一。自外面观之，下半年将更遇不幸之结果。幸此后六个月中，米之出口，有满意之增加。盖因气候甚适于禾苗之生长，且无洪水之泛滥，种种方面均预兆秋间五谷丰登，故出口米之贸易大盛，税收亦增。统计册中贸易及税钞之数字，虽尚未能全追及去年，然前六个月之停滞，及当时不安之情形，后已得恢复，自不待言。总之，今岁之贸易，较去年并不稍逊也。

贸易船只：到此运米至广东之航海船只，有显著之增加。运输贸易中，有一新现象，则为沙船到此运米至上海，虽顺水行舟，最快之行程，亦须相当之时日，远不如江轮之速，然以沙船运费低廉之故，据商人估计，颇为合算也。

进口洋货：今年进口洋货之总净值，共计为关平银二百八万八千一百五十二两，较前两年中之任一年之值为多，盖一八八三年为关平银一百九十六万五千五十五两，一八八二年为关平银一百八十一万六千六百九十五两。其所以增加者，为大量鸦片之进口耳。

鸦片　虽本埠贸易跌落之项甚多，然鸦片一项尚不在内。购买鸦片者，一年之中络绎不绝，其进口量为本埠开放以来之量高纪录。其进口之净量为三千六百六十担三十八斤，较去年增加三千五百十七担，较一八八二年增加二千八百二十五担。今年鸦片贸易中，仍如往年，白皮土之销路极广，多至三千五百五十九箱之巨，而公班土则仅一箱，计白皮土每担值关平银三百八十五两至四百十八两之谱。芜湖及其附近区域吸鸦片者，占百分之大多数，且常增加。将来此项贸易，尚有继续发达之可能也。

棉织品　细查一八八一年至一八八四年之本埠进口贸易比较表，则知此项贸易，迄今仍隆盛弗替。白粗布及原色布之增加，尤引人注意，较去年入口之量，多至七千匹之巨。他种棉织品，亦皆增加。独斜纹布、棉剪绒、手帕，稍为减少耳。

毛织品　各等毛织品，俱有增加之趋势。羽毛、哔叽、印花呢等，甚得利。至大企呢、哆啰呢，则毫无所获耳。

金属　金属有显著之减少，唯锡片除外。数年来，此项贸易无甚变动，每年所购买者，无非此等货物而已，作金属贸易之商人甚少，且其营业，亦限于此较小范围。

杂货　表中最值注意之一项，即为煤油。前数年中，此项货物之进口，逐渐增加，为量甚大，但尚不若今年增加之显著。今年计有三十九万九百八十罐，为去年进口之二倍，较一八八一年多五倍。华人极爱其发光力之强与售价之贱，故用此者几已遍地，其大量增加，原无足怪也。

出口：出口贸易之值，较去年少关平银七万一千九百三十一两，全因米出口减少之故。

米　出口之总数，计为三十四万八千三百九十担五升，较去年减少十二万五千担以上。但上述总值中，有二十七万四千五百十担六斗二升于冬季出口。在此季中，各种贸易均极兴盛。且据报告，今年秋季收成之丰富，为近年来所未有，农人无须多储米粮，以备饥荒。故各季中，米之到芜者几至无限，市价亦降，低至每担仅需银七钱。关于米粮贸易，尚有一利于各方面之事件，为前此所久缺而未备者，今幸已完成，殊令人满意也。此事件为何，即有多数货栈设立，可用以屯积米粮，以待轮船之至。故现时民船从外面运来之米，开来本埠者，及其到时，先量好数量，放入袋中，堆于货栈。而此货栈距江岸甚近，迨运米至广东，或他处之海轮到此，即用货船搬二万袋或三万袋之米于海船上，一二日内即可毕事，极为便利。民船既无须逗留，而海船之行程亦得迅速也。此项贸易，大部分操于三家广东商行手中，彼等与各轮船公司，定有合同，当米市最好之时，可为其迅速运出。其余时期，可由江轮运至上海，再转运至广东。

稻　出口表中一可注意之货物，即有稻五万四千九百四十八担出口，全部运往广东，此为稻在芜湖出口以来之最大量，盖往年稻之出口，实甚稀少。

丝　生丝于一八八一年出口，曾达六百五担三十二斤，此后降落甚巨，今年出口之总和，仅一百十二担十斤。但丝织品之贸易仍盛，较去年多一百二十四担八十六斤。

茶　出口茶之总数，为三千三百七十八担五十斤，红绿两茶皆有增加。其增加之故，为市价及转运之偶然情形乎，抑种茶者现方知不出其习惯之路径而送茶于较近之芜湖为有利益乎，尚难加以判断也。

杂货　上述之出口货物外，其可令人注意者，即为豆类。今年有二万一千三百七十八担出口，去年无货出口，前年仅七百二十一担出口，作投机之贸易。运载此项货物至上海者，早在秋间获利不少，即时贸易大盛。因购买增多，豆价高涨，商人运出，遂遭亏折，于是贸易忽然停顿，亦如前之忽然活跃云。

子口贸易：今年无领取子口凭单从内地运出土货者，但此项贸易，明年将恢复。运出子口凭单现已有用之者，内地子口贸易有显著之开展。白粗布、原色布、煤油、赤糖均有增加，运往内地之量，为去年同样货物二倍以上，发出凭单，计为一千二百五十六张，所照之货，值关平银二十二万七千三百八十三两；去年发出凭单八百五十四张，所照之货，值关平银十八万三千八百七十一两。

税钞：今年所收税钞之总值，为关平银七万一千六百七两七分七厘，较去年少关平银六千八百四十两。

普通情形：今年夏间所发生不安定之政治情形，尚无影响于本埠之贸易，受骚扰之区域，离此甚远。其在本埠历史中一可纪之事件，即为春间本埠安设与上海及他埠交通之电报。芜湖商业之生命，本不受电报有无之影响，其最大功用为轮船航行之交通。芜湖尚有大批木材贸易，但迄今未与洋关接洽，大量之硬木杆及软木杆（大小各种体积全有），每年顺流至芜湖，依类分开，做成木筏，送往南京及上海出售，此项木材颇能作建筑房屋及商店之用。依前两年之情形观之，本埠之贸易全操于华人手中，现时尚无外商欲厕身于此，与华商作贸易竞争之趋势。又此一年来贸易之回顾可知，本埠普通标准货物之进口贸易，已有一强固之基础，希望来季收成丰盛，而使出口贸易充分展开也。

公历一八八五年一月十五日税务司葛立宛呈报

八　清光绪十一年芜湖口岸贸易论略
（一八八五年）

今年为芜湖贸易繁盛之年，各项营业均形活跃，从前一切估计现已有充分之证实，希望将来更展开至于新区域。就本关署观察所得，今年贸易之总净值，较本埠开放以来任何年之纪录为大，共计关平银五百二十五万五千三百六十两，较去年之贸易额多百分之三五。所增加者，一部分为进口洋货，从去年关平银二百八万八千一百五十二两，增至今年关平银二百六十六万七百八十七两，但本地货物出口之值，尤有比例的增大及显著的开展，从去年关平银一百二十万六千七百九十三两，增至今年关平银二百二万三千三百九十六两。进口土货之贸易，本较为不甚重要，今年略低落。

贸易船只：虽今年入口轮船之数，从去年七百八十一只，计为七十七万三千九十吨，降为今年六百七十八只，计为七十万一百六十五吨，但此系按章航行于沪汉间江轮之数之减少，只可表示今年长江全段贸易之普通情形，而不足以示本埠地方的特殊关系，因贸易船只一项，若详加研究，实大有增加，今年不下四十七只。海轮直接驶芜以运米粮，去年仅七只。同时帆船运货入口，共一百六十八只，计为一万二千九百七十三吨，去年共七十只，计九千五百五十七吨。除江轮之外，有三只小轮往来于各段如江轮。然有一小轮名“宝华”者，自十月起航行，今尚未停，但仅装载旅客而已。罗素公司之轮船及贸易事项，全归并于中国招商局之事，亦于今年实行，但无论如何，不影响于本埠贸易也。

进口洋货：如上所述此种货物之值，有异常之增加，实已达现在仅能有之最高数字。所增加之货物，多种可认为贸易之自然发展，且已达最高点无疑。但以鸦片一项而论，因今年发生变态的需求，不能认为在现时之比例中，其增加似有过剩也。

鸦片　其进口之总净量，为四千八百五十三担，不仅为历年以来之最大纪录，且于此十九个收聚烟土之通商口岸中，提高芜湖至第四位，最低至第五位。今年前五个月中，有大量进口，但尚不甚巨。后因厘金局将以前烟土纳税之优待条件停止，入口遂减少。调解失败后，商人据法力争，并设计使大批烟土于今年前数月中逃去厘金，于是烟土之到本埠者，极为踊跃，驯至邻埠，亦由此入口。从前在他市场购烟之几县，此时亦觉在芜收买，虽运费稍多，终为合算。如此行动，自引起冲突，被捕之事乃以发生。此种状态，当然不能长久，迨此风潮平息后，商人运烟经本埠者，较他埠不复便宜，烟土之进口遂恢复常态矣。

棉织品　有主要数项增加甚多，亟宜注意。白粗布二万三千二百五十五匹，为本埠开放以来之最大进口量。原色布五万三百十匹，较进口最大之一八八一年略多。标布仍继前数年降落，仅一万八千一百匹上岸，去年为二万一千六百七十匹。英国斜纹布，虽无大量之购求，尚可保持原状。英国各种市布，有一万二百十匹进口，似已夺美国市布之市场而有之。盖美国市布从一八八一年一万三千五百六十匹（当时英国市布仅二千三百六十匹进口），下降至今年三百九十五匹。

毛织品　本埠购买此项货物为量无多，今年各种毛织品均减少，英国棉剪绒及哔叽为主要货物，计一为二千五百七十匹，一为二千八百匹。

金属　铁支仍占此项贸易中最重要位置，今年六千三十三担进口，去年为五千七百六十四担。查铁丝之进口稍增，其他各种金属皆略低落。

杂货　列于此类中之货物，以煤油一项，最值注意，逐年有惊奇之增加，在一八七七年本埠开放时，进口仅二千一百九十罄，但因较土货价值便宜，发光力强大，立即声誉鹊起，流传深入腹地，求者日多，今年有六十万八千八百罄，值关平银七万四千二百十四两之货以应之。火柴、窗玻璃、洋肥皂亦有可注意之增加，他项货物无须加以说明矣。

进口土货其值从去年关平银五十九万三千五百四十五两，降为今年关平银五十七万一千一百七十七两。所减少之数，几全为糖之一项，因今年南方糖来芜者加多，而此种糖皆绕道香港，故列入进口洋货表中。此糖进口一增，他处之糖进口遂少矣。查其他各项较去年无甚出入。

出口：总值为关平银二百二万五千四百十八两，较最高纪录之一八八一年多全额百分之四五。详细查核各项货物，始知有此满意之成绩，全由本埠最大出口货之米所致，盖他项货物多数均较低也。

米　最可注意之事实，厥为去年米出口之激增，其运出之总量，共计为一百二十万担，为去年四倍有余，约当出口最多之一八八二年之二倍。此种大量之增加，可认为繁荣芜市之预兆，且可证明前兹流向他口岸之贸易，现已开始趋向其正当途径之芜湖。然米之来源，并非由其自身出产有相当之增加，亦非有特殊之环境适于禾苗之生长。反之，就天时及农事而论，今岁实非丰年，当春季及初夏，天作霪雨，江水大涨，冲破堤防，淹没低地，伤害禾苗，毁坏庐舍之事，络绎不绝，遍地受灾。故米出口之增加，非为丰稔，尚有其他原因在也。广东省遭遇水患，饥馑随之，需米骤多，此为直接之一因。米出口至广东者，有百分之九四领有官厅之护照免税过关，此虽为人为的刺戟[1]，要不能无影响，但其最大之原因，则为向日运往镇江者，今皆趋向芜湖。以往事观之，米在镇江，觅得市场甚易，但芜湖米市，视从前基础较固，当地米行，前几年为数甚少，且均带若干投机性质，现时数量与资本均增。因受过去营业与

①此“刺戟”意为“刺激”。

激烈竞争之影响，商人更努力发展其事业，及谋商品交易手续之合理化，店主携钱至出产区域，以购米运至本埠。且货栈已建筑甚多，虽其数尚不足以应本埠之需，然农人运米到此者，立可售出，而积于此，以待后来之起运。但本埠尚有一大缺陷，前于一八八二年已言之，即本埠至今，仍无适当区域停靠米船，芜湖河口，大民船云集，无从江北来之小船停靠之余地，故任风浪如何狂獗，皆不得不停于江面。设开辟适当之船坞（但甚困难耳），建立更多之货栈，则安徽殆不致有一担米舍此而趋他埠也。

丝　生丝出口，计二百四十四担七十八斤，较去年略有增加。但丝织品缎之出口，则稍稍低落。此缎系为南京小商店中织成，从事此种事业者，约三百家。因其织造手续之麻烦，及现时需要之有限，故每年出口，无过一千五百匹以上者。

茶　此项贸易尚未有更大之开展。今年出口之绿茶，为二千一十担，较去年增百分之三一[①]。但红茶则从去年一千八百四十九担，降为今年九百一十一担。

煤　附近煤矿产煤之输出激增，诚有可纪者。去年经本埠出口运往上海及镇江之煤，计为六千七百二吨。惟细查此种煤质甚劣，不足为江轮燃料。今岁全年蓄积之货，俱从贵池县新矿场运来，至旧池州煤矿之货，现已绝迹。

杂货　豆类之出口，虽不如去年之多，然尚可满意。棉花减少甚多，药材及纸张亦有减少，但皮货、鸡鸭毛及烟等贸易，尚形畅旺耳。

子口：今年发出输出子口凭单五张，所照之货为烟丝九百六十二担。本署发出输入子口凭单之数及此部分贸易之值，年年逐渐增加。一八八三年发出凭单八百五十四张，所照之货，值关平银十八万三千八百七十一两；一八八四年发出凭单一千二百五十六张，所照之货，值关平银二十二万七千三百八十三两；今年发出凭单二千

① “百分之三一”应为“百分之三十一”。

五十七张，所照之货，值关平银二十七万七千三十七两。其增加之主因，为煤油之输入内地。但糖、棉花及他项货物输入之量，亦较往时为多。

税钞：虽本埠贸易甚为发达，但所收税钞较过去六年为少。盖因出口至广东之米，几全部免税所致。计今年征税，为关平银五万九百八十五两，免征之税，计为关平银十一万四千五百十八两。

普通状况：本埠江滨曾择定一长年深水环绕之处，以为对外贸易之所。若于此建筑码头，设置货栈，最为合宜。惜直至今日，尚无大商店注意及此，而趸船亦未安设，任此优美区域旷废。同时，华商投资建筑商店于河岸之较高处，此处设为码头，甚觉不妥，因必须另雇小船搬运货物，所费既大，贸易亦不便也。

公历一八八六年二月二十日税务司恩司呈报

九　清光绪十二年芜湖口岸贸易论略
（一八八六年）

今年芜湖之贸易，较前有显著之开展。去年报告中，所预言之种种希望，今已证实。在进口、出口及子口各项贸易中，均有增加，且皆超过已往之最高纪录。计今年贸易之总净值，为关平银七百九十八万九千八百三十三两，较最高纪录之去年贸易全额，增百分之五二。此种兴盛之由来，仍为米出口贸易之继续发达，增加甚巨，且给予与本埠贸易之各县以新生命及能力。

贸易船只：进出船只总数，为二千一百七十四只，计一百八十三万二千七百三十九吨，较去年增加甚多。但此种数字，系指长江全部上下之江轮停靠于芜湖者而言，并未能代表实际上本埠贸易所需之吨重。但专就搬运货物于此船只之数目观之，则显然可知今年有突飞之进步。装运货物直接至南方之海船，有八十五只，去年仅四十七只。出口帆船之数目，亦有增加。年底中印轮船公司曾带一新趸船，停泊于此。接期行轮之四公司，各有一趸船在此矣。

进口洋货：今年进口洋货之总净值，计为关平银三百七十六万四千八百三十七两，超过去年全额百分之四一①。盖自本埠开放以来，任何年均较之远甚，此种大量增加，固因鸦片贸易之开展，然详细查核，进口贸易项下各种货物，皆有增进也。

鸦片　为本埠最重要之进口货，近数年来，进货渐增，今年尚能继续如前。去年进口之增多，实因课税之种种特殊关系，众料此不过暂时本地贸易之活跃耳。然今年仍能达更高之数字，此

① “百分之四一”应为“百分之四十一”。

种迅速之发达，始于去岁，而继于今年，未可谓为由于厘金之特殊关系矣。去年有大批烟土偷运过关，因偷运之容易，芜湖贸易虽受相当之刺戟，然有害于他埠。今年此事之情形变换矣，年初厘金局包与他人代收税钞，由彼等每月完纳，偷漏大减，厘金实获大利，而鸦片贸易如施以魔术，发生极大之变动。华商亦获得厘金局之谅解，运烟土入口，毫无隐匿。迨代收税人停职后，厘金局从此时起，复按照规章与手续征收税钞，此种办法，为期已约一年。虽闻芜湖厘金局有时征税较镇江为低，但此种贸易所纪录于报告者，仍不失为合法之贸易。余思近来本埠鸦片贸易所以能如此发达之真正理由，必为本埠周围区域因米贸易而繁荣所致。盖一般下等社会，如小农及工人等，亦富有金钱也。本埠鸦片商人前途之经济情形，实利赖之。

棉织品　各种棉织品，均有实质的增加，此大可注意也。此中最重要之货物，计原色布及白粗布，共十三万五百二十二匹，英国市布一万八千八百五十一匹，手帕一万六千八百二十打，已能追及本埠任何年贸易所得之最高数字。闻本地居民作衣服及他项用者，至今仍约有一半为土布，但对洋货之信用，已逐渐增高，尤以其易于染成华人所爱好之蓝色。始则将其压光，继则卷成大小适中之捆，以丝带系紧，复以纸裹之，纸上印有图案，并说明言多过实，如此装置于华商店中，屡屡见之。英国市布亦仿此装置，脱售甚速，且以价格较美国各种市布为廉，今已在贸易表上占重要之位置。余思布匹贸易，亦与他进口贸易同，均以米出口贸易之情形而定。其他且不论，姑举一例，如大批民船运米至此，则不难以廉价雇用船只，装运各种货物至内地，因船主宁愿于归途中，稍得酬金，不愿空舟而返也。

毛织品　此项贸易，虽未能如布匹之发达，然大量之增加，亦有可纪者。哔叽计为五千二百六十匹，他种毛织品亦有达本埠之最高纪录者，但就今年各项货物之总进口观之，本埠毛织品之贸易，尚为幼稚，虽今年特别兴旺之年，进口仅一万一千七百六十七匹。

金属　金属贸易在本埠不甚发达，无增加之现象。事实上，其主要之货物，如铁支，尚有减少，仅四千六百五十八担进口，去年计为六千三十三担。别种进口甚少之货物，无须特别说明矣。

杂货　杂色货物难于分类者，均列于杂货项下。除有一项应特别注意外，他项货物贸易之涨落情形，大致与去年相同。火柴一项，以价格最廉之德国货居多，约四文钱一盒，计银元四分一打，进口者有三万七千三百四罗之多，去年为二万九千三百罗。窗玻璃从去年五万五千八百平方呎，增为今年十五万五千平方呎。各种糖货，均大有增加。洋肥皂之贸易，仍如前之茂盛。其他各种货物之纪录，读之几全部可快人意。独煤油一项，须特别加以说明，在前数年中，煤油之进口激增，吾人已于前报告书中致其赞美之辞，独其时他项重要货物，均有暂时之跌落为可恨耳。煤油第一次减少之数，有不得不纪明者，计今年煤油进口为五十九万三千五百五十罄，去年为六十万八千八百罄，虽所差无几，亦足引起吾人之注意也。煤油之市价甚贱，然其质并不低劣，在此之销路甚广，本地居民十有九家用煤油燃灯，至于贫民，则用以燃土制之灯，上无灯罩。至其详细价目，为每斤钱四十文，计每箱有五十斤至五十二斤之谱。零贩者于售油之外，其铁箱及木箱，可售钱二百文。

进口土货　此项亦有增加，亟宜注意。今年之总值，为关平银六十五万八百七十四两，去年为关平银五十七万一千一百七十七两，其中主要货物如糖、土布、烟，增加甚多。

出口：此项贸易之总值，计为关平银三百五十七万四千一百二十二两，较去年增百分之七四，实为最高之纪录。至于米贸易，有充分之开展，不得不归功于蓄积之增多，至他数种本埠土货贸易，亦令人满意。

米　芜湖之米业，实为其商务生命之原动力，凡百贸易皆以此为中轴而旋转。今年之贸易，较从前更占重要之地位。今年本省实为丰年，多数产米区域之平均收获约有八成，而宁国府、庐州府尤有过之。既有此丰富之出产，欲出口贸易之涨大之其他条件，则为南方市场购求之踊跃，及敏捷商业手段与充分之资本，于芜收积而运往该地。上述之情形，今年已能俱备。去年广东省遭遇水患，今年此不幸之区域，复有旱灾，受害尤烈，即积年丰稔之区 域，遘此凶年，亦不足以应人民之需要，况遭遇上年灾患，田禾歉收之后，其需外方之供给较平时尤多者，首为日用之饮食品。故在今年年初，广东急需大量米之输入，为可逆睹之事。此种需安徽出产米粮之景象，殊足鼓励芜湖之出口。因去年贸易之获利，不仅使一班米商增加勇气，且引起五家新米行年初于本埠开设。此种盛大竞争之结果，输出迅速者，较持重犹豫者为优，自不用说。春季有十六只海轮由本埠运米至广东，其结果均甚满意。夏季轮船二十六只，亦至广东，其中有装米多至七万石者。但广东市场米粮充斥，利益毫无，大量货物均形停滞，自六月至九月终，贸易甚少。十月初，新米运到，贸易复活，市价虽高，购者仍为踊跃。于年底曾有轮船四十一只开往南方，满载货物，其中有多数船只出口之贸易失败，闻因商人误认开往广东灾区可免税出口所致。故从本埠贸易统计册上观之，今年之贸易固超越寻常，就商人方面而论，实未能完全满意。故下季中，贸易若稍遭挫折，殊不足惊异也。此外尚有一事，米商对之深感不便，即收买谷类，均用英洋（英国金币，一元合二十三先令）。此币市价常有变动，幸最近已停止不用，将来农人售谷可得纹银。此种措置，实予将来贸易一极大之便利也。

茶及丝 此种货物之贸易，仍不占重要位置。今年之出口，计为茶二千二百六十一担，丝一千三百四担，均较去年低落。

杂货 豆类在本埠之小量出口中，亦甚重要，今年计有三万六千九十六担出口，去年为一万九千七百三十二担。鸡鸭毛之出口，大半经过上海运往欧州[①]，现亦渐变为重要，最近三年之数字为，一

① “欧州”应为“欧洲”。

千二百八十七担，四千七十三担，七千五十五担。五棓子在出口表中，亦渐占地位。池州煤矿所产之煤，则形跌落。棉花及纸张稍有增加。

子口贸易：本埠此项贸易，仍有满意之进步。虽所发出之凭单张数较去年为少，然凭单上所照运往内地之货物，有显著之增加，计今年运货值关平银四十三万三千六百四十七两，去年值关平银二十七万七千三十七两，今年未发输出之凭单。

税钞：今年所征之税钞，为芜湖开放以来之最高数字，共计为关平银二十五万二千二百五十六两，约十分之九为出口税。

普通情形：新货栈及房屋之建筑，以及远近居民睹本埠之兴盛而来迁者之增加，颇足以表示本埠近日之繁荣，前章已言之矣。依据估计，郊外人口于此十二个月中已增加数千人。船只之贸易仍在本埠开放时所择定之位置，此处极感不便，若外人建筑码头及广设货栈于租界，则不待先知者预言，全体贸易将转移于该处。余即可确信，其既有益于将来，码头之主人复有大利于本埠也。

公历一八八七年正月十八日税务司恩司呈报

十　清光绪十三年芜湖口岸贸易论略
（一八八七年）

去年海关贸易报告书中，曾谓该年实为芜湖最放光彩之时期，各项贸易均发达，所作成之数字，实超过从前希望最切者之预料。今年则不然，各项数字多难追及去年，商人有感受亏折之痛苦者。

税钞：本埠税钞计达关平银五十六万九千一百九十五两，较之去年，其增加似甚可惊。实则并非如此，所征之总数中，有百分之七五，即关平银四十二万六千五百四十二两为鸦片税，其余之关平银十四万二千六百五十二两为其他各项货物之税钞。若以此数字与去年同项货物之税钞数字相比，则少百分之四三。若米之贸易，确如预估之数，则出口税钞必达较高之数字，且因米出口增加而引起进口之膨胀，则进口税钞亦必增加。今年南方购米并不踊跃，彼处规定之米价，予出口米商利益甚少。去年广东固在本埠购买大量米粮，然亦有从安南及江西输往者，因此两地收成均丰稔也。商人早日于此收积米粮，拟运往南方，故长期储存，以待市价之涨。但此种企图已失败，此次转运受损失者极多。

米　去年出口之米，共计二百三十二万五千八百四十一担，今年仅为一百五万五千八百二十二担，较少百分之五四。此种大量之减少，影响于出口税钞者甚大，计出口税钞一项，较去年少百分之四八。闻去年收成甚坏，谷类及他种植物仅及往年之半。早春时节，天气酷冷，降雪极大，夏季江水高涨，数处被淹，且全季无雨受旱之处甚广。各种植物因乏雨之故，皆干枯欲死，地土变硬，难着锄犁。今年全省灾情奇重，本埠尚不似他处之甚。至安庆府则更可注意，许多儿童皆送往天主堂（此堂颇崇宏），足见此处不仅受灾，且有饥馑之患矣。大约安庆府谷类之收成，尚较他处为多。但在未被水患之乡，有大池塘者，感乏水之苦，较灌溉不便之低处为优。长江北岸，各地受旱灾较多，因彼等均赖天雨以种禾苗也。今年收成不丰，米价却甚廉，此必因南方在本埠购买者少之故。若广东所取于此者，如去年之多，则米商之希望，必可达到，而今年米贸易决不致如此之不幸，而为一极盛之年矣。但从表面观之，今年本埠尚未见有何衰落之现象，如贸易上已然之情形，新房屋及货栈最近已建筑完好，前此草庐荒陋之区，一变而成华厦千寻之地矣。且窗玻璃之进口，增百分之四八，此必致趋向于以下之结果，即将从前纸窗及蠔壳窗尽行折去，而代以光明悦目之玻璃窗也（但非贸易发达，恐亦不能立即如此耳）。本埠之开放，今已达十年，在此时间，自有迅速之进步，虽前报告书中，对于将来之预估，今年未能符合，在明年或后此数年中，难谓其不能实现。今年之净值，虽仅为去年百分之二七，但返观一八七七年与今年相较，则今年之净值，实为前十年之百分之二六七。今年进口洋货，计值关平银二百九十九万四千两，但在去年已达关平银三百七十六万两。进口之跌落，尚不及出口跌落之巨，计今年出口之值，较去年减百分之四四。购买米粮之减少，实为出口低落之主因（亦非完全因此）。至于鸦片进口之减少，则酿成进口值之低落。

鸦片　本埠鸦片之购买力并不低弱，但因种种关系，颇难必其全数烟土于本埠过关。厘金税钞各处均相同，由此路运送鸦片，不能多得便宜，如从前在此进口征税较轻、在彼征税较重之情形。除本埠之厘金较镇江为低外，曾有一次大批烟土逃去厘金，故当时在此购买烟土，为量极多，销行于庐州府及江北一带亦广。该处仅有值银三十两之鸦片购自上海，余均在本埠收买，但厘金局所能征税者甚少。自鸦片新章引用以后，专作私运鸦片事业者数百人，睹事不可为，均离开芜湖。此种私运者，皆有武器，如须运烟时，其中若干人，立能集合。至鸦片进口量之低落，尚未可认为吸烟者数量之减少，仅因长江北岸前在芜湖购买烟土，现则径从上海，或绕道镇江，芜湖为分配鸦片之中心，不复如前之广大矣。今年本埠鸦片数字减少一千三百九十九担，约计鸦片过关者，较去年少百分之二四。本埠之损失，亦即上述两地中某一地之利益。此鸦片新章于正月实行，余认为满意，盖置全体商人于同一立足点，而使其利益平均。鸦片贸易因此而得一强固之基础矣。

布匹　从布匹之数字观之，似未可谓贸易低落。例如，以原色布而论，购买者甚多，今年之进口，较去年多百分之十五。今将前五年之数字排列比较，则可见民众购买此布者，渐渐增多，如一八八三年四万一千五百匹，一八八四年四万四千八百匹，一八八五年五万三百匹，一八八六年九万六千二百匹，一八八七年十一万一百匹。白粗布销路亦好，最近五年中，已从一万三千匹增至三万五千匹。

火柴　火柴年有增进之趋势，此种情形不仅本埠，其他商埠亦皆如此。上年进口为四万六千九百三十五罗，较去年增百分之二五。若吾人返观一八八三年，将该年之数字，与今年之数字并列而比较之，则可知此五年中，进步之率为百分之一三六。

煤油及肥皂　煤油之购买量亦甚大，因其价廉，用之者众，且装油之铁箱，油点完时又可另作别用。居民燃油颇不谨慎，本埠发生几次火灾，据云皆因用煤油而起。本埠居民不仅对于洋油之重视，即肥皂一项，购于外国市场者亦多，今年购买量较去年多百分之三十。此项货物之得把握本埠市场如此之速，五年中进口已增百分之一三三。若购者不作洗面及手之用，最低限度亦必用以洗衣，或洗发及棹，无论如何必用肥皂，此可令人快意者也。现所需用之量，约为十年前百分之八六零。

金银：今年用于贸易之金银，仅为关平银二百九十三万一千两，去年计用关平银四百零九万七千两。进口者，约为关平银一百五十万两以上。至出口，则较去年略多。此种大量金银之出口，盖为每年付由镇江来此进口之盐价，本埠人口增加，每年需盐之量较多也。

进口贸易：进口贸易中，土布一项，购者极为踊跃。其数字年有增加，去年此项货物之值，为关平银五万二千一百八十五两，今年为关平银十五万五千九百九十两，约增百分之二百。此项货物之增加，有如此之迅速，计现时较五年前，已增至百分之五二零以上矣。

玻璃　在此繁盛时期，窗玻璃亦为必需之货物。今年本埠购买者甚多，但运往内地之量，较去年减少百分之三五。从以上之情形，吾人可以断言，有许多居户尚未能于家中全用玻璃窗以代纸窗也。

贸易船只　今年雇用装运货物船只之吨重，计为一百七十八万二千六百四十七吨，较去年略增。此总数中，有百分之九七·七五为轮船之吨重，二·二五为在本关挂号之民船吨重。今年民船贸易大于往昔，其主因为池州煤船数目之增多。

煤　池州煤矿，目下之工作，较从前加紧，运出亦多，煤价较往日为低，且此矿之煤质优美异常，因此获得上海及镇江之好感。现已遍用于餐馆、茶店。今年出口之量，计八千三百四十九吨，倍于去年所运出之货，较五年前多百分之一七五一。据此观之，煤矿已有显著之进步矣。前曾有一时期，煤质甚劣，售价甚高，最近价已减低，适又掘得一优质矿层，故煤质优良，购者较前踊跃也。此煤矿公司现为政府管理，其输出通过洋关时，仅能用政府之凭单，无此则将煤没收，外国人不准参与此项贸易。关于煤之子口凭单，现已不用。

茶：本埠茶之出口，不甚发达，仅有绿茶三百六十九担及红茶一千三百九十四担于今年运出。芜湖之出口，既如所开之数之少，自难认作一茶出口埠。其实此地既无茶商，亦无贸易出口之叶，皆系产户运往汉口销售者。据云若茶商多数聚积于此，必能成一市场，则现趋往九江市场之茶，将改而趋此。是说尚在慎重考虑中，如欲明瞭其前途何似，下年报告书中再为详及可也。

丝　余闻上海购买生丝，不甚踊跃，但事实上今年从芜湖出口之货，计值关平银四万八千二百两，而去年则仅关平银一万一千九百两。因供太过于求，将来必感觉贸易低落之不快矣。

毛羽　今年之上季收买毛羽者颇少，下季则非常活跃，全年之出口甚多，然尚未能列入上等也。去年出口毛羽之值，计为关平银三万四千一百两，今年为关平银二万九千四百五十两，在本埠运出之货中，鸡毛与鸭毛占百分之大多数，亦有相当比例之沙。为避免查考鸡毛之优劣，计将毛羽于稀糊中洗浸多时，且因装运之包不可太轻，可任意放入石头及沙子，狡猾商人乃将混合之沙特别加多，又将硬毛掺入柔细之鹅鸭毛中，甚至于将细沙灌入开口之毛管中者。此种羽毛显系运往外国市场，在装运前必须留心拣好，故购者对于其所托付之纪济人异常注意。大多数毛羽离此运往汉堡，由彼处再分散于各市场，大部分为柏林及司特加为大织场之用。最初运往上海，再提拣一遍，然后打包。供给芜湖市场之货，大半为庐州及其附近区域者，先由小贩四处收买，卖与毛商，约十文钱一斤。本埠有一洋商，专作盛大之羽毛贸易，在运往上海之前，由收买人留心提拣一遍，彼派人监督之。

公历一八八八年一月三十一日税务司威尔脱呈报

十一　清光绪十四年芜湖关贸易情形论略（一八八八年）

细查各方对于今年贸易之意见，则知余尝谓今年虽未为一极好之年，但亦不致如去岁贸易衰落之语，尚无甚错误。年初之贸易，实觉暗澹，且有本埠米粮出口不灵之虞。但过若干星期，接南方来电，谓从安南出口之米，已被禁止，实予本埠贸易一巨大之刺戟，米之输运，倘不失时期，信可多获利益。四月中，米之半税，除去此种办法，虽有利于商人，但尚不能予出口一大刺激。直至六月，贸易活跃，输出增多，其时甚感雇用海轮之困难，乃用江轮将大批米粮运至上海，再转运至广东，而不直接送往该地。因江轮运费减低，米之运输，即用江轮，不另在外方租雇轮船矣。今年年底，米市异常活跃，然虽如此，出口米之值，较去年低百分之一七。闻年底运出之货，正值一衰落之市场。今年全省收成甚啬，然各处亦略有多寡之不同。芜湖附近之区域，收成约有百分之七十。宁国府及其附近区域，收成仅有百分之六十。无为州及和州略好，收成在百分之七十以上。受灾最多之府为庐州，收成仅有百分之二十，人民全年在灾难困苦之中。此府之某处，始当春季及夏初，遍地旱灾，继之以黄河之水冲毁圩堤，故收成毫无。夏季人民每日从庐州到芜者，川流不息，皆拟向宁国府寻觅工作。彼辈所携之行李，甚为简单，有将被褥系于竹竿之顶，荷之以行者；有担二竹篮，一盛寝具，一盛幼孩者。

豆　今年华北大水，甚影响于牛庄豆类之出口，多在本埠收积以承其乏，故豆类贸易，颇形活跃。去年出口之豆，共值关平银二万四百四十二两，今年实达一意外之值，计为关平银九万四千九百三十八两，其增加不下百分之三六四。最初若干次之运出，固甚得利，余信后来运出并不获益。麦，亦为出口最多之一项，去年运出之货，计值关平银一百九两，今年则达关平银二万九百四十四两之盛大数字，足见此项市场之活跃也。

棉花　棉花一项，亦曾作一盛大之贸易。本埠此项货物实已售罄，主要出产地之和州，今年收成约有八成。就全部观之，可认为上年、前数年仅将棉花运往上游，今年不仅运往汉口及其他上游各地，并有大量货物运往下游镇江及上海，在此有大量之购买，除由江轮运出外，民船亦运走甚多。净棉花之价，每担约银八两，带子棉花之价，约值银二两五钱三分。今年出口货之值为关平银五万四千八百九十三两，较去年之数字增百分之二三二。

煤　在池州煤矿采掘之初，皆对之希望甚大，以为日进月益，将来必有质量优良、价格低廉之煤从本埠出口。但所怀之希望，今仍未能证实。外人所办煤矿，已未继续采掘，华人则遍地开矿，以备减价售与政府。此处禁止开办私矿之命，尚未取缔，因完纳煤税，关卡仍可通行，人民对之并不注意。可见，此禁令并非严厉执行也。但非领有政府之凭单及通过洋关，煤不得输往镇江或上海，仅能由大通送至沿江其他未禁之各地出售。因其特许之便利甚多，故外人所开之矿，难与华人之矿竞争。又贵池之人民甚众，其邻近极为困苦，若官方干涉开矿，诚恐引起纷乱，则受损失较人民私采煤矿者尤多，故禁止私开之命令，实为一纸废文而已。外人所开之矿，虽停止工作，然留有一方案，以为将来进行之步骤，矿区附近屯积之煤极多，尚未出售，盖留俟价涨也。

茶　从本埠输出之茶叶中，红茶略增而绿茶则减少，但出口之量甚微，似无须注意也。

毛羽　余料毛羽之贸易无何利益，但在本埠购买之量甚大。自贸易表上观之，今年运出之量，较去年多百分之五六强。上海大量之屯积，将来之损失，似难避免。从前在此起运之时，毛羽均洗净，现毛羽既不清洁，且掺杂大量沙石，以增其重。本署于六月间曾发出通告，禁止此种大有害于贸易之恶习。

五棓子　前以此物无甚功用，孰知现时出产之量甚大，或因气候适于此物之生长所致。此物于五六月间成熟，若不遇阴云则不繁盛。今年五六月间，阴云甚少，故繁昌、南宁[①]、铜陵之五棓子尽行毁坏。

今年本埠进出口之净值，为关平银五百五十七万二千一百十五两，较之去年稍稍低落。进口洋货减少，反之进口土货从关平银八十三万七千一百七十七两增至九十一万六千三百三十四两。进口洋货贸易中，鸦片占百分之六十一强，棉织品占百分之十五，毛织品占百分之三。

鸦片　白皮土进口之净总量为三千三百九十九石三十六斤，值关平银一百六十三万六千七百三十二两。若将上之数字与去年者并列比之，则少关平银三十六万九千五百九十五两。本埠此项最重要之进口货之低落，追溯其因，指不胜屈，今余将其最合理者举出论之。闻土药现有大量之生产，实障碍洋药之增加，更闻土药收制甚佳，故嗜烟者甚愿吸之，且可用以掺杂于洋药之中，使其有专吸净质外土之癖者，寖假而改吸国货。土药并不完纳厘金，全系私运入芜，但在何处能私运如此大量，至能影响于洋药之进口，此诚为一疑问也。庐州府之居民及出行者吸食鸦片，如日常之功课，其痛苦为何如也。前此庐州府之消费，全在本市购买，今或改在他港口购货矣。自新章于二月中在本埠施行以后，一时曾有贸易停顿之虞。此亦为鸦片购买量低减之一因。又本埠开放以来，完纳税钞概用支票，此种支票当日或次日即行清算，大多数通商口岸皆施行此法，商人亦感极大便利。二月中，忽宣布一新章，将来纳税一律改用纹银，因此引起些微之龃龉。除此之外，以余所知，并无他影响于贸

① “南宁”应为“南陵”。

易之事。镇江及九江仍未改前例，据云鸦片应运往本埠分售者，今皆趋往九江或镇江矣。今年春季白皮土之市价为银五百二十两至五百三十两之谱，但届至年终，价增百分之十。土药每百两之重于某一时期，仅值银十二两至十三两之谱，至年底始增至十七两。故土药价格约当洋药之半，价既低廉，味又充足，无怪其大批运进而影响于洋药之用也。江苏省之徐州、砀山、丰县，安徽省之颍州、亳州，闻皆广植罂粟，河南省亦有种者，据说有大批烟土由河南运来芜湖，此烟皆装成小包，藏于人身携至者。

棉织品　布匹之贸易，未能如预估之盛。原色布及白粗布减百分之十一，在此表上之他项，约略相同。其增加者为英国市布，其值从关平银五万二百八十一两，增至关平银七万四百四十八两，较增百分之四十。美国市布之值，亦从关平银四百五十五两，增至关平银二千三百七十三两，但此不能依照英国市布推算，以其价格较英国市布为高。红洋布增百分之八三，棉纱增百分之一六零。

煤油　今年煤油减少一万六千六百罄，但因价格较去年为高，故进口之值反超过去年。今年终曾设法使俄国之煤油销行于本埠，所吸收输入之量，余料必比前定之货为多。此种煤油较美油稍贱，故能得华人之惠顾，其发光力约等于德夫公司出产钻石牌之煤油。

火柴　火柴之进口有大量之增加，此不仅由于华人之爱用火柴之自然趋势，亦以其量较去年虽增百分之三六，而其值则较去年之进口为低。瑞典及英国之火柴为日本货驱逐于市场之外，因日货较前两国之货价贱，且其发光力，又能与之抗衡也。

进口土货：关于进口土货之回顾，比之进口洋货，尤令人满意，其总值较之去年多百分之八。土布一如往昔，购者极多，进口之量，较去年多百分之二六，较前五年多百分之四八九。

税钞：税钞较去年减少百分之八，其中进出口土货之税钞，较去年实有过之。至鸦片一项，购买之量甚少，遂令本署所征收此项之税钞，仅有关平银五万二千四百七十五两。尚须附以说明者，即从四月起，米麦之半税撤除，亦有影响于本关之收入至某程度。闻今年有两种贸易获利甚巨，即钱庄与药铺。钱庄因兑汇放息，颇有盈余。药铺因夏季病疫流行，日夜发配药剂。

贸易船只：今年本埠雇用之贸易船只，较去年为少。但此两年之差，尚不足加以注意，英国船只之吨重占百分之六四，中国占百分之三二。有三十只海船来此运米开赴广东，皆为华人所雇用者也。

公历一八八九年一月二十五日税务司威尔脱呈报

十二　清光绪十五年芜湖关贸易情形论略（一八八九年）

今年贸易之净值，较达最高纪录之一八八六年之数字，仅欠百分之八，较去年贸易全额，增百分之三二[①]，即关平银一百七十八万二千三百十七两。此种大量之增加中，出口货占关平银一百四十二万九千四百十八两，约为百分之八零之谱。进口土货，占关平银三十一万五千六百三十两，约为百分之一七。进口洋货占其余百分之三弱。专就表面之总值观之，今年之贸易，自较一八八六年为低。若将两年贸易之情形及详细之项目，加以研讨，则知今年之各项贸易，实较一八八六年尤为满意，且更可显示本埠足以为贸易中心之能力。一八八六年中鸦片一项进口达最高记录，占洋货进口贸易全额百分之六八，自该年后外土进口之收数降落甚速。今年洋药之进口，仅为该年百分之五七，但今年洋货进口贸易之值，并无相当之减低，仅较一八八六年少百分之二十八有奇。虽鸦片进口之量较去年少百分之二六，而就洋货进口贸易全体而论，今年实超过去年也。进口土货之贸，较去年增百分之三四，较一八八六年多至百分之八九之巨。此种关于中外制造，或生产之极有用物品购买量之增加，或由于戒除鸦片之嗜好及收吸较廉之土药等省减所得之蓄积，或由于其他之原因，已令人满意，且尤能证明前数次报告书对于本埠前途预测之不诬也。出口贸易较一八八六年仅少百分之四，若非因他埠限制米粮贸易，则今年最低限度亦能与一八八六年相等，此为明显之事实。商人除作洋药贸易者外，均甚获利。又幸亦无何种

① “百分之三二”应为“百分之三十二”。

投机交易，致有不良影响于明年贸易之事，如一八八六年贸易之躁进，而影响及一八八七年者。

进口洋货：此项贸易之净值，共计为关平银二百六十九万三千一百八十三两，仅有一八八六年及一八八七年超过之。在此总值中，鸦片占百分之四六点六，棉织品占百分之二一点八九，毛织品占百分之四点七，金属占百分之二点五二，杂货项下占百分之二四点二九。

鸦片　此项贸易于一八八六年达最高点，该年有五千八百四十七担进口，一八八七年为四千四百四十七担，一八八八年为三千四百二担，今年仅二千四百九十九担。历年降落甚速，而以今年为一八七八年后之最小量。土药在芜之收数，今年计六百担。地方政府试征土药厘金，今年四月设立土药局于此，所发出之土药运来本埠征收厘金之章程，为署名陶泰之布告。依章土药每担须付厘金关平银二十两，但闻实际上每百两仅作五十两收厘。春夏两季，此新局毫无收入，其后每月收数平均关平银二百两有奇。大部分鸦片，闻系自江苏之徐州府运来。今年年终时，开设一家新行，专作四川鸦片之贸易。似此，外洋鸦片在明年必遇一锐利之竞争也。从事外洋鸦片贸易之商人，宣称今年贸易仍如前之不振。因商人内部之激烈竞争及上等土药之大量输入，将白皮土之价压抑难伸，从二月中每箱关平银五百三十五两，跌至十月中每箱关平银四百七十一两。土药全年之平均价为每担关平银二百四十六两，今年尚无因欠税扣留鸦片之事，其贴条封存于鸦片货栈者，计有方圆包十四万一千一百九十七个，发出子口凭单以照此项货物者，计为二万四千七百十五张。

棉织品　全年棉织品之贸易，颇为隆盛。进口之货，较之往年为多，所有货物之净进口量为三十一万一千六百三匹，去年为二十三万三千七百九十四匹。表中之各种，几全数增加。英国市布七万一千二百三十六匹，去年为三万一千四百二十二匹。手帕二万七千五十五打，去年为一万九千四百十打。英国斜纹布九千一百二十匹，去年为五千一百九十匹，为布匹贸易中获利最多之货。原色布之进口，较去年多四万七千匹，但后有三万六百六十匹复出口，系在此收买而运至九江及汉口者，故净进口量减为十一万六千四百八十二匹，仍为最高纪录。白粗布进口共计为二万五千四百四十一匹，较去年少六千二百五十五匹。

毛织品　此项贸易虽不甚发达，然比已往任何年为优，较去年多百分之五零。其总值为关平银十二万六千六百九十三两，各种货物合计为一万七千九百六十二两。哔叽占第一位，计为八千三百十匹，较最高纪录之去年多百分之四零。英国羽毛、小呢及他种呢，均有显著之增加，唯荷兰羽毛一项跌落。

金属　进口之金属计值关平银六万七千七百三十八两，较去年多百分之五四。铁支增加九百八十九担，锡块增加二百八十四担，铅块增加七百五十六担，所增之数不为不多矣。其他各种金属货物，除锡片外，均有增加。

外洋杂货　外洋杂货之贸易，全年皆甚活跃，其值从去年关平银四十九万十七两，增至今年关平银六十五万四千一百六十五两。在外洋杂货项中，有许多货物实为国货，因从香港进口，故其上标明洋货字样。此等货物均用民船或洋船，自中国境内运至香港，盖或因中国中部与南部交通不便所致，或欲沿途寻觅销路者，但多数则以标明洋货字样进中国口岸时能获得子口贸易之便利，故此等货物最好放入进口土货中而讨论之。

进口土货　此项贸易甚发达，从事此种企业之商人均获利。其值为关平银一百二十三万一千九百六十四两，约为外洋杂货贸易之二倍。吾人细查一八八五年至一八八九年进口贸易比较表，则知杂货项三十二种货物中，有二十六种较去年增多十九种，打破已往之最高纪录。火柴进口之量增加，较去年多百分之五九，较一八八五年多三倍半。日本火柴价最低贱，进口有十万一千六百五十罗。土布购买量之大，去年报告书中已详及，今年亦有增加，计有八千三百三十七担，进口较去年多百分之五三。赤白糖之贸易，自本埠开放以来，以今年为最大，各种糖之进口，均较已往任何年为多。赤白两种糖之总量，计为十四万二千八百十七担，较去约增二万二千担，较本埠贸易总值最大之一八八六年约增一万三千担。其他不重要之项中，以柏油、瓜子、窗玻璃及茶等颇为获利。煤油进口较去年略多，但较此更前三年中任何年则减少甚巨。俄国煤油于去年年底方入本埠市场，实为美油之劲敌，占进口全额中五分之二，其价每箱较美油少银一钱，而其质量同样优美。货物之跌落者甚少，惟桐油降低甚巨，较去年少三千担，较历年之平均数则甚多。

出口：米，本地原料品出口之总值，为关平银三百四十二万九千三百二十一两，较去年贸易值多百分之七一，即关平银一百四十二万九千四百十八两。所增之数，大约全为本埠最大出口货之米之值，计今年有二百一十一万七千九十七担，其值较去年多关平银一百三十四万一千七百四十六两，为本埠开放以来贸易最盛之第二年。今年各地收成丰稔，芜湖近郊尤好，秋收约有九成，宁国府及无为州约有八成，庐州府去年歉收，今年约有七成。但今年并非无捐失及灾患之事，江水高涨，淹没田地甚多，九十月中，阴雨缠绵不止，幸江水在十月中未能达最大高度，而雨又在九月中始降落，于时稻已入仓，可安全无虞矣。在今年春初，购买米粮以趋广东市场者，极为活跃，全上半年继续不衰，秋季低落，冬季又复隆盛，今将开赴广东运米之轮船，数目开载，于下计春季十六只，夏季十一只，秋季七只，冬季十八只，观此可知，所言之不诬矣。此五十二只轮船运出之总量为一百三十七万二千五百四十五担。但此数字尚不足以表示广东确为本埠之大雇主，因尚有大量之米以江轮运至上海，最后转运至广东也。

丝　丝在为最重要之出口货中之第二种，今年有数种出口，计值关平银六十七万八千五百四十一两，较去年多百分之十一，丝织品占总值中百分之八七。

棉　棉花收成甚好，有一万二百六十二担之过剩品运至歉收区域之湖南、江西出售，汉口购六千七百十担，其余皆为九江购去。运出之棉，仅较一八八一年为多。

煤　煤较去年运出之数多至二千吨以上，计总数为九千二百七十二吨，为池州煤矿公司开办以来由此出口之货中之最大量。

毛羽　今年毛羽之贸易仍依旧活跃，但不获利。运往上海之量，据云已在一万三千担之上，本埠贸易册上所纪录者仅为八千五百六十三担，其余均为民船运往者。洋商仍痛恨毛羽装置之不经意以及提捡之潦草，必仅出甚低之价，而使贩卖者亏折也。

玉米　玉米尚为初次见于统计册上。此种谷类无论所运之多寡，从前概经常关，今年上半年有一万一千二百三十一担运往上海，因此局所征之税，高于其用民船装运时所必须完纳之数，故此项贸易仍有回复原来港口之可能。

豆　豆类之出口，为三万六千九百五十九吨，虽较去年为少，然比其他各年之平均数则远过之。在本埠周围区域之收成，为前述之洪水及阴雨所毁，则明年出口之减少可逆睹也。

麦　运出之麦较去年多百分之六零，其总数为四万四百担。恐明年不能相等，因秋间淹没之地甚多，不得不留待来季之收成。

子口贸易：今年无货物领取子口凭单运来本埠者，最近发出几张所照之货物，于年终尚未报告。原色布、白糖、赤糖俱为此表中重要货物，共计值关平银二十七万二千六百六十五两，占子口贸易货物总值之大半，煤油、檀香、英国市布、巴蕉叶扇、铁为子口贸易货物中之次要者，共计为关平银十万八千四百八两，占总值百分之二三强。此项贸易实际上仅限于安徽一省，其发出至江西、江苏各地之凭单所照货物之值，仅为总值百分之三。在本省中约占子口贸易货物全额之地名，依贸易之大小为先后开列如下，即池州府、安庆府、六安州、宁国府、庐州府。

金银　今年金银之进口值关平银四十九万一千五百三十一两，出口值关平银二百二十六万七千五百四十九两。其运往最多之地为上海及镇江，且为数约相等，入口之金银亦由此二埠运来。

税钞　今年所征之总数为关平银五十三万九千八百四十八两六钱六分四厘，较去年多征关平银一万八千五百九十九两七钱四分七厘，计所征鸦片税钞及厘金较去年减至关平银九万九千一百八十一两七钱七分五厘之巨，幸而出口税增加至关平银十一万一千四百二十六两八钱七分四厘，进口及复进口亦略有增加，而船钞一项则甚可满意也。

公历一八九〇年一月十七日税务司司柏莱呈报

十三　清光绪十六年芜湖关贸易形情[①]论略（一八九〇年）

一、贸易情形：贸易之净值为关平银七百六十二万九千一百九十七两，较去年贸易之值多关平银二十七万四千七百二十九两。今年收成异常丰稔，而出口贸易则萧索可怜，其最值注意之事件而大有影响于本埠之贸易者，则为政府于三月至八月之间禁止洋式船只运米出口。

二、税钞：今年所征之税钞为关平银五十万四千五百九十二两七钱三分一厘，较去年少关平银三万五千二百五十五两九钱三分三厘。复进口税，减少关平银二千一百四两五钱三分五厘，盖因发出复进口贸易税钞之存票较去年太速，故年终复进口税钞之结算，其和减少，实则今年所征之税钞，较去年为多也。出口税钞，亦减少关平银四万四千六百八十三两六钱八分七厘，其故由于今年禁米出口约有半年之久，运出之数锐减也。鸦片之税钞及厘金，增加关平银七千五百七十九两一钱三厘。子口税，增加关平银三千八百八十九两八钱五分。又进口税及船钞，略有增加，然尚不足与短少之数相抵，故作成前述之数字也。

三、洋货贸易：（甲）进口　进口洋货之净值为关平银二百九十二万二千二百五十三两，其中鸦片占百分之四零点七七，棉织品占百分之二三点九四，毛织品占百分之四点零八，金属占二点七零，杂货占百分之二八点五一。棉织品之净进口货为三十五万一千五百九十七匹，较去年多三万九千九百九十四匹。其中主要货物，计英

① “形情”应为“情形”。

国市布十万八千三百七十四匹，去年为七万一千二百三十六匹，手帕三万三千九百五十一打，去年为二万七千五十五打，面巾一万二百二十四打，去年五千七百六十打，以上为增加最多者。至原色布、白市布、标布、英国斜纹布，皆较去年之数字为低。棉纱之购买，渐渐增多，但英国货及印度货之进口总数，仅为四百六十八担，为量仍小。印度棉纱，购用较多，从去年八担之进口，增为今年二百七十六担。毛织品货易之进步，去年报告书中曾详加叙述，兹不复赘。英国羽毛、哔叽、小呢及企头呢之进口皆减少。羽绫、羽绸及各种毛织品均有增加，全数净进口之货物，为一万七千四百十二匹，值关平银十一万九千一百五十一两。金属较去年略有进步，但各种金属之总量，仅为二万二千二十五担，值关平银七万八千九百十两。所列入外洋杂货中之货易，于此二年中增加甚速，今年其值已达关平银八十三万三千七十一两，较去年之值多百分之二七，较前年之值多百分之七十。煤油进口之量，为八十二万三千二百罌，较去年增百分之五零，且较最大收数之年多二十一万四千四百罌。俄国油尚难追踪，美油所增之数中，美油占百分之九零以上。糖之销路甚好，赤、白两糖皆有极大量之进口，此两种糖之值，占外洋杂货总值三分之一以上。此外贸易中有显著之进步者，为玉米、火柴、巴蕉扇及伞。至于布袋进口之数减少甚巨，因米出口之被限制也。

（乙）出口　今年无土货从本埠出口直接运至外洋者。

（丙）复出口　今年无洋货复出口至外洋者。

四、复进口贸易：（甲）原运出者　虽在今年春初芜湖屯积之米粮甚多，而今年之各地收成又极丰稔（依据报告，今年为异常丰稔之年，较去年产额多百分之二零，或百分之三零）。然米之出口仅有一百五十一万八千五百四十五担，较去年少五十七万八千五百三十二担。米出口之减少，显系前述今年某一时期禁米出口之故。本埠之米，概分三等，其市价亦甚悬殊。今年春季之市价，从关平银九钱五分（下等米），至关平银一两二钱（上等米）。夏季从关平银一两二钱二分，至关平银一两三钱六分。秋季从关平银九钱，至关平银一两二钱。冬季从关平银八钱五分，至关平银一两二钱五分。广东须在本埠购买大量之米，仍如往年，而仅有一百三万九千二百二十八担之米直接运至广东，较去年少三十万担，设非禁米出口，则其增加之量必极巨也。次于米者，则为豆与麦，计豆之出口为一万八千三百六十四担，麦之出口为二万六千二百二十担，均减少甚多，实因去年此二种农产物歉收之故也。乱头丝从去年七百七十五担，减至今年六百三十九担，但其他各项之丝，运出均有增加。丝织品出口，计为一千六百六十一担，较去年增加百分之三五，但其值为关平银七十二万七千四百六十六两，较去年仅多百分之二四。其所以增加者，盖因自本埠至汉口之一段今年丝之内地厘金增加，遂驱使此种贸易舍民船而用江轮，如运往汉口之货，从去年一百九十二担，增至今年六百九十八担，即其显著之例也。落花生及子饼为初次大量之出口，确能在出口表中占一位置矣。最著名之香粉，如土木香末，在安庆府之怀宁县及池州府之贵池县有大量之制造，每年出产约计有五十万担之多。其最佳之一种系用数种榆树皮制成，每担值银三两至四两之谱。其最粗之一种，系用树皮、树根及木料制成，毫无香味，每担仅值银二钱五分。虽有上述数种货物贸易之增加，及表中其他多种货物之进步，然难偿米之损失。故今年出口贸易之总值为关平银三百五万一千四百九十二两，较去年少关平银三十七万七千八百二十九两。

（乙）复运出者　在去年及今年某一时期，芜湖直成为九江及汉口布匹之货栈，复出口洋货之总值为关平银三十一万三千八百十三两，其中白粗布、原色布、标布、英国斜纹布及市布出口至二埠者，计有关平银三十万七千六百十六两。从事此种贸易之洋行，夏季已停止，似无恢复之望。出口土货中主要部分为山羊皮，计值关平银四千六百一两，因难售出，运回上海。又九江夏布，计值关平银三千三百二十七两，复出口至镇江，因欲觅一较好之市场。

（丙）运进　除洋货于第三条甲讨论外，进口之货全从中国各埠运来，只有从香港来之少数麻袋为例外，故土货贸易甚盛。自一八七八年至一八八六年之间，土货贸易每年之平均值约为关平银六十万两，但在一八八七年增至关平银八十三万七千一百七十七两。此后仍遂渐增加，造成以下满意之数字，即一八八八年关平银九十一万六千三百三十四两，一八八九年关平银一百二十三万一千九百六十四两，一八九零年关平银一百六十五万五千四百五十二两。土布在进口货中占第一位，其进口之值达关平银三十八万一千三百二十五两之巨。赤、白两糖亦有极大之增加。其次重要之货物为桐油、柏油、夏布，各有大量之进口。

五、内地子口贸易：（甲）运入今年此项贸易之值，共计关平银六十七万四千六百五十六两，较去年多百分之六四，较已往最大之值约多三万两。在过去数年中，赤、白两糖及原色布为子口贸易货物中之最重要之货物，占全额中过半数，煤油、英国市布、檀香、桂圆、巴蕉叶扇、铁支，其重要之程度依上列之次序，而其值为关平银十八万七千四百二十九两，占全额百分之二五以上。在本埠未开放以前，本省有若干区域，均从镇江收买货物。现时由芜湖往返，较其他通商口岸更为利便矣，发出运进凭单之总数为二千二百九十四张，去年为一千七百七十一张。运往外省之货物较去年为多，但此项货物之值，仅占全额百分之六。故子口贸易，实际上仍可谓限于安徽省，计安庆府、六安州、池州府共占子口货物百分之七五，去年池州从第一位降至第三位，江苏省之江宁府于表中占第四位。

（乙）运出　此为自一八八五年以来，值关平银八千八百九十六两之货物。从内地领子口凭单运出之第一次所发出三十一张子口凭单中，有二十六张为镇江商人所领取。所照之货物，为香粉二万五千五百八十七石。厘金局长反对外国人由内地运出香粉，本埠海关监督拒绝再发凭单，因本埠海关监督与镇江领事本有规约，凡运出子口贸易货物至镇江者，限于三十一种，而此种货物并不在三十一种之中，且香粉之为物，外人无所用之，故未能运出。

六、贸易船只：进出贸易船只之总数为三千一百七十九只，较去年进出船只多六百八十八只，其吨数为二百十万七千一百十二吨，较去年仅多十六万六千五百四十吨。吨数增加最多者，为插有英国旗号之船只，计增至十六万八十吨。

七、旅客：因几家大公司竞争之结果，有几个月中，船票之价甚低。华人于是急切利用此时机旅行，计今年乘江轮到此之华人，有三万七千五百名，由本埠他往者亦多。有大批之轮船及沿江五十余里星罗栉比之客站，使华人之旅行，既廉且便。

八、金银：进口之银，计值关平银五十四万三百八十七两，其中多数为元宝，大约全由上海及镇江运来。出口之银，计值关平银二百四十九万五千一百三十八两，其中元宝、银圆各半，大多数送往上述之二埠，墨西哥银圆送往上海，英国银圆送往镇江，盖以偿付扬州之盐价及收买江西钞票，一八八零年芜湖贸易报告书中已解释之矣。

九、鸦片：(甲) 洋货　自一八八六年以后，洋药降落甚速，去年报告中曾有说明，今年又遇障碍，运进之量，计二千五百六十七石，较去年多七十三担，但其值则较去年少关平银六万三千九百二十五两。大批质优价贱之土药进口，洋药不得不落价以求贸易之稍稍活跃。但此种竞争年较一年锐利，则其限度之一点不久即将达到(设此点现时尚未达到)，过此一点，洋药之买出必须亏本，故以后之进口将愈为减少。今年白皮土之定价于下：陈白皮土，最上等值关平银四百八十两，最下等值关平银四百五十三两，混合者值关平银四百七十八两；新白皮土，最上等值关平银四百八十两，最下等值关平银四百四十五两，混合者值关平银四百六十两，其平均市价如本埠贸易册上所载者，仅为关平银四百六十四两，去年为关平银五百三两。今年尚无扣留进口鸦片之事，有鸦片十三万五千三百九十五方圆包，加贴封条运入内地，发出子口凭单二万二千七百七十四张，以照此项货物。

（乙）土货　土药之贸易有极大之变化，从前本地商人于南京对岸之浦口收买徐州之鸦片，但今年则开始于出产地带收买，而委托镖局运至离芜约三十里之和州。本埠各种土药收数之估计，约一千五百担，知其来路者，为徐州府之一千二百六十担，及本省之庐州府与颍州府之约一百担。徐州之鸦片中，计丰县四百筐，每筐一百二十斤，砀山县三百筐，萧县及沛县三百五十筐。此种鸦片须纳落地税，每担银三两二钱，又于临淮关纳银六两五钱，池河口纳银三两五钱，于本埠土药局纳银十两（土药局并设局于和州，以监视土药之运到者），共计每担纳银二十三两二钱，或约二十二两。徐州鸦片平均每担约值关平银二百三两，较去年低四十两，约有八百担于土药局领有凭单，运往本省内之附近地方、江南及安庆府等处，徐州区域之出产于今年增加甚多，芜湖所收本省出产之鸦片，质甚低劣，每担只售关平银一百六十六两。

十、杂项：进出口货物之值列如下：

净进口洋货市价之值，为关平银二百九十二万二千二百五十三两。

净进口土货市价之值，为关平银一百六十五万五千四百五十二两。

净进口货，为关平银四百五十七万七千七百五两。

在芜征收之税钞、厘金，为关平银二十八万五千三百四十一两。

净进口减去税钞，为关平银四百二十九万二千三百六十四两。

百分之七运进口者之利益等等，为关平银三十万四百六十六两。

上岸时进口货之值，为关平银三百九十九万一千八百九十八两。

原出口货市价之值，为关平银三百五万一千四百九十二两。

在芜所纳之税，为关平银二十万三千四百七十五两。

出口货并税钞，为关平银三百二十五万四千九百六十七两。

百分之八运出者之利益等等，为关平银二十四万四千一百一十九两。

装运时出口货之值，为关平银三百四十九万九千八十六两。

公历一八九一年一月十七日芜湖关税务司司白莱呈报

十四　清光绪十七年芜湖关贸易情形论略（一八九一年）

一、贸易情形：今年贸易之净值，为关平银一千二十五万三千五十四两，较去年增多二百六十万两，较最高纪录之一八八六年多关平银二百二十六万两。此种异常增加之主因，为去年大半年中禁米出口。去年年初屯积之货极多，又值该年收成丰盛，特以禁令之故，遂使米之运出延迟，而造成今年不合比例的出口。计今年出口米之值，较一八八六年约多关平银一百二十万两，但今去两年之平均值较一八八六年，仅约多关平银七万八千两。今年除赓续去岁屯积货物外，本埠贸易表中并无若干变动，匪患之影响，似尚未直接被于本埠，且兑换涨落之范围，较去年为小，但与本埠繁荣有关之收成，则在历年平均数以下。五月中所降之雨，仅为一英寸之百分之二五。自本埠开放之一八七七年以后，雨量平均数为六点三九英寸，田禾受灾极大，江北尤甚，棉花及少许杂粮均歉收。后又发生蝗虫侵害豆类、玉米、菜蔬、芦苇，且产卵于其地，实为明年之大患。

二、税钞：今年所征之总值，为关平银七十一万二千三百三十四两五钱七分六厘，较去年多二十万七千两。出口税以米及丝为大宗，所增加之关平银十九万三千两中，全为此二者之增加，其余几种中增加无几。本埠进口之货，全由江轮载来，并于上海抽百分之五之税，计为关平银十万两，此不见于本埠贸易册中者。

三、洋货贸易：（甲）进口　净进口之值，为关平银二百十三万四千二百八十二两（鸦片除外），去年为关平银一百七十三万七百七十八两，棉织品占百分之三一，绕道香港之中国糖占百分之一五，印度棉纱占百分之一零，煤油占百分之八，袋（大半为装米之用者）占百分之七，毛织品占百分之六，金属占百分之三，袋与扇计值关平银二万六千七十六两，直接从香港运来，他种货物全由上海。

棉织品　其净进口之量，为三十六万一千一百四十七匹，较去年约多一万匹。其中原色布增多，英国市布减少。据前任税务司云，除洋行之营业外，经营此项贸易者，颇为获利。毛织品之进口，为一万八千四十七匹，多为与去岁同样之货金属之总值稍稍减少。

棉纱　从去年二百七十七担，增至今年九千一百八十八担，值关平银二十一万九千两。此似因在上海低落之故，但此种增加之主因，为本省收成之减少，故其市价始终保持甚高。庐州府有关系方面之商人，反对用此棉纱织布，但无结果。

煤油　共为一百三十一万一千五百六十罄，较去年所增加之比例为大。其中俄国煤油二十六万八千四百四十罄，较去年增加三万八千三百四十罄（百分之一六）。美国煤油为一百四万三千一百二十罄，较去年多四十五万二十罄（百分之七五）。竞争之激烈，油价之低廉，及认识油质优美之普遍，皆为其增加之原因也。

（乙）出口　豆类、火腿、器具及杂货，共计值关平银一万七百四十两，出口至外国之香港，但或即当地消费，或为中国消费，尚难预断也。

（丙）复出口　今年尚无洋货复出口至外洋各地。

四、复进口贸易：（甲）原运出者　出口之总净值，为关平银五百二十六万七千四百六两，其中米占关平银三百九十万两以上（百分之七四），丝及丝织品占关平银八十九万两以上（百分之一七）。丝之生产，今年异常丰盛，茶、毛、羽、稻及豆各仅占百分之一。虽禁米出口之令，至去年八月始行撤销，出口之一切预备，均为稽迟。但在冬季，因广东歉收之刺戟[①]，米市开始踊跃，至今年夏季益形隆盛，此一季中有米一百二十六万八千六百三十三担出口，实为最盛之季。此时天适大旱，许多田禾茂盛之地，或任其干枯荒废，或改种豆类。内河之水低浅，运输不便，此地米价增高，而南方米价，又复降落，故秋季仅有米四十三万二千四百五十一担运出，但冬季复有米八十四万五千三百六十四担运出。今年收成约全熟年之六成，尚为前所意料不及。据报告，今年锡兰歉收，由此推之，广东米价一时难降落也。芜湖上等米，春季值关平银一两一钱八分，去年春季为关平银一两二钱；夏季值关平银一两二钱二分，去年夏季为一两三钱六分；秋季值关平银一两二钱五分，去年秋季为关平银一两二钱；冬季值关平银一两二钱二分，去年冬季为关平银一两二钱五分。每担运至广东之运费，五月中从上海市平银一钱涨至二钱二分，又渐落至八分；去年从上海市平银九分涨至一钱五分，又落至一钱。今年米重皆认为较往年略轻，总出口为三百三十八万五千九百八十九担，较最高纪录之一八八六年，多一百万担以上。但今、去两年之平均数，较一八八六年，仅约多十二万六千担。又此处尚有大量之米，其中半为去年江北之过剩者，今年仍屯积勿售，盖防一时之缺货及河水之低浅也。若南方市价高涨，可以获利，则此大批货物，于明年必将用洋船运出，其记载可见于贸易册中，但仍盼来年丰收也。广东在此购米二百八十六万担，尚有稻、麦、豆类。汕头购米三十万担以上。上海购米约二十万担，此外约有半数之茶，及大部分之丝，与全数之毛羽。汉口购丝织品约三分之一，茶约半数，药材若干担，及棉花、纸张。至煤之一项，大部运往镇江，本省之内地，亦多用之，余至上海及宁波。

（乙）复运出者　洋货复出口所往中国之商埠，大半为上海，其主要部分为鸦片、布匹、袋、煤油，其总值为关平银八千七百六十九两。土货复出口至中国商埠之值，为关平银一万五百二十四两，

① “刺戟”意为“刺激”。

其主要部分为夏布（运至镇江及上海）、烟丝（运至九江及上海）。

（丙）运进　土货进口之净值，为关平银一百六十三万三千四百五十二两，较去年仅约少关平银二万两，仍能继续维持一八八六年以来之贸易也，计糖占全值百分之二七，土布占百分之二三，桐油占百分之九，夏布及柏油各占百分之四。各种货物均较一八八六年有极大之增加，仅糖所增之数，较他种比例为少。糖之从中国商埠直接运来者及绕道香港者，共计为十八万九千五百六十二担，较去年约多七百担。汉口与本埠之贸易额，约值关平银七十八万两，主要货物为土布、桐油、柏油。从上海运来之货物，计值关平银六十九万一千两以上，主要货物为糖、土布、桂圆及黑枣。九江运来之货物，计约值关平银十一万两，为夏布、烟、爆竹。

五、内地子口贸易：（甲）运入　运入内地货物之值，为关平银九十八万二百六十四两，较最高纪录之一八九零年多百分之四五，约当进口洋货（鸦片除外）之总值百分之六四。其中糖占全额百分之三三，印度棉纱约占百分之二一，棉织品约占百分之二零，煤油占百分之一零点五。计糖八万四千一百五十四担（较进口洋糖八万三千七百三十五担之数略多），去年为七万四千七百四十九担；印度棉纱八千七百二担（约占进口百分之九五），去年为二百四十三担；棉织品九万六千四百七十五担，去年为八万四千三百十一担；煤油七十二万五千九百五罐，去年为四十六万八十罐；又毛织品值关平银一万三千六百五十六两，去年为关平银九千八百二十一两；金属值关平银二万四千六百二十二两，去年为关平银二万一千九百七十七两以上，均领有凭单运入内地。其不甚重要之货物，亦皆有增加，其增加之原因虽有种种，而本埠与重要消费区域金融、流通之敏捷，亦其要素也。发出运入子口凭单之总数，为二千五百九十一张，去年为二千二百九十四张，前年为一千七百七十一张。运往江苏之货物，约值关平银三万二千两，较之运往江西及河南者少关平银一千两。

除此三省外，则为安徽。今年庐州府及和州棉花收成均甚减色，所有进口之棉纱，均领凭单运往庐州府，但当市价正好之时，忽然中途停止。又糖及棉织品，多半运安庆府、六安州、池州府，煤油则运至安庆、贵池、宁国府。

（乙）运出　今年发运出凭单三张，所照货物之总值，为关平银八百三十六两。去年发运出凭单三十一张，所照之货为关平银八千八百九十六两。又去年旅客贸易，亦为活跃。今年所运出之货物为竹竿及香粉，余信此项货物，仍在中国消费，决不运至外洋也。

六、贸易船只：今年船只进出之次数，共计为二千九百八十五次，较去年为少，而其总吨数为二百二十三万六百三十六吨，较去年为多。所雇用之船为七百十三只，计英国船九十四只，其吨重为全额百分之六三点零八，所载货物为贸易总值百分之五七点一一；德国船二十五只，其吨重为全额百分之三点七六，所载货物为贸易总值百分之一三点三三；奥国船二只，其吨重为全额百分之五点零二，所载货物为贸易总值百分之二点一八；中国船五百八十八只，系连领有特种凭单之民船及池州煤船一并在内计算者，此种船只容量较小，其吨重为全额百分之二八点一，所载货物为贸易总值百分之二七点三四。

七、旅客：今年数家大公司仍竞争甚烈，旅费照旧低廉，华人乘江轮到此者，计有五万五千八百四十八名，去年为三万七千五百名，今年冬季离此者，计有二万二千八百九十一名。

八、金银：有值关平银三千一百八十七两之金条进口，已纪录于表中，乃数银行家运小量来此，以备出售为镶嵌珠宝之用。后此地金价低落，运至上海颇能获利，于是有值关平银八百五十两之货复出口至上海。进口之银，值关平银五十三万三千九百七十四两，其总数大约与去年相同，但上海运来之银，较去年少关平银十万两，为镇江所补足。出口之金银，计值关平银一百六十五万五百六十七两，较去年约少关平银八十四万五千两，计上海较去年少关平银三十万两，镇江较去年少关平银五十八万两，而九江则较去年为多。

九、鸦片：(甲) 洋货　进口鸦片之总净值，为关平银一百二十一万七千四百二十四两，占进口洋货全额百分之三六，其量为二千六百八担，较去年仅约多四十二担。鸦片在上海之市价较低，在芜较高（最上等陈白皮土，值银四百九十二两，去年为四百八十六两)，记载于贸易册中者，计每担平均值为关平银四百六十七两，去年为关平银四百六十四两。今年与土药之竞争，尚不激烈，加贴封条之方圆包，计十三万四十七个。发出子口凭单，以照此项货物者，有二万二千六十三张，去年计有十三万五千三百九十五个方圆包，发出子口凭单二万二千七百七十四张，本埠及安庆府、宁国府、徽州府消费此项货物之大半。

（乙）土货　据云，今年江苏及安徽土药之出产不如去年之丰，仅为全熟年百分之六零，或七零。四川土及云南土仅有小量私运入口。徐州（江苏）土之平均价格为每担银二百两，安徽土每担银一百八十两，四川土每担二百三十两。今年芜湖进口之总量，计徐州土三百担，安徽土一百一十担。去年进口之总量为一千五百担，或昔年在本埠购货之区域，今年改由别路购货之故欤。徐州土在此所征之税，去年定为每担关平银二十二两，今年每担则征关平银三十八两六钱六分。安徽土出其所产之府境，每担征银十五两，若运来芜湖，每担又加征五两。

十、杂项：依照中国商人之观察，今年为自一八七七年海关开设以来最好之年，下列各条，系直接示知进口货上岸时之值及出口货上船时之值。

净进口洋货市价之值，为关平银三百三十五万一千七百六两。

净进口土货市价之值，为关平银一百六十三万三千九百四十二两。

净进口货，为关平银四百九十八万五千六百四十八两。在芜征收之税钞、厘金，为关平银二十九万六百六十五两。

净进口减去税钞，为关平银四百六十九万四千九百八十三两。

百分之七运进口者之利益等等，为关平银三十二万八千六百四十九两。

上岸时进口货之值，为关平银四百三十六万六千三百三十四两。

原出口货市价之值，为关平银五百二十六万七千四百六两。

在芜所纳之税，为关平银四十万八百六十一两。

出口货并税钞，为关平银五百六十六万八千二百六十七两。

百分之八运出者之利益等等，为关平银四十二万一千三百九十二两。

装运时出口货之值，为关平银六百八万九千六百五十九两。

公历一八九二年一月二十日芜湖关税务司吴德甫呈报

十五　清光绪十八年芜湖关贸易情形论略（一八九二年）

一、贸易情形：今年本埠贸易之净值，共计为关平银一万九十二万三千二百三十九两[①]，为芜湖口岸对外洋贸易开放以来之最高纪录，较去年多关平银六十七万一百八十五两。查此种增加，仅为进口贸易一项，计进口洋货增关平银五十八万一千三百八十六两，进口土货增关平银一十一万八百十五两；至出口一项，反较去年少关平银二万四千十六两。

二、税钞：今年所征税钞之总数，为关平银七十万五千三百十二两二钱三分七厘，去年为关平银七十一万二千三百三十四两五钱七分六厘。今年较少关平银七千二十二两三钱三分九厘，其减少之数，可谓全在出口税之一项。盖今年米出口之量较少也，复进口税及子口税有显著之增加。

三、洋货贸易：（甲）进口运进洋货之净值，为关平银三百九十三万三千九十二两，其中鸦片占全额百分之三一点零七，即关平银一百二十二万一千九百七十一两；棉织品占百分之三五点八二，即关平银一百四十万八千九百四十一两；毛织品占百分之三点七八，即关平银一十四万八千七百五十八两；金属占百分之二点一四，即关平银八万四千三百三十三两；杂货占百分之二七点一九，即关平银一百六万九千八十九两；棉织品之净进口为四十三万七百三十二

① 清光绪十八年进出口货物净值，“安庆图书馆本”此处载“共计为关平银一万九十二万三千二百三十九两”，肯定是错的，而“京华本”中《清光绪十八年芜湖口华洋贸易情形论略（一八九二年）》载为“一千九十二万三千余两”，应该是正确的。因此，此处“共计为关平银一万九十二万三千二百三十九两”应为“共计为关平银一千九十二万三千二百三十九两”。

匹，较去年进口之量，多六万九千五百八十五匹。查其中各种货，几全有增加，主要之数种如下：

原色布十六万三千三百十一匹，去年为十三万六千二百三十六匹；英国市布七万六千六百七十一匹，去年为六万九千八百一十匹；标布为二万二千四百匹，去年为二万二百七十二匹；印花布一万七千二百二十七匹，去年为一万一千二百八十七匹；红洋布一万九千二百三十六匹，去年为一万六千四十匹；手帕四万四千九百三十九打，去年为三万六千八百八十七打；印度棉纱，前年仅为二百七十七担，去年突增至九千一百八十八担，今年又达三万二百七十一担之盛大数字，六安州及庐州府并为此项货物之大顾主。闻此种棉纱织成布匹，较之用土棉纱织成者，既美且好，价又较贱也。毛织品亦有增加，但不及棉织品展开之大，其增加之货物为哔叽、小呢及企头呢。查金属一项，亦有进步，其中尤以锡片增加甚多，仅有极小量之进口也。煤油之进口，尚保持去前两年之步骤。

（乙）今年无土货直接运至外洋者，仅有约三千五百担之荳及小量之药材，共计值关平银五千七百六两，运至香港，大半尚为中国人于此收买也。

（丙）复出口　本埠贸易册中，从未见有洋货于此复出口至外洋者。

四、复进口贸易：（甲）原运出者　出口至中国各埠土货之总值，共计为关平银五百二十三万七千六百八十四两，去年为五百二十五万六千六百六十六两，今年较少关平银一万八千九百八十二两，其中米为关平银三百七十万四千五百十一两，占全额百分之七零点七二，丝及丝织品为关平银一百八万四千七百十七两，占百分之二零点七零，今年春季广东之米价甚低，而本埠又复有米捐附加之事，一时贸易为之低落。但在秋季成立谅解，予贸易一大刺戟。故十一月及十二月中，有大量之出口，迨年终时，南方米价又落，市场不振，大批谷类，均于市上屯积，以待明年南方米市之涨。今年各地收成约有七成，其丰稔区域为宁国府及太平府。

（乙）复运出者　复出口至中国各埠之洋货，其中以鸦片、棉织品、毛织品袋及煤油为最重要之货，总值计为关平银一万四千七百五十五两，系送往汉口、上海、九江、镇江，复出口至中国各埠土货之值，为关平银一万二千八百二十三两，大部送往上海、镇江。

（丙）运进　土货进口之总值，为关平银一百七十四万六千七百五十七两，实为最高记录，其中上海占关平银七十五万三百三十九两，汉口占关平银八十二万七千二百一两，赤白两糖为土货中之最大部分，占关平银四十三万八千三百二十七两。其次为土布，值关平银四十二万五千七百六十一两，煤油占关平银一十六万九千三百二十五两，夏布占关平银八万三千八百九十二两，丝及丝织品占关平银六万八千三百六十六两，其最重要各种货物之运入本埠者，较去年之量为大，但赤白两糖则为例外，因在去年即约有相同之量入口也。

五、子口贸易：（甲）运入　今年此部分贸易之值，共计为关平银一百四十一万五千九百六两，较去年多关平银四十三万五千六百四十二两，较前年多七十四万一千二百五十两。本省内所购之货物，值关平银一百三十七万九千八百四十八两，送往江苏之货物，值关平银三万四千八百五十二两，其余之值关平银一千二百六两之货送往江西。今年洋糖（赤糖及白糖）进口之总量，为八万三千八十担，领有子口凭单运往内地之糖，八万八百四十七担，（约占进口之全数）较去年约少二千五百担。运往内地之原色布，计为四万七千一百一十四匹，去年为四万八千八十九匹；白粗布四千五百九十五匹，去年为五千一百四十二匹；标布五千六百一十匹，去年为四千八百七十三匹；英国斜纹布四千二百七十五匹，去年为五千九十匹；英国市布二万四千三百九十七匹，去年为二万三千五百十八四；印度棉纺运至内地者，至二万六千三百九十三担之巨，去年仅为八千七百二担，其中除有三担为江苏购去外，全为本省所购买。金属之铁支，较去年约增五百担，旧铁较去年约增三百三十七担。煤油（美油及俄油）之购买量，较去年稍稍减少，但较前年为多。今年发出运入子口凭单二千四百五十八张，去年二千五百九十二张，前年二千二百九十四张。

（乙）运出　前年发运出子口凭单三十一张，所照之货，计值关平银八千八百九十六两；去年仅发出三张，所照之货，计值关平银八百三十六两；今年无一张发出。

六、贸易船只：进出船只之总次数，计三千二百二次，为二百六十三万九千二百二十三吨，较去年多二百十七次及四十万八千五百八十七吨。所雇用之船为六百七十二只，计英国船九十二只，占总吨数百分之六九点一五，所载货物占贸易总值百分之六五点六八；德国船十六只，占总吨数百分之一点零九，占贸易全值百分之四点三七；挪威船二只，占总吨数百分之零点三八；奥国船二只，占总吨数百分之五点七二，占贸易全值百分之一点七八；中国船五百六十只，占总吨数百分之二三点六六，占贸易全值百分之二八点一七。但中国船系连领有特种凭单之民船及池州煤船在内计算者，此种船只容量较小也。

七、旅客：因数家轮船公司激烈竞争之结果，所定之票价全年皆非常低廉。华人急速利用此种机会旅行，计今年华人乘江轮到此者，有五万二千一百二名，去年为五万五千八百四十八名，前年为三万七千五百名，离芜而去者，有七万七百十五名。

八、金银：进口之银大半为元宝，计值关平银四十五万五千七百五十两，大部分从镇江及上海运来。出口之银为关平银一百五十四万五千九十六两，其中关平银八十四万一百三十四两运往上海，关平银六十一万三千七百八十二两运往镇江。

九、鸦片　（甲）洋药　今年洋药之净进口量，为二千六百二十担四十二斤，较去年多十二担二十三斤，此项贸易几全为白皮土。盖白皮土有二千六百十六担四斤，此外仅有公班土两箱，波斯土两箱，土膏两斤而已。今年计有方圆包十三万一千三百六十一个，重二千六百三十一担四十二斤，加贴封条，发出子口凭单二万二千二百五十八张，以照此项货物。究竟某地运往鸦片若干，颇难作正确之估计。下所开列者，其近似值而已，计芜湖县四百八担，安庆四百八十担，庐州府三百六十担，宁国府及徽州府各三百担，和州三百六十担，池州府一百八十担，太平府一百二十担，广德州及六安州各六十担。今年白皮土之平均价，为关平银四百五十三两九钱二分，公班土之平均价为关平银四百三十三两三钱三分，今年尚无扣留烟土之事。

（乙）土药　前已设立土药局于芜湖，四川土、河南土、江苏土有大批之运入，上述各土市场极好，因其质既优美，价又较贱也。土药局系于一八八九年三月一日成立，专征土药进口税，依照新章每担须完纳库平银二十两，但实际上每担只作五十斤计算。当成立之第一年纳税者，约有三百担，翌年江苏省之丰县及砀山即运送土药一千担至芜，依据估计，该年各种土药之到芜者，约一千五百担。其时尚未特设鸦片关卡，故商人欲避免江苏银三十两之厘金及沿途之厘金局甚为容易，只须于芜湖完纳落地税，即可于市上出售。但自沿途多数鸦片关卡之设立以来，征税较从前高，且超过在安徽所付之各种税钞，故此丰富之来源，遂形停止。去年曾于皖北设立一局，以征收安徽土之厘金，规定每担纳银三十两，但亦如芜湖土药局之情形，然每担只作五十斤计算。今年仅有约四百一十担经过土药局，闻系因河南之周家口及安徽之亳州歉收之故。今年安徽之亳州、颍州涡阳为本埠大宗鸦片之出产地，运进之总额为七百六十担。无论如何，此数字不能认为可代表芜湖全年之购买量，其必有极大之偷漏无疑。又土药局因欲诱致商人纳税，故不征收进口税银二十两，安徽土只征收落地税银五两六钱一分，江苏土只征落地税银九两二钱，计安徽土每担在皖北纳厘金银十五两，在芜湖纳落地税银五两六钱一分，共纳银二十两六钱一分。又江苏土每担在砀山纳厘金银三十两，在芜纳落地税九两二钱，共纳银三十九两二钱以上，为自出产区域至发售区域所征之厘金及落地税之总数也。闻今年江苏省鸦片之产量为六千担，安徽省之产量仅及其半，约为三千担。今年江苏省之砀山及丰县，鸦片收成仅十分之五，较去年少十分之二。河南省之周家口鸦片，收成有十分之七，较去年收成多十分之一。安徽省颖州、亳州、寿州、蒙城之鸦片，收成有十分之八强，较去年多十分之二。今年安徽土重量一百两之平均价，为关平银十五两八钱，江苏土重量一百两之平均价，为关平银十七两五钱四分。江苏土之质较安徽各种土为优，但安徽土之质亦有迅速之进步，种植之面积亦渐次增广，在最近的将来，或可与洋药抗衡也。

十、杂项：下列各条系直接示知进口货上岸时之值及出口货上船时之值。

净进口洋货市价之值，为关平银三百九十三万三千九十二两。

净进口土货市价之值，为关平银一百七十四万六千七百五十七两。

净进口货为关平银五百六十七万九千八百四十九两。

在芜征收之税钞厘金，为关平银二十九万一千六百二十六两。

净进口减去税钞，为关平银五百三十八万八千二百二十三两。

百分之七运进口者之利益等等，为关平银三十七万七千一百七十五两。

上岸时进口货之值，为关平银五百一万一千四十八两。

原出口货市价之值，为关平银五百二十四万三千三百九十两。

在芜所纳之税，为关平银三十八万五千六十二两。

出口货并税钞，为关平银五百六十二万八千四百五十二两。

百分之八运出者之利益等等，为关平银四十一万九千四百七十一两。

装运时出口货之值，为关平银六百四万七千九百二十三两。

公历一八九三年一月三十一日芜湖关税务司白恩呈报

十六　清光绪十九年芜湖关贸易情形论略（一八九三年）

一、贸易情形：今年本埠贸易之净值，为关平银九百六十六万一千九百六十二两，较去年减少关平银一百二十六万一千二百七十七两，盖去年实为本埠开放以来贸易净值最大之年也。今年低落之主因，为出口米一项之减少。

二、税钞：今年所征收税钞之总值，为关平银五十八万六千一百七十两一钱四分二厘，较去年之总值，为关平银七十万五千三百十二两二钱三分七厘，实少关平银一十一万九千一百四十二两九分五厘，全由出口税之低落，盖米之出口量较小也。

三、洋货贸易：（甲）进口　进口洋货之净值，为关平银三百五十四万四千九百八十四两，计鸦片为关平银一百二十四万一千八百五两，占全额百分之三五点零三；棉织品为关平银九十一万八百四十三两，占百分之二五点六九；毛织品为关平银十二万七千四百四十六两，占百分之三点六零；金属为关平银八万七千九百九十四两，占百分之二点四八；杂货为关平银一百一十七万六千八百九十六两，占百分之三三点二零。较之去年，棉织品及毛织品共减少关平银五十一万九千四百一十两，鸦片及金属俱有小量之增加。至杂货项下，则增加关平银十万七千八百七两。布匹货之进口，为三十六万七千五百一匹，较去年进口之货，减少六万三千二百三十一匹，约相等于去年，较前年进口所多之数，查今年所减少者，全为布匹项中主要货物。今年进口之货如下：原色布十三万九千八百匹，去年为十六万三千三百十一匹；标布一万九千六百九十二匹，去年为二万二千四百匹；英国市布五万二千九百六十七匹，去年为七万六千六百七十一匹；红洋布一万五千二百五十九匹，去年为一万九千二百三十六匹；手帕三万一千一百五十一打，去年为四万四千九百三十九打；又印度棉纱一八九零年仅为二百七十七担，一八九一年为一千八百九十一担，一八九二年增至三万二百七十一担，今年又落至九千四百八十四担，其所以降落之因，虽多汇兑之不便，亦影响至某种程度。盖因是而使市价增高也，去年每包（约三担之谱）售银四十四两，或四十五两，后渐增至每包售银五十七两，或五十八两，现增至银六十两，或六十两以上。在另一方面，因今年棉花收成约有十分之八，土棉纱仅值六角四分，华人计算虽用土纱，未若印度棉织成布匹之紧细精美，而其价值则较低廉也。毛织品无须特别加以说明，各种货物均略减少，而金属之总值增加不多，其内容则甚有更改，铁片及板运来者，有三千二百八十四担之巨，去年仅为五百七十二担。又旧铁之运到者，仅有七千七百十五担，去年为一万三千六担。铁支、锡块及铅块，均减少，但其他多种金属略有增加。杂货项下，美国煤油、火柴、檀香、赤糖、白糖，亦有向上之趋势。

（乙）出口　今年无土货从本埠直接出口至外洋者，仅有约一千五百七十七担之荳及小量之药材等，其总值仅为关平银四千二百二两运至香港，但其在当地消费或在中国消费尚未定也。

（丙）复出口　在本埠贸易统计册中，曾未见有任何洋货复出口至外洋者。

四、复进口贸易：（甲）原运出者　土货出口至中国各埠之总值，计为关平银四百一十九万四千六十六两，较去年关平银五百二十三万七千六百八十四两，实少关平银一百四万三千六百十八两。米之一项，为关平银二百五十七万四千八百七十七两，占总值百分之六一点三九，去年为关平银三百七十万四千五百五十一两，占总值百分之七零点七二。去年海关报告书中曾谓："查今年年终南方米市价格低落，芜湖米之出口发生障碍，故十二月终，尚有大量谷类于本市屯积，以待来年米价之涨”。但今年前六个月中，并无何繁盛之贸易发生，虽春季之出口，较去年同季略有增加，但夏秋两季，较去年同季则为减少，大量米粮仍储于仓以待时。米粮贸易如此之长期停顿，实因锡兰及安南今年之秋收异常丰稔之故，适此时各地禁米出口之令皆撤去，广东可用廉价从外面大量输入，如此则市价益落，芜湖商人势不能运载极大数字之米而往交易。其后法国与锡兰发生纠纷，商人甚盼此时米价之涨起。盖今年本省收成约有八成，米粮甚多也。不幸正当收获之时，本省忽有无名病症流行，居民得病甚速，致死极易，甚有几村居民同归于尽，而其尸体无人掩葬者，熟禾在田无人收割，一任其暴露腐烂，芜湖工人每日仅能赚钱二百文。瘟疫区域曾出钱每日五百文雇工割稻，无往应者，盖惧传染也。今年收成，实异常丰盛，虽有大量之毁弃，然于十二月中出口之量极多，年底尚有大批屯积待船装运者。查年终贸易忽然活跃之故，实因广东某区域因受风雨之灾，收成减色，广州米价骤然高涨，而广州及西贡订定合同甚少。华商预料此最近几月中之米市，必不致摇动，故与轮船公司订有合同，由芜运载大批米粮至广州。以余推想，华商现当已有不快之感，若合同能取消，彼等必十分愿意，因在十一月中（即为彼等订立条约之时），米价为每担洋二圆或二圆一角五分，以米质之高低而定，但在南方每担为洋二圆二角五分或二圆三角五分，至一八九四年一月底，广州米价仅为每担一圆九角五分或二圆矣。丝及丝织品，为关平银一百八万一千四百九十六两，占总值百分之二五点七九，去年为关平银一百八万四千七百十七两，占总值百分之二零点七零。棉花减少约五百七十八担，约为关平银三千六百两。出口低落，系为小量印度棉纱之进口，因而土产棉花用于当地者甚多，只其余之小量之棉花出口。鸡鸭毛之贸易逐渐增加，一八八九年约有八百担出口，此后每年有二千担至三千担之增加，直至今年达约一万八千四百担之数字。上等纸大半由泾县运来，亦有大量之增加。关于此种纸张制造之大概情形，一八七八年海关报告书中已详之。闻现时尚继续用旧法制造，出口纸张三千七百四十七担，中有一千四百五十八担免税运至上海，系江海关监督所发之护照。闻此纸乃于上海印图书集成一书者。每张护照只填明十捆，未言及重量也。今年所免纸张之税为出口税，约关平银一千二十一两，复进口贸易税，关平银五百十两。

（乙）复运出者　复出口至中国各埠之洋货中，其重要货物为棉织品、金属、袋及煤，但其总值仅为关平银一万六百三十两，土货复出口至中国各埠（大半为镇江及上海）之总值为关平银一万四千八百九十两。

（丙）运进　去年进口土货之净值，实为最高纪录。但今年之总值为关平银一百九十一万八千七百一十两，其中上海占关平银八十九万六千九百四十四两，汉口占关平银八十六万二千八十两，赤、白两糖占第一位，为关平银五十九万四千八十七两，其次土布之值，为关平银三十八万八百五十三两，再其次桐油之值为关平银十五万一千六百四十三两，干桂圆之值为关平银六万一千四十七两，烟草（烟叶及烟丝）之值为关平银六万一千七两，夏布（粗细两种）之值为关平银五万九千八百二十三两，丝及丝织品之值为关平银五万五千六十两，其他价值较低之货物，降至关平银二万一千两，为药材、柏油、扇、木耳、红黑枣及石膏。

五、子口贸易：（甲）运进　此部分贸易之值，计为关平银一百一十三万四千三百二十二两，较去年关平银一百四十一万五千九百六两，实少关平银二十八万一千五百八十四两。安徽一省购货物之大部分所购货物，计值关平银一百九万三千三十七两，有值关平银三万七千八十三两之货运往江苏，其余值关平银四千二百二两之货运往江西。进口洋糖（赤、白两种）九万一千二百二十八担中，约有八万九千二百十八担领有凭单运入内地，几为进口之全数，较去年多八千三百担。运往内地之原色布，计为四万五千四百五十匹，去年为四万七千一百一十四匹。白粗布二千四百五十八匹，去年为四千五百九十五匹。标布五千二百八十一匹，去年为五千六百十匹。英国斜纹布二千三百四十匹，去年为四千二百七十五匹。英国市布一万二百四十九匹，去年为二万四千三百九十七匹。印度棉纱运至内地者，仅为九千三百三十九担，去年之总数为二万六千三百九十三担，全为安徽所购去。金属较去年减少，唯铁片及铁板为例外，其运往内地者至八百五十四担之多。内地对于美国煤油之购买量，去年较低，今年复多，领有子口凭单者，不下六十九万八百四十五罐，其增减显系于进口洋货之涨落。运进子口凭单之总数，为二千一百三十五张（另有六张为中国纺织工厂所织之土棉布，未计在内），去年为二千四百五十八张，前年为二千五百九十一张。

（乙）运出　今年运出子口凭单仅有一张，所照之货为麻皮四十九担，值关平银九十八两。一八九零年三十张，所照货物值关平银八千八百九十六两，一八九一年为关平银八百三十六两，一八九二年无。

六、贸易船只：今年船只之进出有二千九百七次，计为二百六十四万五千五百二十八吨。去年为三千二百二次，计有二百六十三万九千二百二十三吨。故今年次数较去年少二百九十五次，吨重较去年多六千三百五吨。其次数所以减少者，因容量甚小之池州煤船贸易之低落，而其吨重所增加者，因容量甚大之江轮之添多，故以次数言则减，以吨重言则增也。

七、旅客：今年华人乘江轮到此者六万五千三百六十九名，去年为五万二千一百二名，前年为五万五千八百四十八名。旅客船票及运费，在今年前十个月中价仍甚低，后各公司协议之结果，均一律加价，各项运费几增一倍。

八、金银：进口之银（大半为元宝），为关平银四十万二千五百四十两，多从上海及镇江运来，上海为关平银二十四万四千三百八十一两，镇江为关平银十五万六千八百九两。出口之银，为关平银一百九十一万二千四百一十两，其中关平银八十七万七千一百八两送往上海，及关平银九十万五千八百八十两送往镇江。此外，有值关平银二千一百六十五两之铜钱，送往上海及汉口。

九、鸦片：（甲）洋药　今年洋药进口之净量，为二千五百四十三担，去年为二千六百二十担，计减少七十七担。今年有两大批洋药于上海领取子口凭单，直接以轮船运至安庆，不似从前于本埠进口，在本关领取子口凭单，再运往安庆矣。本年度中，计有鸦片十三万三千五百九十五方圆包，重二千五百二十九担，加贴封条，并发子口凭单二万六千九百八十一张，以照此项货物。兹将鸦片运往最后之区域，即及数量之多寡开列于下。此种估计颇为精确，计徽州府二百八十九担，宁国府四百三十九担，池州府二百四十八担，和州八百七十九担，六安州十六担。

（乙）土药　今年皖北土药之收成仅十分之四，而江苏省土药之收成为十分之七。收成既啬，土质又劣，有四川土六担六十四斤，直接由重庆绕道宜昌运来，其第一批交货为六月一日，此货于六月三十一日，即领取子口凭单，运送江宁府。今年土药进口之总数，为六担六十七斤。

十、杂项：下列各条系直接示知，进口货上岸时之值，及出口货上船时之值。

净进口洋货市价之值，为关平银三百五十四万四千九百八十四两。

净进口土货市价之值，为关平银一百九十一万八千七百一十两。

净进口货，为关平银五百四十六万三千六百九十四两。

在芜征收之税钞、厘金，为关平银二十八万二千四百四两。

净进口减去税钞，为关平银五百一十八万一千二百九十两。

百分之七运进口者之利益等等，为关平银三十六万二千六百九十两。

上岸时进口货之值，为关平银四百八十一万八千六百两。

原出口货市价之值，为关平银四百一十九万八千二百六十八两。

在芜所纳之税，为关平银二十八万二千一百二十二两。

出口货并税钞，为关平银四百四十八万三百九十两。

百分之八运出者之利益等等，为关平银三十三万五千八百六十一两。

装运时出口货之值，为关平银四百八十一万六千二百五十一两。

公历一八九四年一月三十日芜湖关税务司白恩呈报

十七　清光绪二十年芜湖关贸易情形论略（一八九四年）

一、地方情形：今年本埠贸易之净值，计为关平银一千二十二万四千五百四十两，较去年增多关平银五十六万二千五百七十八两，较最高纪录之一八九二年仅少关平银六十九万八千六百九十九两。进口之洋货、土货，俱形减少，唯出口贸易一项，因今年前七个月中，有大量之米运出，得以增加。出口之总值，为关平银五百十五万六千九十两。以商业上之立足点观之，今年之贸易，似未为繁盛，虽年初运米之商人获利甚巨，但自中日战争之发生，即禁止洋式船只运载各种谷类出口，贸易上受极大之影响，停顿若干时，数家米行于新年后遂以停止营业闻矣。

二、税钞：今年所征税钞之总值，为关平银七十一万九千五百九十八两三钱五分三厘，较去年关平银五十八万六千一百七十两一钱四分二厘，增关平银十三万三千四百二十八两二钱一分一厘，因进口之鸦片及出口之米之量均较去年为多也。领有护照运往福州、天津、威海卫之米，系为政府用，共免去税钞关平银一万五百十三两。

三、洋货贸易：（甲）进口　洋货进口之净值，为关平银三百四十一万六千八百八十九两，其中鸦片值关平银一百三十八万八千四百十五两，占百分之四零点六四；棉织品值关平银六十六万九千七百三十一两，占百分之一九点六零；毛织品值关平银九万九百九十三两，占百分之二点六六；金属值关平银八万四千一百五十四两，占百分之二点四六；杂货值关平银一百十八万三千五百九十六两，占百分之三四点六四；棉织品之进口净量为二十四万二千二百五十九匹，较去年进口之量少十二万五千二百四十二匹。查其中各种主要货物皆形低落，原色布七万八千七百一匹，去年为十三万九千八百匹；标布一万五千五百九十五匹，去年为一万九千六百九十二匹；英国市布四万三十六匹，去年为五万二千九百六十七匹；红洋布八千二百四十一匹，去年为一万五千二百五十九匹；手帕二万七百五打，去年为三万一千一百五十一打。去年印度棉纱之输入，较之前年减少甚巨，而今年较去年又少，仅有四千八百五十二匹。其低落之理由，去年报告书中言之綦[①]详，则今年之解释，当亦无外乎此矣。毛织品中各种货物，均呈低落之势，金属亦减少，只锡片为例外耳。杂货中，仅有粗巴蕉扇、火柴、美国煤油、俄国煤油，为增加最多之货。进口俄国煤油二十三万八千罍中，有六万一千为塔油。俄油之初入本埠之市场也，每铁箱之价，较美油约少银一钱，现在每铁箱只有银五六分之差矣。雇主之意见以为，俄油之发光力，亦不减于美油，且其燃烧较美油反更迅速也。

（乙）出口　今年无土货从本埠运出直接至外洋者，仅约有豆类一千六百六十七担，及少量之药材，其总值为关平银三千一百四十二两，运至香港，多为当地或中国消费也。

（丙）复出口　本埠曾未有洋货复出口至外洋者。

四、复进口贸易：（甲）原运出者　本地土货出口至中国各埠之总值，共计为关平银五百十五万二千九百四十八两，较去年之关平银四百十九万四千六十六两，增关平银九十五万七千八百二十二两。出口米之值，为关平银三百六十二万三百六十两，占出口总值百分之七零点二六。米之运出，在一月时极盛。此一个月间，运米至广州及汕头之轮船，不下三十二只。今年前六个月运往南方者，继续不衰，每次常见有五六只江轮停靠码头载运米粮。今年（或即可谓前七个月）运出之米，为三百十四万二千八百七十三担，去年

①綦（qí）：意为极、很。

为二百九万一千十九担。据米商云，今年交易获利甚丰，六月底各处米仓皆告竭乏，其贸易之盛有如是者，此后贸易较前略形低落。至七月二十八日，芜湖海关监督奉到南方商务大臣之电令，于是发出通告，在中日战争期间，禁止米及他种谷类出口。当奉到电令之时，有一德轮正拟运米至广州，已上货若干担，特予通融准其运出。今年米之收成极好，江北八成，江南六成，禁米出口之后，本埠尚存米三十万担，及麦十万担。当镇江撤去米禁时，本埠依然未撤，皖米乃以民船载至镇江，于南京完纳过路厘金，再由镇江以轮船载至南方。丝及丝织品，值关平银一百四万七百二十五两，占百分之二零点二零；去年为关平银一百八万一千四百九十六两，占该年出口贸易总值百分之二五点七九。中日战争自有影响于此项贸易，闻南京有多数纺织业停止工作，生丝之出产约有十分之七。棉花之运出者有二万六百五十七担，值关平银十四万二千九百九两；去年为五千五百三十二担，值关平银四万七百三十九两。今年前数月中，日本购买巨量之棉花，于是大批芜湖产品，复出口至上海，运往日本。此时棉花之价，每担由银十两，涨至十一两。但战争开端，购买停止，价复落至每担银八两。运出之总量中，上海购去一万四千三百十六担，九江购去三千九十四担，汉口购去二千九百六十八担，其余之二百七十七担运往广州。上等纸较去年少五百七十一担，即少关平银一万二千七百九两，出口纸张之总量为三千二十八担，约有五百四十一担免税运往上海，系领有上海关监督之凭单，此纸专为印刷图书集成之用，免收之纸税，计为出口税关平银三百七十八两。复进口贸易税关平银一百八十九两，但领有凭单之纸，于七月尾即停止运出，上海造纸厂所造之纸，大有影响于芜湖制造之货也。鸡、鸭毛之贸易，并不若去年之盛，运出者仅有一万六千四百九十四担，去年为一万八千四百九担。煤之出口，于一八九零年为一万四千三百六十五吨，后渐次减少，今年仅有六百六十八吨运出，镇江购去三百三十五吨，上海购去三百三十三吨。

（乙）复运出者　复出口至中国各埠之洋货，其主要货物为棉织品、毛织品、金属、袋、美国煤油及白糖，其总值仅为关平银一万七百九十一两。复出口至中国各埠之土货，值关平银九千七百四两，大半运往镇江及上海。

（丙）运进　去年进口土货之净值，计为关平银一百九十一万八千七百十两，乃最高之纪录。今年仅达关平银一百六十五万一千五百六十一两，较少关平银二十六万七千一百四十九两。在此总值中，汉口占关平银七十七万六千八百七十两，上海占关平银七十万九千四百五十一两。赤、白两糖为最主要之货，计值关平银四十七万四千一百四十五两。其次为土布，值关平银二十七万一千七百三十九两。等而下之桐油，值关平银十三万六千九十六两，土药值关平银十三万六千二百六十五两，烟叶及烟丝值关平银七万五百十二两，豆油值关平银六万五千三百九十二两，干桂圆值关平银五万一千六百十五两，粗、细夏布值关平银四万四千三百六十五两，丝及丝织品值关平银四万七百八十两，柏油值关平银三万九千八百二十三两，旧麻袋及布袋共值关平银三万九百七十一两，漆值关平银三万一百六十两。

五、内地子口贸易：（甲）运进　此部分贸易之值，为关平银九十三万一千一百十八两，较去年之关平银一百十三万四千三百二十二两，减少二十万三千二百四两。本省购货物之大部分计其值，为关平银八十八万四千七百十五两，运往江苏省之货物仅值关平银四万四千三百二十九两，其余值关平银二千七十四两之货物为江西购去。洋糖（赤、白二种）进口之总量，仅为七万八千六百七十七担。至于领有子口凭单运往内地者，不下八万三百八十九担，较全年进口之总量多一千七百十二担，想系去年进口之货存余者。计运往内地之货为，原色布二万三千二百二十五匹，去年为四万五千四百五十匹；白粗布七百八十匹，去年为二千四百五十八匹；标布六千二百十匹，去年为五千二百八十一匹；英国斜纹布一千三百六十五匹，去年为二千三百四十匹；英国市布五千二百六十匹，去年为一万二百四十九匹。印度棉纱运往内地者，有四千五百九十九担，去年为九千三百三十九担，前年为二万六千三百九十三担，所有棉纱均为本省消费。金属较去年低落，但铁板、铁片、铁丝及各种铁器为例外。内地对于煤油之购买量，似有增加，领取凭单运至内地者，有美国煤油八十一万二百五十六罐，及俄国煤油八万四百九十五罐。去年有棉斜纹布三百十五匹，及棉市布二十匹，为中国织布厂出品，领子口凭单六张运往内地，今年未发出关于此种货物之凭单矣。计今年发出运入子口凭单二千九张，去年为二千一百三十五张，前年为二千四百五十八张，再前一年为二千五百九十一张。

（乙）运出　今年发运出子口凭单五张，所照之货物为棉花、生牛皮及兽油，值关平银四千七百三两，去年仅发出一张。

六、贸易船只：贸易船只之进出为二千七百三十七次，计重二百六十四万五千五百六十七吨，与去年之二千九百七次，重二百六十四万五千五百二十八吨相较，减少一百七十次，增加三十九吨。所雇佣之吨重，英国占百分之七三点二五，中国占百分之二四点五九。奥国船只不见于贸易船只表中矣，池州煤船航行于江上者，亦见减少，此即贸易船只航行次数低落之理由，但煤船之容量甚小，故无影响于雇用吨重也。

七、旅客：今年乘江轮到芜之旅客为四万三千四百七十九名，离芜之旅客五万七百二十一名，去年为三万九千四百十六名。华人之所以离此较到此为多者，因有大批木排上之水手，先驾木排来芜，后乘江轮回乡也。

八、金银：进口之银（大半为元宝），值关平银六十八万九千八百十两，其中关平银五十三万一千九百十两来自上海，余数关平银十五万七千九百两来自镇江。出口之总数，为关平银一百七十七万七千六百五十一两，其中关平银八十六万五千五两运往上海，关平银七十七万七千九百两运往镇江。

九、鸦片：（甲）洋药　今年进口之净量为二千八百九十三担，去年为二千五百四十三担，前年为二千六百二十担。前曾预料洋药进口之量必致低落，因有两家运进最多之土商开设支店于安庆，所运之鸦片，概由上海领取子口凭单，直接送达安庆，不须于此登陆矣。虽有此种实质上之变动，但尚无影响于照例之进口也。今年有十四万七千八百四十八方圆包之鸦片，重二千七百七十九担，加贴封条发出子口凭单三万七百五十九张，以照此货。至运往最后之区域及分配之数量，尚难得一精确之统计，兹将其较近似之数记之于后，计徽州府三百三十七担，宁国府四百六十九担，池州府二百二担，太平府六百二十八担，广德州二担，安庆一担，庐州府二百四十九担，和州八百八十六担，六安州五担。

（乙）土药　今年皖北曾遇旱灾，土药之收成不丰，仅有四成，质又甚劣，因是群趋于四川土，今年四川土之进口，约有七十担。

十、杂项：所附之表，系直接示知进口货上岸时之值及出口货上船时之值。

净进口洋货市价之值，为关平银三百四十一万六千八百八十九两。

净进口土货市价之值，为关平银一百六十五万一千五百六十一两。

进口货净值，为关平银五百六万八千四百五十两。

在芜湖完纳之税厘，为关平银三十二万一千三百三两。

进口货净值减去税厘，为关平银四百七十四万七千一百四十七两。

商人利息等百分之七，为关平银三十三万二千三百两。

进口货上岸时之值，为关平银四百四十一万四千八百四十七两。

原出口货市价之值，为关平银五百十五万六千九十两。

在芜完纳税钞，为关平银三十八万二百六十三两。

出口货之值加税钞，为关平银五百五十三万六千三百五十三两。

商人利息等百分之八，为关平银四十一万二千四百八十七两。

出口货上船时之值，为关平银五百九十四万八千八百四十两。

公历一八九五年二月九日芜湖关税务司白恩呈报

十八　清光绪二十一年芜湖口岸贸易情形论略（一八九五年）

一、地方情形：今年本埠贸易之净值，共计为关平银七百九十五万九千四百八十二两，较去年少关平银二百二十六万五千五十八两，较前年少关平银一百七十万二千四百八十两。在进口表中，洋货、土货较去年皆略有增加，则今年贸易总值之减少之故，必可从出口表中见之，查出口米之停顿，殆为主因。今年禁米出口之令，直至十一月一日始行撤去也。洋货及复进口货之总值中，英国占百分之六三点零五，中国占百分之三三点六六，德国占其余百分之二点二九。本地零售商人皆觉今年为一茂盛而可满意之年，经营得利者甚多，且闻有获利至百分之二零者。在年冬时，铜钱极为缺乏，因北方发给兵士俸饷，需要极大量之数也。银圆之价格，年初每圆可换铜钱一千一百文，至年底换九百文尚难得也。

二、税钞：今年所收税钞之总值，为关平银四十二万二千八百八十五两，较去年关平银七十一万九千五百九十八两之数，少关平银二十九万六千七百十三两，因进口之鸦片，及出口之米，及丝织品，均为减少也。

三、洋货贸易：（甲）进口　洋货进口之净值，为关平银三百七十三万三千三百三两，去年为关平银三百四十一万六千八百八十九两，前年为关平银三百五十四万四千九百八十四两。洋货总值中，鸦片为关平银一百四十七万七千一百三十四两，占百分之三九点五七；棉织品为关平银九十二万八千五百二十两，占百分之二四点八七；毛织品为关平银十二万四千五百二十两，占百分之三点三四；

金属为关平银九万三千六十三两，占百分之二点四九；杂货为关平银一百十一万六十六两，占百分之二九点七三。棉织品之进口净量，为二十八万八千九百九十六匹，较去年进口者仅多四万六千七百三十七匹。下开各货皆为略有增加者，即原色布十万八千九百三十二匹，去年为七万八千七百一匹；白粗布三万三千六百九十四匹，去年为二万三百九十五匹；手帕十万八千九百三十二打，去年为二万七百五打。至进口货中之低落者，为标布、英国市布及各种棉布。又印度棉纱增至六千八百三十四担，去年为四千八百五十二担，已领子口凭单运入内地。毛织品略呈向上之趋。金属多增加，只锡板为例外耳。杂货不需多加说明。俄国煤油进口至二十五万七千五百罐，去年为二十三万八千罐，其中今年十三万三千罐，去年六万一千罐，为油塔之用。日本火柴销路甚广，今年有三十三万三千七百八十罗进口。赤、白两糖之进口量，有八万六千九百六十六担之巨，最大部分为广州及汕头产品，先运至香港，后复用轮船载运绕道上海而来，其领取子口凭单，均作为洋货待遇，计除去四千担外，余悉运入内地。

（乙）出口　今年无从本埠直接运往外洋各地之货物，仅有豆类约二千一百十四担及少量之粉丝运至香港，但多为其当地或中国消费也。

（丙）细查贸易册从未见有洋货复出口至外洋各地者。

四、复进口贸易：（甲）原运出者　本地出产运至中国各埠之土货之总值，为关平银二百三十五万六千五百五十九两，与去年之关平银五百十五万二千九百四十八两相较，少关平银二百七十九万六千三百八十九两。此大量之减少，几可谓全因运出米之值（从去年关平银三百六十二万三百六十两，落至今年关平银一百二万七千四百四十四两）。今岁米之收成，甚为丰盛，江北约有八成，江南约有七成，市价较去年略高。麦之收成亦好，计算约有七成。但直至十月二十九日，本关始奉到海关监督之通知，着于十一月一日撤去禁米出口之令，然在该月十六日前，尚无海轮运米出口至南方者，盖政府与商人正确商以后征收米厘之税率也。最初决定每担（重一百斤）抽厘关平银一钱，但因米商坚决反对之结果，改为每担（重一百五十斤）抽厘芜湖市平银一钱。此项事件解决后，米即开始运出。后来贸易臻至极盛，有米六万二千三百五十担免收厘金，因在本埠长期屯期，业已烂之故，湖北岁饥，大量之米，由芜以江轮载往汉口，其中多数免税。丝及丝织品，计值关平银八十三万六千九百七十九两，占出口贸易百分之三五点五二，去年为关平银一百四万七百二十五两，占去年出口贸易百分之二零点二零。乱丝头出口之量，较去年略多，丝织品则较少六百五十五担。棉花之收成甚好，出口有六千一百二十担，值关平银四万六千五百九十四两，去年为二万六百五十七担，值关平银十四万二千九百九两。年初此货之价，为每担英洋八圆，后增至十四圆，现为十二圆五角。其所以低落者，则有数因：一、去年进口为罕见之大量；二、产棉者索价太高，买者难获巨利；三、多数日本棉花机运入内地，其有大量之产者，皆用日本棉花机，将棉花及子分开，而将净棉花运往其他市场；四、因屯货者不愿低价出售，大批棉花仍积于本埠。出口之总量中，上海购三千五百五十一担，汉口购一千六百六十四担，其余则为九江、镇江、广州购去。纸张减少甚巨，因芜湖所出之纸，上海造纸厂已能模造，并取而代之矣。鸡、鸭毛羽之贸易，呈进步之象，有一万八千七百五十担出口，值关平银十二万七百十一两，去年运出一万六千四百九十四担，值关平银十万五千四百九十五两。池州煤之出口者，有三千八百五十七吨，值关平银一万六千二百五十四两；去年六百六十八吨，值关平银二千六百六十九两；今年镇江购一千八百九十九吨，上海购一千九百五十八吨。

（乙）复运出者　复出口至中国各埠之洋货，大部分为棉织品、毛织品袋、英国煤油及伞，其总值仅为关平银一万五千七百七十九两，复出口至中国各埠土货之值，为关平银七千四百八十二两，大半趋往镇江及上海。

（丙）运进　土货进口之净值，为关平银一百八十六万五千七百五十二两，与去年之关平银一百六十五万一千五百六十一两相较，则多关平银二十一万四千一百九十一两。在此总值中，汉口为关平银九十万七千八百四十三两，上海为关平银七十五万三千九百九十六两，九江为关平银十一万五千一百二两。赤、白两糖为最重要之货物，共计值关平银五十五万六百六十八两。其次为土布，值关平银四十三万三百三十四两。等而下之，桐油，值关平银十二万七千九百二两；烟叶及烟丝，值关平银九万三千二百十一两；干桂圆，值关平银五万一千二百十四两；丝及丝织品，值关平银四万六千六百六两；粗、细夏布，值关平银四万三千九百七十四两；四川土及云南土，值关平银四万二千九百三十六两；瓜子，值关平银三万一千一百十六两；漆，值关平银三万八百八十九两；药材，值关平银二万六千三百六十三两。

五、内地子口贸易：（甲）运入　本埠此部分贸易之值，为关平银九十八万一千八百八十九两，与去年之关平银九十三万一千一百十八两之数相较，多关平银五万七百七十一两。本省当然购取货物之大部分，其值计为关平银九十二万九千七百五十七两，运往江苏之货物，仅值银五万一千四百七十两，其余之货物，除值关平银六两之钢二担外，皆为江西省购去。赤、白两糖领有子口凭单送往内地者，计为八万二千八百九十担，去年为八万三百八十九担。原色布为三万一千二匹，去年为二万三千二百二十五匹。白粗布为一千三百匹，去年为五千二百六十匹。英国斜纹布一千六百八十匹，去年为一千三百六十五匹。印度棉纱从去年四千五百九十九匹，增至今年六千四百十五匹。金属各货几全有增加。美国煤油，从去年八十一万二百五十六罍，降至今年六十一万四千四百九十罍，至于俄国煤油于同时从八万四百九十五罍，增至十九万二千五十三罍。除上述各货之外，有棉纱二十一担，值关平银三百五十七两，由中国纺纱公司之手，领凭单一张，运往内地。今年计发运入子口凭单一千九百二十三张，去年为二千九张。

（乙）运出　今年计发运出凭单一张，所照之货为兽油三百担，值关平银一千七百十两，去年发出凭单五张。

六、贸易船只：贸易船只之进出，为二千七百十七次，载重二百四十四万六千九百五十八吨，去年为二千七百三十七次，载重二百六十四万五千五百六十七吨，今年计少二十次，十九万八千六百九吨。其减少之故，为大半年间无载米之船也。所雇用之总吨数，英国占百分之七二点四一，中国占百分之二六点六八，德国占百分之零点八六，挪威船占百分之零点零五。

七、旅客：今年华人之乘江轮到此者，为三万八千四百六十七名，去年为四万三千四百七十九名；离芜他去者，为四万二千七百六十一名，去年为五万七百二十一名；外人之到此者，约有一百七十名，离此者一百六十八名。

八、金银：进口之金银（大半为元宝），值关平银六十八万六千七百七十三两，其中有关平银四十一万三千六百八两运自上海，余关平银二十七万三千一百六十五两运自镇江。出口之金银，值关平银一百四十九万一千三百二十四两，其中运往镇江者，值关平银七十四万五百三十两；运往上海者，值关平银六十二万二千五百九十四两。

九、鸦片：讷尔逊君曾为我述洋药、土药贸易之状况，兹录于下：

（甲）洋药　今年进口之净量，为二千五百二十四担，较去年二千八百九十三担，减少三百六十九担，约为百分之一三。其所以降落者，厥为土药购买量之增大。盖近来土药之质，已较前为优，而所售之价仅及洋药之半，以至一般人均有力购买，故能影响洋药之进口如斯之巨也。今年春季白皮土之价，为关平银五百五十五两，及至年终价增百分之八，公班土价格最低时在四月，计为关平银六百两，其余十一个月之平均价为关平银六百三十四两中，亦略有涨落。又有十三万六百八十六方圆包之鸦片，重二千四百七十六担，加贴封条发出子口凭单二万五千六百六十六张以照之。至其运往最后之区域及其分配之多寡，详之如下，徽州府三百三十二担，宁国府三百四十二担，池州府二百五担，太平府五百十九担，安庆一担，庐州府三百七十五担，和州七百二担。

（乙）土药　禁米出口之令，并无影响于土药之贸易。洋药之高价，驱迫从前一部分爱吸洋药之人，不得不舍弃洋药，而改吸土药。虽土药之价亦较前提高，然销路日有增加，贩运土药之商，获得巨利。安徽土药之收成甚丰，上等土药约有八成，产土之区如颍州、亳州、寿州及皖北一带有大批芜湖土药商人趋往也。至江苏省之主要产土区域，如丰县、砀山，今年亦有七成之收获，但运芜湖者甚少，不过占购买总量中十分之一而已，其大部分则售于长江下游，甚有运至台湾。芜湖所购买之各种土药之比例列之如下：安徽土百分之七零，四川土百分之二零，江苏土百分之一零。闻四川土极为吸者所爱好，去年仅有七十担进口，今年则有一百三十六担，已增加至百分之百矣。云南土进口总数为十六担。

十、杂项：所附之表，系直接示知进口货上岸时之值及出口货上船时之值。

净进口洋货市价之值，为关平银三百七十三万三千三百三两。

净进口土货市价之值，为关平银一百八十六万五千七百五十二两。

进口货净值，为关平银五百五十九万九千五十五两。

在芜湖完纳之税厘，为关平银二十七万九千四百十八两。

进口货净值减去税厘，为关平银五百三十一万九千六百三十七两。商人利息等百分之七，为关平银三十七万二千三百七十五两。

进口货上岸时之值，为关平银四百九十四万七千二百六十二两。

原出口货市价之值，为关平银二百三十六万四百二十七两。

在芜完纳税钞，为关平银十二万四千六百六十四两。
出口货之值加税钞，为关平银二百四十八万五千九十一两。
商人利息等百分之八，为关平银十八万八千八百三十四两。
出口货上船时之值，为关平银二百六十七万三千九百二十五两。

公历一八九六年二月五日芜湖关税务司白恩呈报

十九　清光绪二十二年芜湖关华洋贸易情形论略（一八九六年）

一、地方情形：今年本埠贸易之净值，为关平银一千一百六十二万四千八百二十八两，超过已往之最高纪录，较去年之总值多关平银三百六十六万五千三百四十六两，较前年之总值多关平银一百四十万二百八十八两。此较前年所多之数字，可认为贸易真正进步之度量，因去年之总值，实为异常之低降也。进口洋货之值，较去年约多五十万两。进口土货之值，尚无变动。出口贸易之值，为关平银五百五十万八千六百二两，去年为关平银二百三十六万四百二十七两，比较观之，今年为去年之二倍强。各国所作贸易之比例如下：英国占百分之七零点九六，中国占百分之二三点七六，德国占百分之五点三一，计英国增百分之六点九一，德国增百分之三点零二，中国减百分之九点九三。虽在去年衰落之后，有今年极健旺之反动，但就全体观之，芜湖及其近邻之贸易，均未见佳。五谷歉收，银根吃紧，进口之货不特无雇主购买而储存之，即彼等原有之货，亦欲减价求估矣。银圆之兑换率，最高时每圆合铜钱九百六十文，最低时合铜钱八百五十文。闻标准之铜钱，每“吊”（即一千文之命名）溶化为上等铜，约有七斤之重，每斤最低之价，可值铜钱三百文至四百文之谱，其利益至少为百分之一一零，又若大钱一千文之铜，如任意掺雜，可制成劣钱六千文至一万文之谱，此种劣钱常置于标准钱之串中，其数之多少，必须贸易时当面言明，或视出钱者与收钱者两方较量之能力孰大为断也。此种将铜币作不合法之使用，大有影响于流通之中准物，故海关监督于一月四日发出一通告，禁止铜钱出口，且限制旅客每人仅能携带钱三十千文，后限制更为加紧，每人只准携带十千文。

二、税钞：今年所征税钞之总数，为关平银五十九万六千四百四两，由历年所征之数观之，今年税钞可占第四位，较去年多关平银十七万三千五百十九两。

三、洋货贸易：（甲）进口　进口洋货之净值，共计为关平银四百二十五万五千七百四十七两，为历年来进口洋货贸易中最高之值。洋药为之进口，从去年二千五百二十五担，降至今年二千一百五担，仅为进口贸易总值百分之三二[①]。主要货物中之棉织品，仅棉剪绒低落，至购买各种粗布及英国市布、斜纹布、手帕、印度棉纱者，反较去年有显著之增加。毛织品亦有大量之进口，哔叽尤多。金属中之锡块减少甚巨。杂货表首接触于吾人之目者，为袋较去年多一倍。由此可推知，与其有关系之米，亦必有相当之增加也。粗巴蕉叶扇较去年之数大增。日本火柴，较去年约少十二万六千罗，他种火柴约增百分之百。各种煤油，俱呈显著之进步，美国煤油自去年九十一万四千七百七十罐，增至今年一百三十九万五千四百一十罐；俄国煤油装于铁箱者，自去年十二万四千五百罐，增至今年四十三万八千七十罐；置于油池者，自去年十三万三千罐，增至今年二十二万二千七百五十罐，仅此一种洋货于本埠征收税钞，又每箱征钱五文为育婴堂之经费。各种糖较去年共多一万一千担，伞从去年五万四千柄增至今年八万五千柄。

（乙）出口　今年无土货直接出口至外洋各地者。

（丙）复出口　无

四、复进口贸易：（甲）原运出者　出口至中国各埠土货之值之激增，已言之于前，较去年计多关平银三百十五万九百九十二两。米运出之增加，为造成此事态之主因，盖其值自去年关平银一百二万七千四百四十四两，增为今年关平银四百七十四万七千七百六十

① “百分之三二”应为“百分之三十二”。

八两也。麦之收获，计有五成，高地所种之稻，尚为无恙，低地则早为洪水所没，能种植之区域，仅为全省十分之七，而其平均之收获，又在五成以下也。故今年米出口之增加，非由于丰收之结果，乃因去年撤去米禁之时甚迟，而该年米之收成异常丰盛，有多余之米以待今年运出也，有值关平银三十九万六千六百六十二两之米免费运出，为救济各地饥馑之用。闻棉花之收获，因遭水患，仅有六成，但其出口之量，较去年反多百分之三八。丝货中之蚕茧独增加甚多，从去年之五十九担，增至今年之一百七十二担。至于乱茧去年有五十七担出口，今年出口表中，尚无此货也。丝织品将有永不见于贸易册表中之惧，其出口之货，已从去年一千一百二十五担，降至今年九十担，较一八九四年之数，犹为降落，盖因商人已不用民船装运至本埠，仅绕道南京，由招商局轮船运至镇江，此为最捷之路径，而花费又较少也。山羊皮出口大增，从六万一千五百五十块，增至十万二千四百三十二块。

(乙) 复运出者　洋药复出口至中国各埠之总值，计为关平银九千五百八十四两。其中值关平银三千三百两之俄国煤油运往汉口，值关平银四千三百十七两之杂货运回上海。

(丙) 运进　进口土货之净值，实际上与去年相似，计为关平银一百八十六万四百七十九两，汉口占百分之四七，上海占百分之四三，镇江占百分之八。进口之麻袋及布袋，共计为一百十八万六千二百十九个，去年为二十万九千七百三十个，查此种货物增加之影响，在洋货项下已说明，兹不复赘。土布之贸易，似不及去年之盛，计减少一千六百十二担，即较去年降落百分之一七也。汉口煤之输入，亦不如前，今年仅一千七百五十二吨，去年为四千二百四十五吨。红枣及黑枣较为增多，颜料增百分之百，爱用纸扇者较用各种巴蕉扇者为多，至于粗细夏布、火柴、药材、豆类、落花生、纸（尤以次等纸）、陈皮、瓜子、肥皂、赤糖、木杆皆较去年增加，白糖及伞较少。

五、内地子口贸易：（甲）运入　今年领有凭单运往内地之洋货之值，从去年关平银九十八万一千八百八十九两，增至关平银一百三十九万四千六百五十三两，可知内地市场已较去年繁盛矣。江苏占子口贸易总值百分之五，其余除有值关平银三百六十两之煤油运至江西外，全为在本省所贸易，此项贸易之总值，约为洋货净进口之值三分之一。棉织品及毛织品涨落甚巨，如原色布、白粗布、印花布、标布、英美斜纹布、英国市布、手帕、面巾、粉类之棉货，各种棉纱、哔叽皆有增加，而棉剪绒独形低落。金属之购买量，较去年为大，铁板及铁片已不见于今年表中，而钢板则初次引起吾人之注意，计有三千六十五担，值关平银七千二百四两。各种杂货俱有增加，虽有少数例外，亦无足轻重也，其最可注意者，为扇子、火柴、各等糖及各种煤油。俄国煤油，从去年四万九千二百三十罃，增至今年三十二万二千七百三十罃。今年发出凭单二千六百十七张，尚有一张凭单所照之货，为中国机制棉纱九担不在此内。

（乙）运出　无

六、贸易船只：今年进出之贸易船只，较去年多一百八十七次，载重多三十九万七千四百四十五吨。所雇用之吨数，英国占百分之七四点二五，中国占百分之二三点四八，德国占百分之二点二七。

七、旅客：到芜之旅客，较去年多华人一千名，外人五十名。离芜之旅客，较去年多华人约六千名，外人五十七名。

八、金银：进口之金银，值关平银六十二万四千八百二十两，其中值关平银三千五百七十五两之数为银元，余为元宝。查金银之大半数从上海运来，其余镇江供给关平银十七万一千六百六十一两，汉口供给关平银七万四千二百六十两。出口之金银，全为元宝，共计值关平银一百三十九万三千一百六十两，大半数运往上海，至运往镇江之数与上海运来之数颇相同，余则运往汉口、九江、安庆，其比例汉口占五十分之三十，九江占五十分之九，安庆五十分之十一。

九、鸦片：（甲）洋药　今年进口之洋药，为五千八百四十七担，较去年少四百十八担，较前十年少二千一百五担。其所以减少者，由于收成荒歉，银根吃紧，洋药之价高涨，驱迫一般人趋于土药土。去年洋药每担之价值关平银五百八十五两，今年白皮土之平均市价在关平银六百三十两以上，与去年公班土市价同，今年公班土之市价无何变动也。

（乙）土药　进口之土药为二百七十九担四十斤，去年为一百五十二担五十八斤，计四川土二百七十七担七十斤，其中不下二百九担二十五斤绕道上海运来，余不知商人运其货物至本市如此之迂回，有何利益，其唯一之解释，只可谓此地之市价，优于上海耳。现市中商人贩来之四川土，每一饼约重五斤，携带甚便，储藏亦易，计每重百两值银十六两，税钞及杂费均在内。本地之消费，土药逐渐加多，商人皆预料其购买量寻将增大。丰县及砀山土药之收获，为自十分之四至十分之五之谱，此种土药本埠无购买者，其销路为镇江、福建、台湾。至颍州、亳州、寿州之出产，平均为十分之五至十分之六，此三州中种罂粟之地添多，但实际上不因供给之增加而价格变动，此足证明购买量亦较大也。安徽土较四川土之价，每重百两仅少银一两，可见安徽土产额之增加，实有极大刺戟之故，盖其质已改良而爱吸者多也。

十、杂项：十月中，江水涨起至去年最高点之上，五、六、七三个月中雨量较大，今年平均每月雨量为五英寸，去年为四点三四英寸。在数月前，曾有于芜湖河口建筑一桥以便来往行人之议，遭绅商之极力反对而未成事实，彼等以为芜湖河口，为通太平府及宁国府之要道，若建筑桥梁，有碍民船航行也。所附之表，系直接示知进口货上岸时之值及出口货上船时之值。

净进口洋货市价之值，为关平银四百二十五万五千七百四十七两。

净进口土货市价之值，为关平银一百八十六万四百七十九两。

进口货净值，为关平银六百十一万六千二百二十六两。

在芜湖完纳之税厘，为关平银二十三万二千七百四十四两。

进口货净值减去税厘，为关平银五百八十八万三千四百八十二两。

商人利息等百分之七，为关平银四十一万一千八百四十四两。

进口货上岸时之值，为关平银五百四十七万一千六百三十八两。

原出口货市价之值，为关平银五百五十万八千六百二两。

在芜完纳税钞，为关平银三十三万二千七百八十九两。

出口货之值加税钞，为关平银五百八十四万一千五百九十一一两[①]。

商人利息等百分之八，为关平银四十四万六百八十八两。

出口货上船时之值，为关平银六百二十八万二千二百七十九两。

公历一八九七年二月五日芜湖关税务司罗德呈报

① "安徽省图书馆抄本"为"五百八十四万一千五百九十一两"，可能"安庆图书馆本"衍出一个"一"字。

二十　清光绪二十五年芜湖关华洋贸易情形论略（一八九九年）

一、地方情形：在去年丰收之后，继以今年之大熟，此两次丰年所影响于贸易者，自为极大。农人有大批之米出售，得以供给其家庭之必须品、舒适品及奢侈品，而中间人，如运米出口之米贩，及供给货物于商埠上之商人，亦得为茂盛之贸易，获取丰富之利益。至于苦力及水手，无乏工作之虞，并常有钱，恣其花费。于是购买鸦片者增多，而此种货物，有大量之进口矣。今年本埠贸易之总值，为关平银二千二十八万一千八百四十九两，约倍于去年之值，乃最高之纪录。

二、税钞：今年所征税钞之总数，为关平银九十五万三千七百二十六两，系本埠税钞中之最高纪录。已往之最大数字，为一八九四年关平银七十一万九千五百九十八两。今年所以税钞大于去年及往年者，乃大量之米出口之结果，又鸦片之税厘，增加亦巨也。

三、洋货贸易：（甲）进口：直接从外洋各地进口者，及由上海转运者，共计关平银六万九千七百五十八两。其主要货物为麻袋，从香港进口，其数达八十万条，全为盛米之用。并有若干捆之杂色布匹及火柴，自日本运来。芭蕉扇及杂货，从新加坡运来。

（乙）出口　出口至外洋各地主要货物，为豆类三千八百八十八担，蒜头六百六十三担，落花生二百八十一担，皆运至香港，其总值仅为关平银一万一千四百两。

（丙）复出口　无

四、复进口贸易：（甲）原运出者　去年收获之米，今年从一月起，至六月止，运出有二百四十九万三千八百六十六担。在六月初，禁米出口旋复开禁，运出复盛，从此时起，至年底止，米之出口，计为二百四十二万八千八百八十担，造成全年总出口米四百九十二万二千七百四十六担。米之售价，并无增加，十二月底为米运出最多之时，然供给者源源不断，其时米价，每袋一百四十斤，值关平银二两五钱。汕头为本埠之最大雇主，广州次之，烟台及天津亦有大量之购取。米为本埠之主要支持物，其收获之丰盛及荒歉，本埠之繁荣系焉。本埠亦有他种货物出口，但米占其最大部分。相形之下，他种货物反似无足轻重矣。次于米之值者，首为丝，有一千七百九十五担出口，值关平银四十六万七百九十两，为本埠开放以来丝中最大之出口量，观此可知丝之贸易渐有起色。丝织品已完全不见于出口表中，因镇江之税钞较轻，故此种货物，自一八九六年后皆趋于镇江出口，但一八九九年南京又开放，故此货又多一出口处矣。其他较重要之货，为麦十二万二千九百六十五担，豆类八千五百九十一担，花生四万四千四百六担，毛羽一万九千九百八十六担，玉米四万七千九百五担，油菜子六万五千五百七十四担，芝麻三万三千三百九十九担。大部分之菜子运至广东，因于彼处制油较在此更为经济也。出口货总值，为关平银一千五十九万六千九百五十二两，米占关平银八百七十七万九千八百四十六两，上述其他之八种货物，占关平银一百四十一万五千八百七十四两。

（乙）复出口　从芜湖复出口之货甚少，今年此项贸易之值，为关平银二万三千五百九十一两，运往广州之落花生一千九百三十二担，占大部分，又运往上海之烟叶三百十一担。

（丙）运进　进口洋货之总值，为关平银六百八十八万九千三百六十六两，较去年之数字，约增关平银三百万两。当此繁荣之年，因人民收入之增加，购买大量之洋货，自较土货为多，其中尤以鸦片消费之量为最大。今年进口鸦片之量，超过已往任何年，较去年约多一百万两，占进口洋货所增之值中三分之一。棉织品之进口，从去年三十万八千八百十一匹，增至今年五十一万四千六百八十三匹，其中各种货物均有增加，而棉纱贸易之进步尤显。今年所进口者（连中国棉纱在内），计为六万八千三百二十五担，去年为二万四千八十一担，前年为一万四千三十八担。此项货物，今年之值，较去年多关平银八十七万五千两，虽中国及日本之棉纱有大量之运入，但印度棉纱仍为人乐用之物。大量棉纱之进口，排挤棉织品至何程度，尚难断言，但或单用此纱，或掺杂以手工所制之纱，织成粗布，较通常各种棉布，实为经济也。煤油之进口，有二百七十三万五千九百五十罂，计美国煤油一百七十八万二千六百罂，俄国煤油七十四万四千八百罂，苏门达腊煤油二十万八千五百五十罂。赤、白两糖之进口，较已往任何年为多，其消费量之多寡，实为人民幸福最好之度量。约略言之，今年进口洋货之总值中，十分之三为鸦片，十分之二为棉织品，十分之二为棉纱，十分之二为麻布袋、煤油及糖，十分之一为其余表中所列货物。进口土货之总值，为关平银二百七十五万一千四百二十两，较去年多关平银五十万四千一百六十两。其主要之货物，以值而论，则为糖，其进口有十二万一千二百三十担，值关平银六十五万二百四十八两。其次为土布，计一万一千九百十四匹，值关平银五十五万三千二百五十八两，大部分从汉口运来。桐油二万四千七百五十六担，亦从汉口运来。烟叶一万一千二百十六担，又从上海纺织公司运来之棉纱五千四百五十六担。此五种货物，占进口土货贸易十分之六以上矣。土货之来源，以汉口为最多。

五、内地子口贸易：（甲）运进　内地贸易之大小，观进口贸易之盛衰即可推知。今年领有凭单运往内地货物之量，较已往任何年为多，其总值为关平银二百三十万九千一百九十六两，去年为关平银一百四十万五千四十八两。棉纱之增加特巨，棉织品由去年七万二千六百九十四，增至今年十三万一千八匹。表上其他主要货物之增加，亦与进口之增加成正比例。

（乙）运出　运出子口凭单，今年只发出两张，所照之货为鸡鸭毛、药材及若干杂货，因仅有少数货物准许发给运出子口凭单，故此项贸易不能有大量之增加也。

六、贸易船只：开出之轮船，较去年多二百六十四次。运米之海轮，较去年多一百十五次。日本有三只海轮，按期于长江航行，今年多开三十二次。又下半年间航行于芜湖、庐州府（距芜约八十英里）间之小轮船，装载旅客，并拖有载客之民船两只，计开行一百三次。帆船中有雇用之民船、沙船及繁昌县煤矿公司之煤船（运煤至镇江及上海）。按期航行于江上之轮船，计中国四艘，英国三艘，日本三艘，平均每日有两艘上行，两艘下行。但从上游运到本地之货极多，欲载货物，常需预先定一位置，故出口之货，常有于本埠搁置数星期之久，以待装运者。德国贸易船只，已详于去年报告书中，今年年终尚未航行，明年春初必开始营业也。

七、旅客：乘江轮到芜之华人为二万六千八百二十七名，离芜者三万六千九百六十三名。

八、金银：运出之金银，报告于海关者，为关平银一百三十八万五千四百四十两（大半为元宝），其中关平银八十三万九千五百三十两运至上海，关平银四十万一千八百两运至镇江。进口之金银，经海关宣布者，为关平银五十八万一千二百六十九两，其中关平银十三万一千九百二十五两自镇江运来，关平银四十四万二千三百七十五两自上海运来，但与海关贸易统计册上微有不同，因有少数金银之进出未报告故也。安庆造币厂于去年开办，不知何故突然于今年八月停止，所铸造之银元及铜钞，市面见者甚少，铜钱兑换墨西哥银圆之价为八百六十文至九百文之谱。

九、鸦片：（甲）洋药　白皮土之进口量甚大，此外无他种洋药，每年仅有公班土三四箱而已。今年白皮土之平均价，每箱约为九百八十圆，其价格最高时在十二月，每箱值银一千二十圆。

（乙）土药　土药之进口者，仅有一百一十三担，其中一百十担为四川土，大部分土药皆上半年到此，后两季中仅三担而已。以今年之数字，与一八九七年七百八十四担相较，则此项贸易显然跌落甚巨，然其价格若稍降低，则土药有复如两年前之活跃之可能也。

十、杂项：近两三年来，已有人于本埠建立新工业，一为用外洋机器制米及磨麦粉之工厂，他则为收制蛋白、蛋黄之工厂。前厂定名为益新公司若，以其出产品之质而论，已有甚佳之成绩，但闻公司因缺乏充分之资本，未能获利，厂中每日可出上等米四百担，面粉六百担，此种货物于当地出售，并出口至镇江及汉口。收制蛋白及蛋黄之工厂，已有两家，开设于一八九七年，直至今年尚继续营业。此种工业，以俄国之加里西亚及西里亚为最盛。德国有几处主要区域，如厥司顿之出产品，其质亦好。收制蛋白，仅用蒸馏法，不须化学品及防腐剂，故蛋价及人工低廉之处，必能获利，但所运出之蛋黄，仍为液体，必加盐及化学药品，应置之份量，须占全重百分之一五。在本埠欲以相当之价，购得清洁之华盐颇不易易，此为经营是种工业者之重大障碍，幸厂中后邀得特别允许，可运入洋盐，此盐内掺有化学药品，仅能用于此种工业者，但在上季又不准继续运入，将来收制之蛋黄运出能否获利，尚属疑问，而蛋白之收制，又不能离蛋黄之收制而独立也。在极优情形时，芜湖每年能供给蛋一千二百万枚，可收制蛋黄六千担，蛋白八百担，鸡蛋每千枚值洋六圆至八圆之谱。蛋黄以法国及德国购买为最多，其主要功用为制皮革，干蛋白系法国及德国南部收买，为印花布之用，亦有用于制做饼干者。今年本省各煤矿未有起色，晋康公司之情形，去年报告书中已详之，今夏忽起纠纷，停工若干时，最近虽恢复工作，然无良好之管理，及附近缺乏可运货之内河，均使其开支增大，利益减少，故年终时其营业之情形极劣也。

公历一九零零年[①]二月八日芜湖关税务司莫锐尔呈报

① "一九零零年"，规范表述应为"一九〇〇年"。类似情况不再出注。

二十一　清光绪二十六年芜湖关贸易情形论略（一九〇〇年）

一、贸易情形：今年华北之纠纷，实有影响于芜湖之贸易。夏季数月中，各项几全行停顿，幸而两江总督态度镇定，加以本省巡抚及员司维持得力，使此因华北数省纠纷所引起本地民心之骚动得以除去。秋季贸易复形活跃，迨至年底，地方一切恢复常态，贸易之事务亦纳入正轨矣。今年米之收成极好，虽未能在去、前两年之上，实际则大有益于本地之治安，且能使民心惶恐万状之后迅速即复于贸易之正轨也。虽在夏季之初，贸易情形甚为暗淡，然细加查核，今年贸易之总值，计为关平银一千八百八万九百四十八两，仅较去年为低，而超过一八九九年已前任何年之总值也。

二、税钞：今年所征税钞之总数，共计关平银八十九万四千一百二十六两，为本埠开放以来最高纪录中之第二位。夏季之贸易，几在完全停顿之中，故不能达到去年之数，或超过之。鸦片之税钞，略形低落，较去年少关平银八万一千两，其子口税亦较去年少一万五千两。其他之进口税、出口税及复进口税，较已往之任何年，超过甚多。

三、洋货贸易：（甲）进口　进口洋货（其从外洋各地直接运来者，或由上海转运者，皆在内）之总值，为关平银八万七千七百九十四两。其中袋一种，即占关平银五万五千七百八十两，大半从香港运来，以为盛米出口之用。其他重要之货物，计为锡一百二十四担，从新嘉波及香港运来；进口巴蕉叶扇约一百万柄，又火车糖一千七百八十六担，从香港运来。

（乙）出口　有豆类八千一百担出口至香港，又有少数杂货运出至同区域，作成出口至外洋之总值关平银一万七千九百三十八两。

（丙）复出口　无洋货复出口至外洋者。

四、复进口贸易：（甲）原运出者　今年前六个月中，米之运出者，计有三百五十八万四千七百六十一担，实为意想不到之大量也。六月中，贸易忽然停顿，其时并无任何出口之限制，仅与普通贸易衰落之情形相同，商人不愿于祸患相寻地方极端不安定之时投其资本，以冒商业之危险也。今年米之收获，异常丰盛，至九月终，运出复形活跃，冬季米之出口极盛，迨年终时，米运出之总量已达四百九十七万八百十担，虽较之去年所多无几，然较其他任何年，则超过甚巨。汕头为本埠主要市场，购米二百二十万一千三百六十二担，广州购米一百九十七万三千五百担，又又[①]有三十六万一百七十五担运至烟台，二十四万九千五百八十九担运至厦门。今年米之平均价，每担银一两六钱三分，较去年之平均价每担银一两七钱八分为低。今年米价最高时为二月，每担银一两八钱五分，最低时为十二月，每担银一两三钱。年终时，尚未见有供给米粮减少之事。其次于米运出之值者，则为生丝，出口至一千担之数，计值关平银二十八万五千八十八两，较去年略少，然仍足以保存出口之重要货物中第二之地位。有大部分丝织品由陆路运至杭州，其量较昔年为多，故此种货物由芜出口较少也。麦、豆类、落花生均有大量之出口，较往年为多。芝麻、菜子之运出，较去年之量为甚少，反之子饼之出口，乃大有增加，此足证本地油坊之增多，故芝麻、菜子运至他埠造油者甚少，而有油之作成品之饼大批之运出也。春季收买鸡蛋者极多，收买者将蛋白、蛋黄分而贮之运载，出口之总量为去年二倍以上。但在冬季，蛋厂停止工作，必因不甚获利之故，出口至中国各埠之总值关平银九百六十九万六千六百三两中，米占关平银八百二万二千二百三十八两，生丝占关平银二十八万五千八

①应多一“又”字。

十八两，麦占关平银二十六万六千二十五两，豆占关平银二十六万二千五百七十八两，毛羽占关平银十九万三千一百五十五两，落花生占关平银十六万一千二百六十六两。

（乙）复运出者　本埠复出口之货甚少，仅为运此贩卖而未能售出之货物。今年复出口之主要货物，为土布五十一担，夏布一百八十九担，棉纱二百六十六担，煤油四千箱。

（丙）运进　今年从中国各埠运至芜湖进口货之总值，为关平银八百三十二万九千六百五十一两。去年进口货之总值，为关平银九百六十四万七百八十六两。因今年夏、秋两季贸易停顿，故吾人若详加研讨，颇难判断此两年之比较孰优。盖以值言，今年可谓高于已往之任何年，但以主要进口货物之量而论，则今年较去年，鸦片少八百三担，棉织品少一十四万六千十二匹，棉纱少一万六千九百五十五担，毛织品少九千一百五十八担，煤油少一万五百六十五箱，糖少三万一千五百三十四担。除鸦片一项外，其他上述各种，均系于从六月至十月中跌落者，其时商人不敢轻投资本，以冒商业上之危险也。秋季各种货物又复增加，年终时贸易极盛。今年进口贸易表中，无若何之变更，其令人满意者，即肥皂一项，于进口新货物中已占重要之位置，今年又有极大之增加，其总值为关平银四万六千六百六十八两，去年为关平银一万四千八百七十九两。其他增加甚多之货物，可纪之如下，即扇子、粗夏布、芝麻油及茶油。至棉纱一项，以全体而论，固为低落，但其中中国各种棉纱之进口，则较已往任何年为多。今年进口货物总值中，鸦片占关平银一百八十万七千四百六十六两，棉纱占关平银一百二十一万二千九百五十六两，布匹占关平银一百二十万九千四十四两，糖占关平银一百二万三千四百五十一两，煤油占关平银五十一万九千五百二十七两，土布占关平银三十五万四千六百三十三两，袋占关平银三十二万八千七百九十一两。

五、子口贸易：（甲）运入早在秋初，内河及汊港之水即甚低浅，此实为子口贸易之一大障碍，而使之不能达到与进口洋货为一正当比例之值也。虽然如此，今年子口贸易之总值，除去年外，较已往任何年为多。在表中，占最大项之货物为棉纱，计有三万二百十九担，值关平银二十九万七千八百五十九两之货运入内地，占子口贸易之总值三分之一以上，其中一万七千六百六十七担为中国工厂出品。棉织品为六万六千八百十六匹，值关平银二十一万八千六百二十七两。煤油十七万一千九百十七箱，为关平银三十万八百三两。糖五万七百五十二担，值关平银四十万七千二百五十五两。在今年子口贸易之总值一百八十三万一千八两中，上述四种货物，占关平银百六十二万四千五百四十四两。

（乙）运出　今年无运出子口贸易。

六、贸易船只：查贸易船只表中，插有德国或日本旗号之船只，其进口次数及吨重有极大之增加。德国江轮有一新航线，所谓“锐克谟航线”，计江轮二只，按期航行，于今年一月起，一年中未有停顿。夏关大阪商船株式会社新置一大轮船，其设置精美，可为长江诸轮船之冠；秋初又添置一轮船，与前船相伯仲，此两轮船于下半年按期航行。又德国麦其尔轮船公司江轮三只于十月起按期航行。今年上半年间，米之出口，异常增大，故雇佣海轮，亦较往年为甚多。因秋间河道异常低浅，米船皆不能满载，又领有长江凭单，或内河航行凭单，装载旅客，往来于芜湖及南京或庐州之小轮船只数，亦有增加。今年冬季，按期航行于沪、汉间之江轮，计为二十四只。

七、旅客：若以乘江轮到此或离此之旅客，作一正确之统计，甚为困难。兹将轮船所报告海关之数字，录之如下，计离芜赴上游各地之人数，为一万九千七百四十五名，赴下游各地之人数，为一万七千四百四十一名；又从上游各地到此之人数，为一万七千七百三十六名，从下游各地到此之人数，为一万四千七百五十七名。乘小轮船往来于芜湖、庐州间之旅客，今年人数增加极多，从庐州府到此者，有六千一百七十四名，离此赴庐州者，有五千八百六十五名。在今年冬季，有一、二只小轮船，往来于芜湖、江宁间，专运旅客，不装货物，并有若干旅客，往赴离芜二十哩之太平府。

八、金银：虽就贸易册上观察，今年之贸易，似本埠较为获利。然进口之金银，报告于海关者，计为关平银三十九万七千八十两，而出口之金银，则多至关平银一百二十一万四千二百四十六两。今年夏季，银根吃紧，需求现金孔亟，致墨西哥银元之兑换价，每元值关平银一两三钱八分，铜钱兑银之价亦涨，计每元值铜钱九百五十文。

九、鸦片：(甲) 洋药　白皮土之进口，于一八九九年已达甚高之数字，今年降落甚巨，但较前四年之平均数为多。白皮土之值，连所纳之税在内，平均约值洋一千九十八元，最贵在六月，计值洋一千一百七十元，最贱在十二月，计值银一千二十元。

(乙) 土药　今年通过本关之土药，仅有五十八担。依据估计，今年有四川土约三千担，及安徽土七十担，均以民船运来本埠于常关纳税。安徽土之值，为每担洋五百二十元至洋六百七十元之谱，四川土之值，约为每担洋四百八十元。

十、杂项：此地虽无鲜明排外之主动，然常有骚扰之虞。闻有大批匪类，伺隙而动，但其意仅在抢劫而已。因本埠地方长官严重警戒，匪人知无机可乘，乃舍此而之大通，故其地有一度之纷扰也。其时为八月九日，忽然发生事故，性质极为严重，然非直接排外者，故有数外人居于此处者，尚未被扰。闻系会匪纠合亡命之徒，勾通炮划水手，攻击盐卡、常关及官商合股之钱店。各处虽被抢劫，幸燃放之火，不久即被扑灭，尚无重大损失，被害者有十二人。两日后，南京军队开到，匪徒奔溃，俘获甚多，此一次即捉得匪徒六十人，后数月之间零星捉获者，又有十二人之多，或为当时共犯，或为后来抢犯也。

公历一九零一年二月十日芜湖关税务司莫锐尔呈报

二十二　清光绪二十七年芜湖关贸易情形论略
（一九〇一年）

一、地方情形：今年实为最可记忆之年，长江流域洪水泛滥，灾祸之大，为四十年来所未有也。早在七月，洪水陡涨，已至超圩堤而过，然仍继涨不已，直至八月中，水势方定。其高度已在标志零点上二十九尺四寸，下落非常迟缓，圩堤之被冲毁或超过者，络绎不绝。七月终时，所有芜湖四周之平原，望眼可及者，均被淹没，尚留山峦浮于水面，若大湖中之小岛焉，仅芜湖与太平府间有一极重要之圩堤，其中米田甚多，幸得保留。除此而外，离芜若干里之圩田，无一存者。数千难民无家可归，流荡野外，藉山麓为掩蔽之所，未逃脱者则满附于未淹没水下之一段圩堤上。后洪水续涨，迫其最后拥挤而聚于一隅。有时狂风巨浪，既将难民摄卷以去，复将茅蓬、衣物挟入深渊。其栖迟于山麓者，支竹竿，盖乱草为蓬，藉以安身，而待江水之落，暴风急雨，间以烈日，此被水所牺牲之难民，日夜蜷伏于草蓬中，亲受此非人生活之痛苦。难民得救者甚众，但均为逃亡在外者。牛、豕、鸡、鸭及零星农村使用之物，或遗弃于外，或贱价售出，因既无地可藏，又乏食品饲养之也。从前节省所得之钱，早花费净尽。届至九月中，傍芜湖之一边，水已退落，地面露出，彼等复回归于旧居之农村。此种房屋均为土墙，已为水溶蚀而倾圮，于是复行修葺，两三星期后，地面干燥，难民得居其再造之宇，而从事耕种小季矣。在芜对岸之情形，则迥然不同，其圩之被淹，多为水超堤而过，非某一部分被水冲破也。故江水下降时，圩内之水，无从宣泄，渗水非常迟缓，迨至年底，尚有多处为水所没。在此区域之人民，未能归至故乡，仍栖身于芜湖四围之山野，天气寒冷，穷困万分，其痛苦诚有不忍言者。幸得华洋慈善团体，加以救济，雇用难民千人以上，修补道路及圩堤至若干星期之久，妇女及儿童为数亦有二千人之多，某一时期中，每日施粥，密其尔小姐主持其事，其款项则为捐助而得者。虽如此救济，然乞丐仍极多，因饥寒而死者枕藉也。此次大水，于航业亦极有障碍，轮船往往搁浅，仅有二轮，一于九月二十八日浮起，一于十月二十一日浮起。至其影响于贸易之大，自不待言。进口货一项之低落甚巨，较去年少关平银六十万两，然恐其影响于来年者尤甚于今年也。出口之低落，亦为可惊，其值较去年少关平银四百十九万七千七百二十六两。特其低落非全由于水患，观以下米粮贸易之记载，即可明矣。

二、税钞：今年所征收之总值，为关平银五十八万四千三百四十九两，较一八九五年、一八九七年及一八九八年所征之数为多。但在最近十年中上所未开之年之下，出口贸易之降落极巨，则税钞之锐减，自亦相伴而生。盖出口税，实为本埠税钞一项之主干也。鸦片之税钞及厘金，较去年之数，亦减少甚多，但仍较前年为大。进口税本为本埠税钞中之小部分，尚较去年为多。复进口税，在前此三年之平均数之上。船钞则因米船之减少而低落。子口税钞为最高数字之一八九九年之次。

三、洋货贸易：(甲) 进口　进口货物之直接运自外洋者，或由上海转运而于芜湖完纳税钞者之总值，为关平银九万二百五十四两，其主要货物为：盛米之袋一百十八万二千三百三十个，值关平银六万六千九百三十七两，从香港运来；芭焦叶扇一百二十九万九百四十七把，值关平银一万一千四百九十四两，从香港运来；锡八十二担，值关平银五千二百六十六两，从伯剌及香港运来；糖四百七十一担，从香港运来；棉织品及金属值关平银一千一百九十一两，从日本运来。

（乙）出口　出口至外洋各地之货，计为豆类四千七百十三担，蒜头三千一百九十六担，落花生五百二十三担，菜子一百二十担，及他种少数货物，共值关平银一万五千四百十六两，皆运往香港。

（丙）复出口　无

四、复进口贸易：（甲）原运出者　今年春季米之出口极为踊跃，此一季中，计运出一百一十五万九千三百五十七担，仅为去年同季之次。但在春季之末，米粮贸易忽然停顿，其时供给既未短少，米价亦无高涨，盖因与本埠作米粮贸易之南方各埠以本地收获丰盛及洋米输入之故，米价低落，若从芜湖运往出售，毫无利益也。夏季洪水泛滥，沿江一带生长茂盛、丰收有望之田禾，全被淹没。因本地供给有不继之虞，米价迅速涨起，运出更无望矣。幸虽有洪水之为灾，而内地之收成极好，闻将有大量之出口，以趋南方正盛之市场也。今年年终时，有小量运出，但未获利，计今年出口米之总数二百三十二万四千四百二十四担中，有十一万六百五十一担为救灾之用，奉命免税。运出贸易之米，以广州收买最多，计为一百二十三万六百四十八担，汕头购八十二万三千五百六十六担，汉口购五万七千一百四十九担，烟台购五万七担，九江购三万六千四百六十八担。年初之米价，为银一两九钱，七月内续涨至银二两七钱，九月价银二两八钱，直至年尾无甚变动。出口之值，次于米者为菜子，已取久占第二之生丝之位而代之，其实生丝不特未低落，而且较去年之总数为多，但不及菜子增加异常之巨耳。计菜子之出口，为二十三万五千九百六十二担，其量四倍于前最多之出口，计有八万七千四百二十三担直接运至广州，又十四万八千三百九十六担运至上海。闻其中一部分复出口至日本，一部分复出口至广州。因华北落花生之供给截断故，菜子之销路增加，价亦腾贵，其油之功用，与落花生油同。生丝从去年一千担，增为今年一千三百九十二担，而其平均值每担约少银五十两。其他主要之出口货，依其值之大小为先后顺次列之：麦十三万九千九百八十一担，毛羽一万九千四百二十二担，豆类七万四千一百二十五担，落花生四万八千三百六十四担。上所述之七项货物，为五百六万三千九百五十四担，占出口贸易之总值十分之九以上。蛋厂只有一家，尚继续营业，其他各家皆倒闭。蛋厂之工作，在将蛋白、蛋黄分而贮之。据此家蛋厂之报告云，今年用蛋一百五十五万个，其制备货物之出口，计蛋白八十六担，蛋黄五百六十八担。蛋白之运往美国者七十五担，余皆运往英国伦敦，蛋黄大部分运往法兰西。此货物在外洋售价较低，又欲以相当之价，购上等质之盐，颇不易易（洋盐已被禁止）。有此两大障碍，此种贸易颇难发展，但其他蛋厂倒闭，无复兴与之竞争，蛋之价格亦落，或不无若干利益也。

（乙）复运出者复　出口运至中国各埠之重要货物，为夏布一百三十九担及土布五十四担，夏布运往上海及长江各埠，土布运往汉口及九江。

（丙）运进　鸦片较去年少四百七十二担（值关平银四十一万九千七百四十三两），袋较去年少一百五十六万一千六百四十个（值关平银十万四千九百四十一两）。故此两种之值，减少关平银五十二万四千六百八十四两，而洋货之总值，较去年仅少关平银十二万二千三百九十二两。此足证除鸦片与袋外，从中国各埠进口洋货之总值，较去年多四十万两。棉织品项下标布及英国市布，皆形减少，但其他各种主要货物以及棉纱，均有增加。棉纱之总进口，连中国所制者在内，为五万四千七百七十八担，其量仅较一八九九年进口之六万八千三百二十五担为次。煤油与糖亦为增加极多之货物。进口土货之总值，约减少关平银四十七万两，其所减者大半为以下五种主要货物，即糖、土布、柏油、棉纱及烟草。细查贸易册，则知关于洋货之购买，除鸦片外（袋系为盛米之用），有增加若干者，有维持原状者，只进口土货及鸦片呈低降之现象。

五、子口贸易：（甲）　运入　运入子口贸易之值，超过去年极多，除一八九九年外，此为最高之记录。糖为大宗，棉纱次之，煤油又次之，以上皆较去年增加极多者。其他多种不重要之货物，实质上亦有增加，如檀香、海菜、火柴、鲨鱼翅、黑海参、肥皂、纸张是也。棉织品较去年之量为小，各种棉织品之总数，为五万九千六百九十六匹，去年为六万六千八百十六匹。

（乙）运出　今年无运出子口贸易。

六、贸易船只：贸易船只表中一最可注意之事，即为德国贸易船只，吨重之增加，已立于第二之地位，而在中国贸易船只吨重之上，全年中有德国五只，按期航行。日本轮船之只数，较去年为少，而其吨重较去年为多。从前作江上贸易之较小之轮船，皆遣去，而易以容量极大、机件精良之轮船。英国及中国之江轮，在此贸易，仍与去年相同，但插有英旗、航海运米之轮船减少。有两只小轮（有时三只），全年往来于庐州府或其他能达之地点，专为运载旅客之用。

七、旅客：到此旅客人数之记录，尚有相当之正确，只离芜之旅客，实难得精准之报告。据轮船公司所呈之统计，从下游到此者，有华人二万二百十七名，外人六十四名；从上游到此者，华人二万三千九百八十名，外人十五名；从芜往下游各地者，华人一万九千五百名，外人九十一名；从芜往上游各地者，华人二万八千五百九十名，外人七十九名；从芜湖至庐州府之旅客四千七百二十四名，从庐州府至芜湖之旅客四千五百八十二名。除庐州府外，旅客之人数，增加甚多也。

八、金银：今年进口商品之值，超过出口商品之值关平银二百二十五万六千一百二十二两，则出口之金银，超过进口之金银自不待言，计今年出口之金银，值关平银一百二十三万九千六百十六两，进口之金银仅值关平银十六万二千九百八十两。此种永久出超之情形，虽在贸易有利于本埠之年，亦所不免，其理由似难得满意之解释。但综合若干年观之，其出超之数，较进口商品之入超所多，并不甚巨，例如自一八九二年至一九零一年之十年间，进口之总值超过出口总值在银一千万两以上，而出口之金银，超过入口之金银，为银一千一百万两，十年间，贸易之 差额，仅为银一百万两也。

九、鸦片：(甲) 洋药：鸦片之购买，较去年低落，较前年减少甚巨。白皮土之价格，平均较去年略低，其最高在十二月，计每担值洋一千一百七十元，最低在五月，每担值洋九百六十元。

(乙) 土药　据土药局之通告，今年土药之运来者，计为四千一百担，其中三千五百担为四川土，五百担为江苏土及安徽土，一百担为云南土，通过本关者甚少，仅云南土四担十四斤而已。从上列之数字观之，印度土之减少，尚过于土药之增多也。土药之价，较去年为低，各种四川土平均价仅为洋四百四十五元。

十、杂项：无足纪者。

公历一九零二年三月四日芜湖关税务司莫锐尔呈报

二十三　清光绪二十八年芜湖关华洋贸易情形论略（一九〇二年）

一、地方情形：从商业上之立足点观之，年初之贸易，甚为暗淡。去年洪水为患，各地大受其影响，江北多处年初仍没于水下，难民千百成群，留栖于芜湖附近之山麓，一、二月间，天气酷冷，饥寒交迫，穷困万分。其时修筑路堤之工赈，又暂停止，其因冻馁而死者相望也。幸商人及富户出任救济之责，银行、钱庄、米行多有捐助，一月中，约散放万余担之米。施粥厂亦藉地方之力，得以维持，密其尔小姐主办其事，每日施粥于数千妇孺，至三月始告停止。官方仅放散少许银两而已。届春回风暖，多数难民相引返乡，未至三月，即全数行尽，同时贸易亦恢复常态矣。今年前六个月中，出口之米，仅约六十一万五千担，不及他年同期出口之量四分之一。在如此情形之下，他项贸易，自难活跃，故前半年所征之税钞，乃最低之纪录，为最近十年中平均每半年之税钞百分之五零。六月以后，贸易渐次进步，菜子及麦既已丰收，而洪水淹没之地，沉淀肥沃之泥甚厚，加以今年气候调节异常适宜，故又可卜五谷丰登，年成大有也。果然八九月间，沿江一带，其收获之丰，迥出乎意料之外，最低限度亦有八成。芜湖市场上之主要货物，既已如此，故今年最后四个月中，除鸦片外，各项贸易均极活动，惟本省北方离江较远之内地，因遭旱灾，收成较啬耳。今年夏季霍乱症流行全省，而在芜湖尤为激烈，本海关有两洋员亦罹重恙。

二、税钞：今年所征之税钞，为关平银七十四万三千九百十二两，仅较一八九九年（关平银九十五万三千七百二十六两）与一九零零年（关平银八十九万四千一百二十六两）为多。其所以减少者，为进口洋药之量低落之故也。若将各年所征之税钞，减去该年鸦片税而比较观之，则最高之一八九九年为关平银六十万二千六百五十两，一九零零年为关平银六十二万四千三百五十六两，今年为关平银五十九万八千一百十六两，在去年洪水为灾之后及出口贸易停顿半年之久而有此数字，自当引为满意，尤以有三百万担之米出口，为所预料不及者。进口税关平银六千二百九十一两，子口税关平银三万九千七百六十七两，较已往任何年为多。复进口税关平银二万五千九百五十七两，已往仅有一年超过此数。出口税一项，虽去年异常荒歉，然以今年五谷丰登之故，仅较最高记录之一九零零年，少百分之八耳。

三、洋货贸易：(甲）进口　洋货之直接从外洋运芜者，及由上海转运而于此付出口税者，共计其值为关平银十五万一千八百五十五两，去年关平银九万二百五十四两。主要之货物如下：各种盛米之袋，计一百六十五万九千七百十条，值关平银十二万二千三百九两；巴蕉扇八十九万三千五百十柄，值关平银七千五百八十九两；糖八百三十三担，值关平银四千六百九十九两，以上从香港运来者。海菜九百六十六担，值关平银二千八百九十五两；火柴二万罗，值关平银五千七百五十八两，以上从日本运来者。

(乙）出口　土货出口至外洋者，其值无多，仅为关平银一万三千五百五十五两，计豆类二千四百八十四担，值关平银五千二百十七两，药材值关平银一千一百一两，纸张二百九十六担，值关平银四千二百九十二两，腌肉二百三十三担，值关平银二千二百十四两，以上所列皆其主要之货物。

(丙）复出口　无

四、复进口贸易：(甲）原运出者　前半年间米之出口量极为微少，迨八九月间丰收之后，出口活跃。其时，广州及汕头米市甚好，于是运出之米，直至十一月止继续不绝，多至同时有海轮二十二只于本埠载米。早在十一月间，省政府即增加出口米厘，每担（一百五十斤）银一钱，适其时，南方米市又渐衰落，出口乃为减少。此所以禾能超过一九零零年之数字也。后于十二月中，出口米之厘金，每担加征四分四厘，豆类、油菜子、麦、芝麻、玉米、花生每担征厘七分五厘，出口货更为减少。此举不特无利于省库，而反害之出口之米，计为四百三十万二千四十九担，内国用免税之米仅三万五百十四担，余米，广州购去二百二万二千八百五十六担，汕头一百九十八万九百十五担，厦门十万五千八百十三担，上海九万二百五十三担，宁波三万一千三百二担，烟台一万九千三百七十担，福州九千八百五十九担，天津一万七百三十九担，牛庄四百二十八担。福州及厦门前曾为本埠重要之市场，今则彼处多半从安南运米矣。上等米，每袋重一百四十斤之值，从年初银三两一钱五分，涨至（五六月）银三两五钱，收获之后，又落至银二两七钱九分，十月再涨至银三两六钱，年终时跌至银二两八钱五分。麦次于米之值，计有三十二万四千一百六十九担，其出口之量，几倍于最高记录之去年。菜子出口至十六万二千七百十五担，虽不及去年之多，然仍能保持其在出口贸易中为重要货物之地位。其他主要之出口货，依其值之多寡为先后，列之如下：计毛羽一万九千八百三十三担，生丝三百五十三担，纸张三千五百六担，牛皮五千九百三十担，豆类二万五千五百七十担，落花生一万九千一百七十五担，棉花三千九百七十七担，生丝一千八十九担，面粉一万三千六百九十八担，麻五千四百九十九担，药材三万五千七百五十三担，稻在九月二十七日以后禁止出口，仅有三万二千一百三十一担。此十五种货物，共计值关平银一千七十六万六百五十八两，占出口贸易总值百分之九八以上。生丝在一九零零年前，尚占第二位，现已降至第五位。至于乱头丝出口之量，较前数年为大，但多半绕道南京出口。丝织品曾为重要之出口货，现已不见于表中。各种丝之值，于一八九三年，占出口总值百分之二六，一八九四年占百分之二零，一八九五年（是年米出口极少）占百分之三六，今年为关平银十五万九千五百四十五两，仅占百分之一点五矣。出口之面粉，一万三千六百九十八担，为本埠面粉厂所制造，较去年多四千担，但此专就出口而论，本地所消费者并不在内，芜湖面粉工业如此之发达，甚可满意也。蛋之出口，又为减少，仅有蛋白七十担，蛋黄四百六十九担，为现尚营业之一家公司所运出者。

（乙）复运出者　此项贸易中重要货物仅有几种，计土布三十九担，夏布一百六十四，黄色乱头丝七担，又各种杂货值关平银二千四百八十六两。

（丙）运进　鸦片之进口，落至一千三百二十五担，去年为一千九百八十担，前年为二千四百五十三担，又前一年为三千一百九十二担。从税钞之见地观之，进口之鸦片逐年减少，似为憾事。但自别方面而论，以土药代替洋药，则其钱币仍储于地方，可藉以增加他种贸易之程度，则海关税收仍无何损失。观下述之情形，更可了然矣。若由今年进口洋货净值中，减去鸦片及袋（其进口量之大小，以谷类收成丰啬而定）之值，所余之关平银四百七十三万五千十七两，较去年减去二者所余之数，约多关平银五十万两，较前年减去二者所余之数，约多关平银九十万两。若置鸦片之问题而弗讨论之，则今年进口洋货贸易，实为最高记录。可见，今年多种洋货，较去年之进口增多也。布匹贸易中，原色布、标布、英国市布之购买量减少，白粗布、毛羽、绫、泰西锻、美国市布之购买量增加，其中尤以美国市布贸易进步甚速，今年二万六百二十五匹，一九零一年三千九百六十五匹，一九零零年二千匹，一八九九年一千三百四十匹，一八九八年一千一百六十匹，该年之进口量始引人注意也。洋糖之进口量为十五万四千四百十四担，较去年约增百分之三零，洋土、两糖进口之量为二十三万三千九百五十担，为糖进口之最高记录，仅一八九九年之数字可几及之，因该年有二十二万三千二百二十一担之糖进口也。煤油之进口减少甚巨，大半由于售价增高之故。进口土货之总值，共计为关平银一百九十五万一千六百九十八两，去年为关平银一百九十二万一千六百九十七两，前年为关平银二百三十九万二千七百六十五两，从去年起渐次跌落者，乃因棉纱贸易之衰微。查棉纱前年进口为一万八千七百七十四担，去年为一万一千四百六十五担，今年为五千六百二十九担。土布、药材、桂圆进口增多，白糖、夏布、参进口减少，洋糖（香港火车糖）有排挤土产白糖于市场之外之势。

五、内地子口贸易：（甲）运入　运入子口贸易之值，为关平银二百三十三万四千四百三十六两，超过往年之数甚巨。其中重要之货物，较前两年均多者，为原色布四万三千九百十四匹，白粗布八千四百七十一匹，棉印花布五千三百四十六匹，美国市布六千一百六十匹，红洋布三千三百二十九匹，英国斜纹布二千九百九十五匹。查布匹货中之总量为十万五百十九匹，值关平银三十七万一千三百三十两，去年为五万九千六百九十六匹，值关平银二十万二千二百二十二两。洋棉纱三万六千三百七十担，去年仅一万七千八百九十九担。哔叽、羽毛带一万六百箱，桂圆、檀香亦有增加，火柴未能驾去年而上之。煤油运往内地者，较去年少三十七万七千罂。赤糖五万二千三百五担，较去年约增六千担，白糖（火车糖）约少五千担，但两年中之糖值，相差仅关平银一千两。今年发出凭单二千七百二十六张，去年二千三百一张。

（乙）运出　发出凭单一张，所照之货为落花生三百九十六担。

六、贸易船只：今年进出贸易船只次数及吨数，均有增加。进口之总吨数，为二百三十万四千九百七十九吨，英国占百分之五零，德国占百分之十九，中国占百分之一七，日本占百分之一三，挪威及荷兰占百分之一；去年之百分比为，英国百分之五二，德国百分之二一，中国百分之一八，日本百分之九；前年之百分比为，英国百分之六四，中国百分之一九，德国百分之一一，日本百分之六。有特种建造之江轮二十四只，专为按期航行江上之用，计英国十二只（一万四千六百八十二吨），德国船五只（五千七百三十九吨），中国船四只（五千八百五十九吨），共有三万六百六十七吨，今年开行一千六百六十三次，所载之吨重，占全吨数百分之九二，其余百分之八为载米海轮开行一百七十一次之吨数。传闻法国船只已得其政府之津贴，将开始于长江航行，夫政府之补助航业，原为可能之事，要其动机，决非纯粹商业上立场也。若谓最近沿江上一带商业发达，以致吸引多年顿停之法船加入竞争，尚为较近事实也。今年有两新货船到此，系为代替寻将腐朽无用之旧轮。至于小轮船，则依照内河航行章程，拖载旅客，航往于大通、安庆、庐州府，短期间，亦至宁国府。

七、旅客：江轮上买办，营私舞弊，有将旅客人数隐匿若干名不报者，可知旅客之统计，难期真确也。来往之旅客，岁有增加，自不待言，甚至今年之真正数字，已超过最高记录之一九零一年之数字以上矣。计今年从下游到此者，有华人二万二千三百七十三名，外人三十五名。从上游到此者，华人二万七千三百五名，外人二十八名。离此往下游者，华人二万二千二百二十二名，外人一百十四名。离此赴上游者，华人三万一千六百七十九名，外人六十三名。乘小轮船赴内地之旅客，其数较一九零一年为少。

八、金银：出口货超过进口货之值，为关平银二百八十万六千九百六两，而出口之金银超过进口之金银，约七十五万两。其出超之原因，半由于汇款至上海（为长江贸易货栈）以付土药之价，此项土药以四川土为最多，皆用民船运来本埠也。英国银圆之实值，本较墨西哥银圆为低，但安徽之人民，则认英国银圆为惟一可用之银币，内地更甚，此种情形尤以秋季为最显，因需大量之英国银圆购米，故其价涨至每一英国银圆合墨西哥银圆一圆半，有时且过之。芜湖道，即本埠长官，曾通令英国银圆、墨西哥银圆及本省所铸之银圆价格均为一律，但人民偏见仍难解除。三月中，每圆合铜钱九百五十文，至十一月，价跌至每圆仅换铜钱八百二十五文，其差为百分之一三。安庆造币厂于一八九九年停止铸造，今年新机器运到即铸造当五或当十之铜钞，此种铜钞，人民多乐用之。

九、鸦片：（甲）洋药　进口洋药之减少，已扩张至各口岸。可见，此不仅为地方的及暂时的之情形，实为全国的及永久的状态也。然从政治上之立场观之，仍不能无憾，盖仅为变更供给之来源，非减少鸦片之吸户，由土药源源不断之运来可证明矣。白皮土之价，平均每担值关平银八百三两。

（乙）土药　安徽土药之收获，约有七成，闻已在五千担以上。种罂粟之区域，确为增广，然此尚不足应本省之需要。又有四川土一千三百担运来，于芜湖土药局报关，每壹百二十五斤以每担计算，其价最高时（十二月）关平银三百七十两，最低时（二月）二百三十一两，全年之平均价为关平银三百八两。

十、杂项：今年因外国赔款到期及本省经费之故，全省各项税钞均有增加。除出口之米及他种货物厘金加倍征收外，其余各种税捐之征收率如下：屋捐征收每年中一月之赁金，分四季缴纳；店捐分为九种税率，依照店之种类及贸易之大小而定，从铜钱五百文起，至银十两止，按月缴纳；鸦片店每一卧榻，日征钱十文；屠店日征钱百文。征收之始，反对者甚众，后经多次磋商及让步，征捐始得迅速及顺序进行。矿务之发展，极有关于国家之繁荣。查近有数矿区，已得外资之扶助，如大通之区域，开凿之机器已运到，在外国矿务专家指导之下，进行预备之工作，为期已数月，然亦有领取矿区之后，一任其搁置建设甚少者。故为防止此种投机起见，矿区之条约，即已载明于某一定时间，必须开始采掘，并继续发展，以达到前定之标准，否则政府收回。

公历一九零三年二月十四日芜湖关税务司莫锐尔呈报

二十四　清光绪二十九年芜湖关贸易情形论略（一九〇三年）

一、贸易情形：去年以芜湖为尾闾之区域，米之收获极为丰富，益以南方各省需米孔亟，价格昂贵，故在今年前两季中，米之出口贸易极盛，不仅农人于本埠市场得以高价出售，即米商、经纪人、水手、搬夫及依米粮贸易为生之人等，无不获厚利焉。一般制米、载运、贩卖者，收入既均有增加，则其生活程度必为之提高，而耗费必需品、奢侈品亦必较从前为巨，故今年前三季，主要洋货之输入激增，而洋药一项贸易，前已极为衰微，今年则复形活跃，进口增多矣。秋季出口贸易渐为低落，几至停顿，仅当年底数星期中米之运出增加。进口贸易于秋季间，仍极隆盛，但在冬季因受雨季中出口贸易衰微之影响，而有严重之降落。今年春、夏两季之出口贸易，及春、夏、秋三季之进口贸易，有出乎意料之茂盛，故全年贸易之总额，为本埠最高之纪录，共计有关平银二千四百五十四万二千七百八十三两之巨，较前此最高记录之一八九九年，多关平银四百万两。所增加之货物中，约有半数系为其值之增贵，至其量之增加，并不甚多也。夏季江水涨起甚高，沿江一带秋收之受其害者甚广，但尚未致酿成巨灾，离江较远之大产米地，收获非常丰富，本埠出口之米，大半皆由此运来者。

二、税钞：今年所征之税钞，为关平银九十八万九千五百六十一两，其数实超过已往任何年甚巨，较一八九九年之税钞，多关平银三万六千两，与税钞征收最多之去年相较，则出口、进口、复进口及子口各项税钞，均有增加，仅鸦片税为少耳。

三、洋货贸易：（甲）进口　直接从外洋各地之进口货（连由上海转运而于此纳税者在内）之值，共计为关平银三十万四千七百二十八两。

（乙）出口　直接往外洋之出口货之总值，仅为关平银一万五千四百三十五两。

（丙）复出口　无

四、复进口贸易：（甲）原运出者　去岁收获之米，于今年前六个月中输出为量极巨，计达三百七十三万九千八百三十六担。此种大量之出口，乃由于汕头及广州购买之迫切故，虽芜湖米价昂贵，出口厘金加重，而贩运者仍获相当之利益。后因广东秋季丰收有望，而大批洋米又源源输入，广东市场有此二因，彼处之米价遂落，从芜运米而往，亦无利益之可言，故在秋间，仅有七十五万五千担之米出口，在九月终，米粮贸易遂形停顿。八、九月间，除沿江一带被大水淹没之区域外，新米之收成极多，有大批之米运来此地，购运出口者寥寥，米价狂跌。后运费减低，同时出口厘金每一百五十斤，减征银五分五厘，使此项贸易于十一月尾得以恢复，直到年终，米市不衰。冬季运出之米，共计为一百二十二万四千七百十一担，全年出口米之总数，为五百七十二万二百五十六担，其量超过出口最多之一九零零年约七十五万担。所出口之米，有四百四十万七千七百三十八担至广州，八十五万一千五百七十五担至汕头，十六万五千六百六十四担军用米免税至天津，六万三千二十九担至厦门，五万五千六十八担至烟台，二万五百九担至福州，一千四百三十七担至宁波。芜湖十二月底之米价，为每担洋三圆，广州之米价，为每担洋四圆一角。本埠米之出口税及厘金，每担需洋三角八分，运费约为二角五分，尚有盈余，洋四角七分为上岸搬运费、保险费及利益。出口米之总值，为关平银一千一百三十五万五千七百九十四两，占出口贸易总值百分之八六以上。他项出口货以其值之多寡为先后，列之如下：即生丝、麦、豆类、毛羽、菜子、棉花、纸张、茶叶、乱头丝，此九种货物及米，占出口贸易总值百分之九八，其余百分之二，计为三十四种货物所凑成。落生及菜子，在两三年前，已成为出口贸易中主要货物，现则降落甚巨，盖此种货物只在广州或日本缺乏他种油之供给时，始有大量之购买也。

（乙）复运出者　洋货复出口至中国各埠之值，为关平银一万二千一百三十三两。土货复出口至中国各埠之值，为关平银八万二千九百三十五两，其中主要货物为，豆类、豆饼、米及稻，全体货物均由汉口租赁帆船，运至芜湖，再由轮船运出，大部分往汕头。

（丙）运进　从中国各埠运来进口货之总值，为关平银一千一百一十四万三千七百四十一两，其中洋货之值为关平银八百三十八万四千二百三十八两，土货之值为关平银二百七十五万九千五百三两。主要货物及其值，列之如下：

鸦片，值关平银一百七十二万一千四百三十二两。

糖，值关平银一百三十二万八千六百四十六两。

棉纱，值关平银一百十九万七千八百四十八两。

外国棉织品，值关平银一百十八万八千五百八十七两。

煤油，值关平银六十万一千三百七十九两。

袋（盛米用），值关平银四十五万三千六百九十二两。

土棉布，值关平银四十万九千三百十四两。

柏油，值关平银二十九万六千四百四十五两。

金属，值关平银二十三万一千一百九十三两。

木杆，值关平银二十二万一千六百六十四两。

火柴，值关平银十六万八千一百四十九两。

丝织品，值关平银十五万六千五百四两。

煤，值关平银十三万八千四百十三两。

夏布，值关平银十三万九千八百十八两。

毛织品，值关平银十三万八千五百三十二两。

檀香，值关平银十二万四千八百一两。

烟草及纸烟，值关平银十二万四百五十九两。

瓜子，值关平银十万八千七百六十五两。

纸张，值关平银九万二千一百六十二两。

伞，值关平银五万七千五百三十一两。

此二十种货物，值关平银八百八十九万五千三百三十四两，占进口贸易全值百分之八零。糖之一项，在最近数年中，增加极多，今年进口糖之量之大，为从来所未有，计为二十四万四千三百十七担。查糖类消费量之多寡，实为人民幸福最好之指数，鸦片当然为例外。棉纱进口之量，计为四万九千二百二十八担，较去年略少，收买棉纱以代替棉织品，甚为经济，当此银根吃紧之时，自希冀此种货物大量输入。但自一九零零年起，购买中国棉纱渐少，该年有一万八千七百七十四担进口，一九零一年一万一千四百六十五担，一九零二年五千六百二十九担，今年二千二百七十七担。至于棉织品进口之量，较之去年，几逐件皆有增加，较之进口最多之一八九九年，标布及英国市布减少甚巨，虽有各种粗布、美国斜纹布、美国市布及棉、羽绫、泰西缎之增加，尚不能敌之。上述之最后三种货物，最近数年来逐渐增加，盖为常好服御此布者之用。煤油之进口，计有二十八万八千八百六十二箱，每箱盛油十罄，较去年多五万一千箱，较进口最多之一九零一年，约少一万二千箱。若非美油加价过重，则今年煤油之购买，有大为增多之可能，唯因煤油价涨至零售每箱需洋三圆五角或四圆，其结果美油售出之量，在最近数年平均数之下，但俄油及苏门答腊油增加颇多，苏门答腊油尤甚。各种金属进口之量，在数年来平均数之上，其最有价值之货物，除铜外，则推钢板、锡、铁丝及铁支。其余之进口货物，皆较从前增加甚巨。煤之售出者，有一万五千五百三十四吨之多，一因内地航行轮船之增加，一因安庆造币厂之收买也。

五、内地子口贸易：（甲）运入　今年运入子口贸易之总值，连中国棉纱在内，计为关平银三百二万三千四百九十八两，较从前最高记录之一八九九年之值，多关平银七十万两，发出凭单三千八百五十张。

(乙) 运出　发凭单二张，所照之物为蚕茧及乱头丝。

六、贸易船只：除内河航行轮船外，轮船开出之总数为一千八百九十四次，载重共计二百三十四万七千九百四顿。其中有一千六百五十五次，载重二百七万六千五百四十一吨，系为江轮往来于沪汉间者；有二百三十九次，载重二十七万一千三百六十三吨，系为载米之海轮，大半往广州，或汕头者。今年除依其规定各航线以航行之江轮外，并无其他轮船。夏间，马可伯航线之江轮及财产，全售与日本邮船会社，但其江轮仍插英旗，继续航行。法国至今尚无船只贸易于此。内河船只贸易，较去年增三倍，开出之数为四百八十六次，其贸易几全为载运旅客及拖带载客之民船。至领有凭单之货物，有时亦载运之，因内河航行章程，对于载运货物并无何限制也。

七、旅客：依据最正确之统计而编制之贸易册上载明，从芜乘江轮赴下游各地之旅客，为二万三千九百五十八名，赴上游各地之旅客，三万一千二百十名。乘内河航行之江轮离芜者一万九千五百八十一名，从下游各地乘江轮抵芜者为二万八千一百三十名，从上游各地乘江轮抵芜者二万八千七百十三名。从内地乘小轮船来者，一万九千二百五十二名。

八、金银：在此出口之货物之值，超过入口货物之值约二百万两时，而金银之出超仍在银一百万两以上。此种异常事态，从前有种种之解释，然亦随时间而进步。闻说除商业交易所必运出之款外，官方汇出“赔款”，亦占出口金银中之一大宗也。在年初时，铜钱价涨至七百八十文，合墨西哥银圆一圆，后逐渐低落，至十二月八百七十文，合墨西哥银圆一圆。铜钞因安庆及他处之造币厂铸造，在芜湖及其附近，均甚流行矣。

九、鸦片：(甲) 洋药　由贸易册上观之，洋药之贸易，欲恢复从前之猛进，固属无望，但亦不致完全停顿，吸烟者如其经济能力足以购买洋药时，仍愿吸此。在五谷丰登地方、富庶之年（今年即如此），则有大批盈余之款，用以购买洋药矣。今年洋药价最贵时在六月，为关平银七百七十五两，最贱时在四月及十二月，为关平银七百五十八两。

（乙）土药　今年仅有四川土三担通过海关。据土药局之统计，阴历今年前十一个月中，进口之土药，为二千四百八十六担，其中四川土一千八百六十担，江苏土二百二十六担，云南土十二担，安徽土三百二十担，陕西土六十八担。兹将各种土药每重百两之价，录之如下：

云南土，值银三十一两五钱，每担值银五百四两。

陕西土，值银二十七两，每担值银四百三十二两。

四川土，值银二十六两五钱，每担值银四百二十四两。

江苏土值银二十四两五钱，每担值银三百九十二两。

安徽土，值银二十一两五钱，每担值银三百四十四两。

十、杂项：今年芜湖已渐有进步，其最值注意之事，即为在华人指挥下设立警察，虽未臻完善，然不无相当功用，至少路政必有改良，城内及郊外之街道，或得扩展也。官办之学校，亦已设立，规模略为宏大，设有中西课程，招考皖南青年子弟，校址系在芜湖市旁之小山上，风景绝佳，房屋已于年底竣工，拟于明年春初开课。关于矿区之租借，中英已成立协订，闻有大量铁、铜、煤等矿开采者，可获得巨利，所租借之矿区，亦将继续扩张也。

公历一九零四年二月十一日芜湖关税务司莫锐尔呈报

二十五　清光绪三十年芜湖关贸易情形论略（一九〇四年）

一、贸易情形：今年乃洪水为灾之一九零一年后第三年，米之收获极为丰富。其所以能有若此过量之生产者，实因受灾之年，江水挟其肥沃之泥，侵入圩内，其后水落，泥即沉淀，田地肥美，产量大增故。去岁丰收，所屯积之米，刚于今年前六个月中售罄，而新米受适宜之气候调节，于九月底，各地稻谷丰盛，仓廪又为之盈溢矣。此种丰收之结果，价格自趋于低廉。只广州因其附近丰收，购米无多，纵有时缺乏，而洋米运输便利，价格低廉，又独占广州市场。幸本埠出口之米至汕头者，较去年之数字，约为三倍。盖其产米区，有一部分曾受水患，当地之供给，尚虞不足也。同时，烟台之趋向于本埠者颇盛，得以扩张米市，后当另有说明。在年终时，海轮之需要，甚为迫切，不得已而改用江轮者颇多。除米丰收之外，麦及菜子收成减色，但豆类、落花生及棉花今年丰盛，出口者源源不绝。夏季江水涨起不高，圩堤无恙，而气候亦甚凉，尚无何病疫流行，中外人民身体多健康也。

二、税钞：今年征收之总值，为关平银九十四万二千八百六十八两，较前最高记录之年，少关平银四万六千六百九十四两，较去年少关平银一千八百五十九两。故今年税钞一项，在最近十年中，占第三位。

三、洋货贸易：（甲）洋货之从外洋直接运来者，及从上海转运而于此纳税者，占大部分，共计值关平银四十七万五千五百八十一两。其中铜及机器为安庆造币厂所购，计值关平银三十八万八千二百十六两。专为盛米用之袋，计一百十九万五千五百条，值关平银四万九百十六两。袋之进口，尤足资证明一般货物之出口，必须有相当之进口，此二者互相为用也。

（乙）直接出口贸易甚少，仅有关平银二万四千三百八十四两。

（丙）复出口　无

四、复进口贸易：（甲）原运出者　出口货物之总值，为关平银一千三百二十八万二千五百四十六两。其中米值关平银一千一百二十万三千四百七十七两，共计五百六十二万一千一百四十三担，汕头购去二百三十二万四千二百五十三担，广州购去二百八万二千四十九担，上海购去十二万四千九百十二担，福州购去一万八千二百五十九担，厦门购去四千八百四十五担，其运至天津及胶州者，一为三十五万四千四百七十八担，一为三万六千一百九担，系运纳半税之军用米在内。米粮贸易中，今年有一变态，即为大量出口至烟台，计六十七万六千二百十担，此必为华北之特殊情形无疑。此外，尚有一可注意之事，即宜昌今年亦为芜湖米之雇主，彼处认芜米之滋养质甚好，已运去二十八担，此殆为实验期也。米约占出口贸易总额百分之八十四。其他主要货物，以其值之多寡为先后列于下：生丝、毛羽、豆类、麦、棉花、上等纸及乱头丝。

（乙）复运出者　洋货复出口至中国各埠之值，计为关平银一万一千四百七十二两。复出口之土货，大半由汉口租赁帆船运来，豆饼占第一位，皆复由江轮运至上海，其值计为关平银二万一千八百九十六两。

（丙）运进　从中国各埠运来进口货物之总值，为关平银九百四十七万四千二百四十两，其中洋货值关平银七百二十万七千九百二十三两，土货值关平银二百二十六万六千三百十七两，较去年，一减少关平银一百十七万六千三百十五两，一减少关平银四十九万三千一百八十六两，计总共减少一百六十六万九千五百一两，多项主要货物均形减少（参观表册可得其详）。其中可注意者，即为鸦片，仍保持原状。煤油，较去年增加至关平银十万两以上之巨。他种货物，其进口之多寡，可为内地民众幸福之指数者为糖，其总值为关平银一百二十万一千八百五十五两，虽较去年约减少关平银十万两，然其量仍甚大，尚足令人满意也。又幸当时棉纱进口降落之时，棉织品之进口有大量之增加，唯土棉布进口减少甚巨，计较去年之值，约少百分之三三。虽贸易册之表上所载货物之种类甚多，但只有十八种主要货物，占总值百分之九八，余俱不重要者。

五、内地子口贸易：(甲）运进　此项贸易之总值，为关平银二百三十四万四千四百五十两，较去年少关平银六十一万四千三百八十四两。本省占大部分，计关平银二百二十二万一千六百四十八两。其余至江苏之货物，值关平银十二万一千四百三两，至江西者，值关平银一千三百九十九两。外国棉织品及棉纱来自外洋及上海工厂，煤油、火柴、糖为贸易中主要货物，香港火车糖对于皖北之贸易，经数次挣扎以后，现已立强固之基础矣。

（乙）运出　其量仍如往日之少，但在年终时便中，运出者略多。

六、贸易船只：除内河小轮船外，轮船之开出，计为一千九百七十五次，载重二百五十四万二千一百六吨，其中江轮占二百二十六万九千六百五十九吨，余二十七万二千四百四十七吨为运米之海轮。今年中英航业公司新置一轮，曰“太古”，载重二千三百五十五吨。招商局新制一轮，曰“江宁”，载重二千八百三十一吨，其舱位之宽敞，容量之宏大，允为诸船之冠。太古船，外人尤好乘之，故当江南之夏季，客舱之座位常满。马可伯航线现已售出于上海长江航运公司，为英国所组合者。内河小船，多半继续依照去年之航线开行，其装运旅客及拖带盛客之民船，均有限制。其长期航行之路，为芜湖-庐州府线及芜湖-大通-安庆线。至于芜湖-宁国府线，在水之深度可以行轮船时，亦由内河航行，来往不断。全体小轮开行之次数，为五百八十八次，载重为一万一千九百七十三吨，较去年有满意之进步矣。

七、旅客：江轮及内河航行之小轮，在去年甚有进步。江轮上待遇中国旅客，似稍逊，内河航行之民船，设备尤为简陋，但在长江各路中，以民船为最多。此足见华人生活之艰难，对于舒适之事，不甚措意也。

八、金银：今年亦如往年，有大量之金银出超，其数为关平银一百二十三万七千六百四十九两。但出口货物之值，超过进口货物亦巨。此种事实，前已详明。余不欲对此详加讨论，以其并无极大之关系也。铜元合墨西哥银元之价，极多时为八百七十四文，最少时为八百十七文。他时涨落，皆介此二者之间。安庆造币厂于一八九九年，即不铸造银币，现仅铸当铜钱十文之铜钞，今年计铸九千七百八十万枚。

九、鸦片：（甲）洋药：前已言明洋药之进口，较去年无甚出入，价最贵时在九月，计为关平银九百六十二两；最贱时在一月及三月，为关平银七百四十两。

（乙）土药　土药进口之量，亦如往年之少，计四川土二十二担，其中有十四担五十斤复出口，云南十担六十四斤，其中五十斤复出口。在旧历今年前十一个月中，土药之进口通过土药局者，计四川土二百四十担，云南土十五担，江苏土六十三担，安徽土七十九担，陕西土六十担。各种土重量百两之价值，列之如下：

四川土，值银二十四两，每担值银三百八十四两。

云南土，值银三十三两，每担值银五百二十八两。

江苏土，值银二十两，每担值银三百二十两。

安徽土，值银十七两五钱，每担值银二百八十两。

陕西土，值银二十八两，每担值银四百四十八两。

据报告，今年土药之进口，为二千四百八十六担。土药局统计册中所以减少甚巨之理由，闻为报局手续之变更，前必须于本埠土药局通过者，现可在安庆土药局纳税矣。

十、杂项：一月二十日下午九点钟，有一艘日本新江轮，离芜向上游开行，后不多时，忽肇火灾，船上载有大量煤油，火势猛烈不能救止，只得设法傍岸，乃将轮船向岸直开，在芜湖上二里许之某处搁浅，旅客各泅水逃命。闻船上乘客约六百人，亡死之多，自不待言。轮船即于其地焚去，船架拖至上海修理，时已许久尚未见其在江上航行。有此次灾祸之发生，自引起客船上是否准许携带煤油之问题。盖无论发火为何种原因，惟一载有煤油，则其燃烧之迅速与猛烈，必无法救济，此为确定之实事。但后来法律中，对于此事并无若何规定，仅日本轮拒绝载运煤油而已。本埠之贸易，仍仿佛如前，地方工厂亦无多兴改。面粉厂全年工作未辍，其出品较洋货为低廉，在本市出售，甚受欢迎，并有大批用民船运至南京。至肥皂工厂则异，是其出品并无优点，而在本埠之售价，又甚昂贵。三月间，湖广总督张与南洋大臣魏光焘，来莅本埠，系欲于离芜百里之湾沚，觅一兵工厂之位置。十二月间，铁良及署理南洋大臣周馥亦奉同样使命，于此勾留两日。关于将来之位置，现尚未发表也。今年在芜湖区域，有数次轮船及帆船相撞之事，其最严重、损失生命最多者，为德国江轮与煤船相撞，事出于十一月一日。又德国轮船撞翻盐船于芜湖对岸之庙宇外。闻其时，盐船停泊于此，事出于十二月十一日清晨。其结果死二人，船身毁坏，财产全失。此种种事件，现尚未解决。本埠公共租界，现已成立。中、英两政府为此事，有极多之交涉，结果已拟定管理此新区域之章程。至修筑护堤、建设码头等重要问题，尚无确定之计划，但至少亦须设立英国航业公司于江滨之某处也。此公共租界，所占江岸之长约一英哩四分之三，南从陶家沟之河口起，北至弋矶山止，西为大江，东界尚无严格之限定。但此方空地之面积甚大，如将来必须展开时，尚可用之也。至于芜湖最优之区域，系介于长江及城墙之间，现时趸船皆泊于此。其低洼之处已填平，新道路渐次开辟，屋宇整齐。在在表示芜湖兴盛之趋势。此地名曰“芜湖”，即荒芜之湖之意，现用此名，已不当乎事实矣。

公历一九零五年二月十七日芜湖关税务司金呈报

二十六　清光绪三十一年芜湖关华洋贸易情形论略（一九〇五年）

一、贸易情形：今年贸易之净值，为关平银三千六十二万三千八百九两，较去年多关平银七百四十万四百二十六两，为最高之记录。其所以增加者，因有极大量之米八百四十三万八千九十三担出口，去年仅为五百六十二万一千一百四十三担。今春本地屯积之米甚富，但前半年中即迅速售罄，计此时出口之米已达五百四十六万四千三百七十四担。今年收获之新米，于九月间即开始向本埠输送，陆续运到之量甚多。此时南方市场，显然已形疲敝，故今年虽有极大之贸易，而商人对于整个之输出（运往烟台为例外），尚不满意。其时，本国之他地，因某种原因，米粮缺乏，市价腾贵，于是芜湖米市复得恢复，安徽之仓廪，又向外源源倾注，故结果贩运者及农夫获利甚大。今年一最可注意之事，即不仅因南方之小季歉收，亦以日本于安南购买大量之米，芜湖在广州之米市，遂未遇安南之竞争，故较为稳定，而能维持其高价至相当之时也。至于烟台米市，能维持至若干时之久，则依照满州之情形而定。惟吾人须知供给食物之原则，在此物较其当地之出产品为低廉，故芜湖米之运入关东，若能以廉价进口，必得民众之欢迎，将来可取膏粱小米之地位而代之矣。但尚有一要点须认清者，即安徽米运至关东，其出售之价，必须使贩者可获若干之利益。今欲其售价至最低限度，税钞一项，自为其重要问题。幸而除出口税外，各项税钞之税率，可依其时之需要而变动也。故有寻将改食米者四百万人在吾侪之门前，芜湖米粮之贸易，已遍及全国，诚可引为满意者也。本省之他种出产物，为菜子、麦、豆类、棉花。今年之菜子，几全无收获，因上春之大雪及淫雨，以致江水涨高而淹没也。麦及棉花之收成，在历年平均之下，豆类之质亦甚劣，盖因天气调节失宜之故。春季长江之水，涨至异常之高，似夏季有洪水之患，但幸而获免，江水之高度，在洪水标识之下。芜湖面粉厂之贸易甚好，其货运往内地，并装载出口，价格较上海工厂所造者及外洋进口者均低廉。前外人亲办之蛋厂，今年已易主，此人为上海及沿江各埠知名之买办，中国之饶伯孙也。其分出蛋白、蛋黄，均运往外洋。肥皂厂，依余之推测，恐未能优于往岁。国立邮政局，今年甚有进步，兑款之事，因鼓励之结果，为数甚多，内地并新设九邮政局，大通亦设邮政局，于去年十一月七日成立。常关监督于一九零一年就任，今仍无更动，其所征光绪三十一年之税钞，为库平银十七万七千八百三十四两。此机关惯例为征收木排之税厘，今年有一百二十三只纳税于此，八十三只至下游之南京，三十一只即于此撤卸，六只至庐州府，三只至内地。皖江中学堂已于三月十六日开学，该学堂教授中西课程，选择苏皖青年子弟为学生，其情形已详一九零三年之报告，学生之名额，虽限定为一百二十人，然现时听课者，不过五十人耳。课程为英文、中文、算术、地理、体操，其教员均为华人。

二、税钞：今年所征税钞之总数，为关平银一百十四万四千二百十六两，较最高记录之一九零三年，多关平银十五万四千六百五十五两。此为本埠之税钞初次占有七位数字之年也。

三、洋货贸易　（甲）进口　直接从外洋各地进口之货物，及大部分由上海转运而于此完纳税之货物，共计值关平银四十五万五千四百六十两。安庆造币厂所用之铜及机器，占关平银二十七万六千四百九十七两。

（乙）出口　此项贸易之值无多，仅为关平银八千六百四十一两。

（丙）复出口　无

四、复进口贸易：（甲）原运出者　出口之总值，为关平银二千一百十六万一千一百六十七两，其中关平银一千九百三十一万三千九百四十二两，为米八百四十三万八千九十三担之值。米之主要市场为南方，有三百三十万八千一百七十三担至广州，三百二十四万三千六百七十六担至汕头，十四万九千九百六十七担至厦门。由江轮运往上海再转运至南方或北方者，二十五万一千二百九十担。其专供给北方市场者，有一百十一万六千五百八十担运至烟台，三十三万六千八百五十三担（连官米在内）运至天津，三万一千四百九十七担（连官米在内）运至胶州，并有两次运出之量极少，一为二十九担运至天津，一为二十八担运至福州。共计运往南方市场者，六百七十万一千八百十六担，约占米出口百分之八零；运往附近市场者，二十五万一千三百六十七担，占百分之三；运往北方者一百四十八万四千九百三十担，占百分之一七。查出口总值中，除米占百分之九一外，其余百分之九为生丝、棉花、毛羽、纸、麦、玉米及豆类等。纸张中，以宣纸为最著名，产于宁国府之泾县。此纸购者甚众，精美之书籍，常以此印成，公文中亦多用之。鸡、鸭毛于本埠约略提净后，载往上海出售。闻麦之收成甚啬，但所运出之量，在前数年平均数之上，此外复有在本地工厂中制成之面粉运出。

（乙）复运出　无足纪者。

（丙）运进　从中国各埠运来之货物，值关平银九百一万四千九百二十五两，其中洋货之值为关平银六百八十八万三千八百三十两，土货之值为关平银二百十三万一千九十五两，较去年之数字，共约少关平银四十五万九千三百十五两，或为百分之五强。因有学生抵制美货之运动，故美国市布从去年二万一千九百八十五匹，降至八百八十匹。美国煤油之数字，去年为一百九十七万一千六百七十罄，今年为二百五十万三千九百二十罄，实增加百分之二一。有一时期，各家商店揭有不买美货之标语，但闻其听从上海之指示，甚于其真正良心之主张。烟纸之为美货者，有一短期间，不见其陈列于商店之窗。糖之数字，约与去年相同，此货消费之多寡，可卜其居民幸福之程度，亦如用奢侈品，然据是以观，则内地居民之幸福，尚未减低也。去年似有棉纱消费较少，而棉布消费较多之趋势，可见本地家庭纺织工业已渐衰落也。

五、内地子口贸易：（甲）运进　今年本省占此项贸易之大部分，有值关平银一百九十五万一千三百六十二两之洋货，领子口凭单送往内地，此数字占进口总值百分之二八。其余之货，或为当地消费，或运往内地，俱通过厘金局者。

六、贸易船只：除航行内河小轮外，开出之轮船为二千二百四十九次，共计三百六万六千二百六吨。其中，江轮二百七十万一千八百六十八吨，载米之海轮三十六万四千三百三十八吨。今年因需要之迫切，故各家轮船增加开行次数，并以海船承乏旅客及运货之贸易，均极茂盛。米之运费，亦可满意。内地航行之小轮，只限于装载旅客及拖带载客之民船，其次数增加，而吨数则减少。

七、旅客：江轮及小轮船上之旅客，均有增加，至芜湖-庐州线及芜湖-大通-安庆线之旅客，较之去年超过甚巨。

八、金银：金银之出口，向来超过进口甚巨，今年自不能例外。墨西哥银元一元，约合铜钱八百四十七文至一千一百三十四文之谱。安庆造币厂运进铜一万九千六百九十担，铸造当十之铜钞二万万四千万枚，其价计九十五枚，合墨西哥银元一元。

九、鸦片：（甲）洋货　今年洋药之进口，较去年少七百三十三担，恐系因土药贱价之故。但学校中严格禁止学生之吸烟，官场及军队中亦然，此或有若干影响于购买量也。

（乙）土药　据土药局之报告，光绪三十一年中，有土药二千七百三十九担进口，计四川土二千四百九十六担，云南土三十五担，安徽土一百担，陕西土一百八担，四川土每重百两值银二十三两，平均较去年之价约低一两，云南土每重百两值银三十两，较去年约低三两，安徽土每重百两值银十九两，较去年约贵一两五钱，陕西土每重百两值银二十六两，较去年约低二两。

十、杂项：一月一日，安徽巡抚诚勋于本埠阅兵，彼盖因特种动机而来者，此可认为将改编本省军队之先声。去年大臣铁良亦来此巡阅。安庆陆军学校，以华人为教官，而辅之以日人，经过一年继续不断之训练，已有相当之成绩矣。一月二十四日为厘金日，计每年举行一次，日期由厘金总局规定。于是日，经过海关之米船，可减收厘金。初以为，必有大批运米之海船于此出口，但事实上并无如此之多。此种减厘出口，众称为恩关，其原意盖欲将一月之工作，集中于数日间也。今年此日，受官方之仁慈所施与者，有出口船三十只，共计为关平银五万两。新公共租界于五月十六日已正式成立，出席者有芜湖道、英国领事、税务司及全体地方之官员等。虽因种种原因，现时租界尚无物质上之进步，但举凡设施，均已约略计划矣。为建筑安徽铁道筹储资本，计绅商已同意将出口米每石一百五十斤，加征银二分五厘，彼等并同意加征同数，为本省开矿之用。关于铁路事务，现已成立安徽全省铁路办事处，经数次磋商之后，现已决定将公共租界内，划五十亩，前有江岸六百尺之区域，为铁路公司之基场。现各家公司拟于码头沿岸建立浮桥，将来货车即可于码头上下货物矣。所拟建筑之铁路，系往西南方，直达广德州，以后可由此延长至大江南岸重要之城镇，江北亦可设向北行之线，以冀与河南之铁路联贯。现江南之铁路，已实行测量，如能顺利进行，再越四年，可睹该路之完成，此与本埠之贸易与繁荣，有重大之关系也。

公历一九零六年三月十日芜湖关税务司刻恩呈报

二十七　清光绪三十二年芜湖关贸易情形论略（一九〇六年）

一、地方情形：去年一年来贸易之结果，商人甚为愉快，满拟今年贸易能继续开展。追踪去岁之繁盛，孰知从贸易册中搜讨各项贸易，不禁失望。今年贸易之总值，共计为关平银二千一百九十九万八千二百一两，去年为关平银三千六十二万三千八百九两。今年出口之米，为四百九十九万四千一百三十五担，去年为八百四十三万八千九十三担。其所以减少者，一因从华北宣告和平后，可自外埠输入大量之米；二因当地米之收成，有百分之五十为洪水所毁，发谷赈饥，省城官仓为之空虚；三因由本省运出之米，厘金增加，则米价势不得不提高。适此时，又受广东米价低落之挫折也。此外，自今年始，无论何米，在离开本埠时，须完纳厘金每担（一百五十斤）银五分，以为铁路及矿务之用，六月起又加征每担银五分，亦为同样目的。今年六月，湖南亦遭水灾，而来向本埠购米，此为第一次，亦非预料所及也。在年终时，江北饥荒之区，于本埠购米，有一部分用洋船装出，但有超过上述之大量为民船运往，以济灾黎。麦及菜子将近收获之时，为雨水所毁，收成甚恶。棉花、豆类及落花生，亦遍为洪水所淹，使贸易为之减色。出口虽有显著之低落，而进口贸易则与去年无甚出入，且有数种较去年增多，如棉纱、煤油及糖皆其著者也。查今年出口贸易停顿至大半年之久，商人尚未现有忧色，现正准备于新租界上，迅速推行其贸易至较大之范围，且谋改良本埠之四周之环境。其已办成者，或正在推行者，或尚在计划中者，皆遵照此目的而前进，尤有希望者，即为本省建设铁道也。在三十年前，曾拨一片地址为租界，今年已证实为一既成之事实。且闻建设芜广铁道之工作，亦正预着手。在今年年初契约即已签订，但租界之江岸，前已分给安徽铁路公司及各航业公司，每股有六百尺至一千一百尺之江岸，只余一千二百六十尺之江岸，尚未分配。在各占有者作任何计划以发展其产业之先，必试验其土质之硬度，以便建筑房屋。租界之地面，洞穴甚多，黑砂、瓦砾遍地可见。租界南端之石岩较深，早在九月，即动工填平各处，取土于租界后面离江岸约半里许之小土山上，特设轻便铁道，以为搬运之用。工作进行甚速，希望其连修筑码头等等，约于明年五月，一并完成。外人所有之各段码头，于十一月，即开始建筑，今年年终时，木桩即可打好。码头底层之工作，正赶紧进行，拟全用士敏土填筑，上面铺以石砖。此种工程，必于某一定期间完成，即须在江水涨起，尚未影响于工作之时也。货栈之建筑，尚未设计，在中国新年节后，当可着手。安徽铁道局南界之陶家沟，从长江进口约有六百码之长，该局意欲将其开宽开深，以便江水最低时，大批民船可以入口，沿岸而行。将来之铁道码头，即建于此河岸。其一端于年终已着手工作。至于铁道，已将所拟由芜湖至本省东南之广德州之路线，测量一载，现方建筑横跨内河三百尺长之铁桥于芜湖城东，将来本埠及公共租界之幸福，即视此铁道之建筑，及何如发展贯通各省为断矣。六月间，本地官绅曾组织一公德公司，已请准而置趸船一只于大通，便利彼处上下之旅客，此趸船专为招商局江轮之用。闻此种便利，他公司轮船亦得享受，只须每次付银五两而已。芜湖面粉公司，为改良出产品之质起见，已运进最新式转动碾磨机，下半年即着手扩大屋宇，以安置此应用之器械。最近又开设一造砖瓦之工厂，于江边之四合山，在芜湖下游七里之遥，机器已运进口，房屋亦建成。本埠急需此类之工厂，因近年来土窑所出之砖极薄，其质极坏，且仅有一半着火者。其他公司，资本已筹划者，为本城电灯厂，现正预备房屋及器械。闻机器已在外洋购订，在中国电报局管理之下，设立可通全埠之电话局，最近已提及，想有实现之可能也。

二、税钞：（甲）进口　今年所征税钞之总值，为关平银七千五百万六千二百九两，较去年少关平银三十八万八千六两。进口税、鸦片税、子口税所征之数，较去年多关平银一万七千一百二十四两，出口税、复进口税所征之数，较去年少关平银四十万五千一百二十九两。其主要之原因，为今年出口米之量低落也。

三、外洋贸易：（甲）进口：从日本直接运来之煤三千吨，为小轮船及家庭中之用。从香港及日本转道上海而来者，为糖、米袋、洋火。又从美国运来少量之杂货，共计贸易之总值，不下关平银二十七万一千五百二十四两，较去年少百分之四零。

（乙）出口　无足纪者。

（丙）复出口　无

四、复进口贸易：（甲）原运出者　今年出口各货之总值，为关平银一千二百七十一万五千五百二十七两。米及稻之值，为关平银一千一百二十八万五千四百三十四两，约占出口之总值百分之八八以上。出口米之量，为四百九十九万四千一百三十五担，较去年少百分之四零，其中六十六万六千四百九十三担免税过关，计二十二万一千九百四十四担为湖南赈饥；六万二十八担转道上海及镇江，为江北赈饥；三十八万四千五百二十一担，为青岛及天津之军米；其余纳税之四百三十二万七千六百四十二担，计运往广东三百四十万一百四十七担，福建十七万三千四百十三担，镇江七千六百十二担，江苏二十二万八千七百四十四担，江西八万四百十九担，湖北十万八百五十一担，山东三十二万八千二百三十六担，牛庄八千二百二十担。米之详细价目，列之如下：上等米，每百斤值三圆五角三分；中等米，每百斤值洋三圆二角六分；下等米，每百斤值洋三圆零七分。豆类、棉花、落花生及麦之市场，供给甚啬。出口之量，在历年平均数之下。蛋白及蛋黄从前照价抽税百分之五，今年则课以特种税率，鹅鸭毛、药材、菜子之运出增加，但菜子多为去年屯积于仓中者。

（乙）复运出无足纪者。

（丙）运进　在此项下进口洋货之值，稍有增加，聊以补偿土货贸易之衰落。进口之总值，为关平银九百三万九千四百八十四两，去年为关平银九百一万四千九百二十五两。今年年初，一般商人皆预料米市可以活跃，故屯积大批之布匹货物，以备米商从内地运出谷类之后，或以货易货，或以赚得之钱，购货而运回内地。但后来知此种企图已归失望，米市长期不振，因而使外洋布匹贸易亦发生同样之情形，年终时，商号内屯积布匹各货，仍无多移动也。但经营三种货物贸易之外商，获利甚巨：其一为棉纱（大宗为孟买之各种棉纱），计运到者有三万一千四百八十担，约为去年进口量之两倍。盖既因本地棉花收成为洪水所毁，又以印度棉纱在市场出售，价略低廉也。其他二种，为糖二十三万一千七百四十九担，及煤油四百八十万二千七百罐，进口之量较近十年中任何年为多。此二种销路较佳之处，为池州府、安庆及六安州。又此二货物中，以白糖、火车糖及美国煤油售出尤多。本埠煤油之购买量，有稳定之增加，美油今年进口者，有三百九十五万九百五十罐，较去年多百分之五零，超过已往任何年矣。进口土货之值，为关平银一百九十一万四千六百三十五两，去年为关平银二百十三万一千九十五两。比较观之，今年已形低落。

五、内地子口贸易：（甲）运进　运往内地货物之值，增至关平银二百四十万三千七百五十四两，较去年约增百分之二三。大通自设有趸船后，贸易变一新状态，此项货物之转运商，多尽量由江轮装运货物至大通及安庆。盖江轮载货，虽运费较民船为贵，然其时间较短，资本流通迅速，且又不致如民船载货，常有盗窃货物之损失也。此项贸易，安徽所购货物之值，为关平银二百三十一万八千四百八两。至运往他省货物之值，与运往本省者相较，实甚微也。

（乙）运出　因棉花之出产甚少，今年仅发运出子口凭单八张，其货物为棉花、牛角及菜籽饼。

六、贸易船只：虽运米之海轮之次数大减，其吨重则较去年减少无几。进出口之总吨数（除小轮船适用内河航行章程外），共计为六百十六万七百十二吨。现在本埠作贸易者，有八国船只，其百分比例，英国约占百分之五零，中国约占百分之一八，其余六国占百分之三二有余。虽海轮载重千吨之船，较去年少行一百二十四次，但法国轮船在江上作正式贸易，实为初次之现象，且其吨重比他船为大。今年雇用吨重之数，实远过于实际所需要，故运费减低，但货币之汇兑率较去年为高，损失稍得减轻。小轮船进出之总载重，为二万一千一百七十二吨。在六七月间，曾禁止小轮船行于内河，因此时之河水涨起甚高，恐其兴波作浪，毁坏河堤也。

七、旅客：旅客逐年增加，轮船及小轮所载来芜之人数，为十一万三千八百七十一名，离芜之人数，为十万七千八百二十六名，较已往任何年为多。保持其最多数而无甚更动者，为往来芜、汉间之旅客，因湖北人民殖于本省者甚繁，彼辈常时归至故里。又京汉铁道为通北方之新路，旅客至京者，常由芜动身取道汉口也。据小轮船之主事人称，今年彼等未能获利，因新增小轮船于主要航线，对于旅客之竞争激烈，票价减低也。

八、金银：较去年无甚变动。安庆造币厂运进铜八千五百二十二担，铸出当十文钱之铜钞二万四千万枚，闻与去年之数相同。兹将钱店中墨西哥银圆与铜钱汇兑之平均率，取其十二个月中最高、最低之数，记之如下：每圆兑换铜钞，最高时一百十五枚，最低时一百十二枚；每圆兑换铜钱，最高时一千一百九十七文，最低时一千一百六十五文。但钱店购于厂中，则有若干利益，计其兑出之价，较其购入之价，少百分之四，即如上开最高时之兑换率而论，钱店自厂中购入，当为每圆兑铜钞一百十九枚，或铜钱一千二百三十六文也。

九、鸦片：(甲) 洋药　今年进口之数，较去年仅多七担。本市白皮土之价，继续降落，在年初，每百斤值关平银八百十两，年终时值关平银七百五十两。

(乙) 土药　从前此项货物，在本埠经过海关者极少，但自六月起，即按照新统税章程抽厘，而土药之通过本关者，自该日起，迄年终止，有三百七十一担，依新章每百斤抽税之总数，为库平银[①]一百十五两，与洋药每百斤抽税关平银一百十两约相等。现土药之税则，既已确定，则如从前之以民船运载于厘金局纳税者，毫无便宜，此后，当可继续由轮船运来，并料其有相当之增加也。土药局所送到之统计，自光绪三十二年闰四月十五日即纳税开征之日起，至十二月尾止，共计有土药七百三十九担。进口土药之平均值，较去年每重百两增价银三两至四两。其所以然者，为自统税实行后，前用芝麻子饼掺杂土药之恶习，现已除去，新到之土药，其质较佳，故其价提高也。

十、杂项：本埠之常关，名义上为中国海关管理，仅有长江木料之贸易通过常关。据报告，光绪三十二年所征之税钞，为库平银十六万七千八百四十六两，其中最大部分为木料税。今年计木排一百三只经过常关，纳税库平银三万九千八百九十两。上述木排中，三十二只于本埠拆开，一部分为当地购去，余复编成小排，送往内地。又有七十六只，航往南京，一只为御用木材，运往北京。邮政之工作，现已逐渐开展，所处理之邮件，岁有增加，颇足以表示一般人对于邮政之制度，有坚决之信任。小资本商人，尤可利用其传递丝、毛、棉等织品之包裹，故在本区及他邮区，常收到其地绅商人士请设立邮政局之呈文也。

公历一九零七年三月十九日芜湖关税务司姜司顿呈报

① 库平两：中国旧制重量单位，简称两，为清朝末年政府征税和国库其它收支活动中称量银两的标准。

二十八　清光绪三十三年芜湖关贸易情形论略（一九〇七年）

一、地方情形：进口贸易盛衰，视乎出口米贸易之情形而定。米出口之量大，则进口货增多；反之，出口之量小，则进口货减少，此在本埠已为显然之事实。但今年则为例外，计最盛之前年，出口米八百四十三万八千九十三担，去年米四百九十九万四千一百三十五担。今年虽仅有米二百四十八万二千一百八十担，而进口贸易之大，则为从来所未有。去年秋季之收获，大部分为洪水所毁，使今年前二季之出口贸易，入于停顿状态。迨至秋收丰富，出口贸易遂形活跃，以十月间为最盛时期，因本地米价甚高，及南方商场有较贱之米从安南输往，故年终时，贸易复衰，日本缺乏米粮，传闻政府有准米从芜运日之意，故米价仍未低落，而商人亦不肯轻易出售，以冀获得厚利也。菜子及麦之收成甚佳。豆类、棉花、落花生原有丰收之望，但收割之时，淫雨不止，毁其收成之半。建设租界之工作，终年积极进行，雇工人数百名，以修筑沿江各段之码头，填平地面。太古、怡和、亨宝各轮船公司，已将其所有之码头修成，但后又发现有数处之江岸，因租界后身之洪水于内面加以重压，为之凸出，且岸前之桩，亦被压弯，于是复行改建，使更坚固。华昌及日清两轮船公司，亦正修筑其码头，若其完成时，则有一英里长之码头矣。太古轮船公司近已于其地段，筑成四大货栈，并建筑桥基，上架桥梁，与浮船相连，将来轮船即可沿岸停靠，上下货物必迅速异常。中国官方已开始于租界修筑道路，但因有数处为洪水淹没，致工作迟缓。安徽铁路公司建筑芜湖–湾沚段铁路，业已开始，并延长路线至广德州，但其进行极缓。芜湖及湾沚相距二十五英里，中有桥梁五，均建成，路轨从芜铺设，已约有六里许。铁路之终点系为租界中一地段，有江岸六百尺为去年该公司所分得者。铁路总办李景芳之代替人，尚未派定，且又缺乏资本，此皆为进行中之障碍也。两年前制造砖瓦之工厂，即已于芜湖下游七里许之四合山建立，其工厂及建筑均完成，聘一外人管理，现已开工，但尚未见其砖出现于本市场也。电灯公司已于去年报告中述及之，发电厂已筑成，订自欧州[①]之机器，尚未运到。该公司之资本为十万两，每股一百两，股东均系华人。多数之商店及饭馆，均表示愿装电灯也。

二、税钞：今年所征税钞之总数，为关平银六十六万八千一百二两，乃水灾最大之一九零一年后最小之记录。但本埠仍呈繁荣之景象，盖因虽出口税较去年减少关平银二十万两，但有进口税、复进口税、鸦片税、子口税，共较多关平银十二万三千四十八两为之调剂。按上述所增银数中，外洋鸦片一项，占关平银八万七千四百六十一两。故其净数，仅少关平银八万八千一百七两。

三、洋货贸易：(甲) 进口　从外洋各地运来之进口货，约计为火车糖几全部自香港运来，火柴、煤、铁路上之材料，大部分从日本运来。此等货物，多数由上海转运而缴纳进口税于芜湖。洋货进口贸易之总值，共计为关平银四十四万二千八百八十九两，计火车糖约占半数，铁路之材料及机器值关平银六万五千七百三十九两，火柴值关平银二万四千二百二十四两，煤值关平银一万四千一百九十三两。一最可注意之事，即为有越南米三百三十三担，在秋收之前运来，每担售洋五元八角。其与土产之米竞争，似嫌售价过高，但后此无复运来者。

(乙) 出口　货物中略占重要者为菜子，有四千六百四十担运往日本，计此项贸易之值，仅有关平银一万六千十六两。

① “州”应为“洲”。

（丙）复出口　无

四、复进口贸易：（甲）原运出　米占此项贸易总值百分之八零以上，虽今年秋收丰盛，但运出之米，仅为二百四十五万二千一百八十担，内有一万二千七百五十六担为邻省之江苏救饥之用，三十一万七千九百五十一担为青岛、天津、牛庄军用。前述之米，共计三十三万七百七担，俱免税出口，其纳税之米二百十二万一千四百七十三担，南方各商埠购去一百六十八万五千五百五十九担，中部各商埠购去二十五万三千二百八十八担，北方各商埠购去十八万二千五百九十六担。零售之米，市价甚高，平均上等米，每担值洋三元八角，中等米每担值洋三元六角，下等米每担值洋三元二角。南方汕头及广州两商埠仍为本埠最大之雇主，虽有若干年中运往上海之米，较其他之任何埠为多，但上海仅为分配之中心，由该埠又转运至他埠也。麦、豆、菜子虽较米之量甚少，但比去年略有进步。棉花降落百分之九零，仅二百五十六担出口。收制之蛋白、蛋黄出口，亦减少甚巨，为蛋价增贵故也。

（乙）复运出　无足纪者。

（丙）运进　从中国各埠运来货物之总值，为关平银一千一百八十一万四千三百四十九两，乃最高之记录。其中货占关平银八百七十二万二千九百四十两，较去年增百分之二零；土货占关平银三百九万一千四百九两，约增百分之七四。美国煤油逐年增加，今仍占第一位，而其总量为四百十三万九百罍，去年为三百九十五万九百五十罍。俄国煤油则逐渐降落，今年仅有十三万四千五百罍，较进口最多之一九零四年，少十分之一。苏门答腊油，于十年前始运入本埠，今已至六十万四千七百罍，较去年增加甚多，且较进口最大之一九零四年，多一千六百五十罍。棉布、红洋布、丝绒布、手帕及糖，均有可注意之增加。去年之收成甚啬，今岁之秋收虽盛，然尚未能即有影响于进口，而进口贸易如此之盛，实为奇异之事也。

五、内地子口贸易：（甲）运入　子口贸易之值，共计为关平银三百二十一万二千六十二两，超过往年之记录。盖因商人前以民船运至大通及安庆之货物，均经过常关，现则于本关领取凭单，而以江轮运载矣。今年发凭单三千八百三十三张，以照至本省各地之洋货，又发出一百三十六张至江苏，四张至江西。

（乙）运出　无

六、贸易船只：船只之进出，前年为四千四百九十八次，去年为四千二百五十六次，今年虽仅有三千八百二十一次，但吨数则较最大之一九零五年六百十三万一千三百十七吨为多。米出口之多寡，为船只贸易之重要因子。以一九零五年与今年相较，英船之吨数，略有降落，其降落之故，则为米船之减少。中国船只亦略有变更，但日轮则有充分之进步，今年进出七百七十二次，一百二十七万二千四百七十六吨，一九零五年进出四百九十八次，载重七十一万五千三十四吨。可见，开行之次数及船身之容量，俱有增加也。德船之吨重，在一九零五年九十五万一千一百五十二吨，今年为四十九万八千八百二十二吨，降低百分之五零。雇用法船之吨重，与去年相同，航行内河小轮之次数，较去年多一倍，此足证往来于内地之旅客增多也。

七、旅客：江轮及航行内地之小轮之乘客，岁有增加，尤以芜湖–庐州府线及芜湖–大通–安徽线[①]之增加为更速。今年内河小轮之竞争，甚激烈，据船主云，未能获利。

八、金银：今年亦如往岁，金银之出超约一百万两，但从贸易入超三百万两之事实观之，则金银之出超，似无足异者。安庆造币厂运来之铜，约六千担，六月中，厂即倒闭，工作亦停，前六个月，所铸当十之铜钞，据云，有一万万枚。

九、鸦片：（甲）洋药　今年有二千四百二十七担进口，较去年约增百分之五零，为一九零零年以来最大之数字。其所以增加者，非因本埠必须消费此较大之量，仅以价贱之故。在某种程度内，印

① “安徽”应为“安庆”。

度土得取土药之地位而代之也。

（乙）土药　据土药局报告，光绪三十三年，通过该局之土药，有一千四百十担。

十、杂项：七月六日，安徽巡抚恩铭检阅警察学校，忽遭暗杀，安庆及本埠均为之震惊。凶手徐锡麟，官阶为候补道，系管理该校者，自承为革命党之首领。其计划，当学生行毕业典礼时，不仅刺杀巡抚，并欲杀戮全体高等官吏，然后占领军械库，割断电话。此计划失败之由，因毕业典礼日期乃巡抚所定，较其希冀之时为早也。官立之皖江中学堂于一九零五年三月在芜湖开办，该年报告书中已叙及，学生人数曾未满额，于夏季停课，现正改建房屋，余希其赶紧完成，俾于夏季开课。邮政局逐年发展，今年本县已设有九个分局所，处理之邮件，从去年信二百五十八万一千一百五十五封，增至今年信三百二十四万五千二十八封。汇兑款项达十万九千三百三圆之数，去年仅为五万一千一百七十圆。今年本埠虎列那之病疫流行，八月中尤为激烈，此一月中死至千人之多。常关所处理之贸易，无何更动，据报告，该关光绪三十三年所收之税钞，为库平银十六万三千七百四十四两，去年为十六万七千八百四十六两。江水涨起最高为十一月八日，达二十六尺一寸，最低为一月二十四日，达二尺四寸。

公历一九零八年三月十六日芜湖关税务司姜生呈报

二十九　清光绪三十四年芜湖关华洋贸易情形论略（一九〇八年）

一、贸易情形：窃查本年各国贸易情形，皆不兴旺，本埠何能独占优势？凡行商作贾，均称牟利维艰，殆世运使然也。溯商场广大之汉口，忽有数巨银庄亏倒，本口之银庄，未免稍受影响，兼之本年银价涨跌靡常，所以进口各货，难期起色，且本埠商务向以米为大宗，本年收成，仅逾中稔，幸去年收获丰盛，出口之米，仅二百四十五万二千一百八十担。谅本年出口之米，尚系陈货居多，而米商均不获利。其故安在？一为买进价值太昂，二为安南米运进中国南省日夥，虽质味较逊皖产，而价值略低，是则本埠运出之米，不得不减价求沽，以期与之并驾齐驱也。芜广铁路，数年来，报告书中，曾志及之，总以经费支绌，未能大兴工作，迅速图成。三十一年间，本省大宪筹定之路矿捐，凡米粮出口，每一百五十斤，捐银一钱，即以所缴之捐，作为路股。迨至本年十月内，米商因路工迟滞，颇不满意，相率停捐，谓能将办法改良，仍可照常纳捐云云。至路线垫平石子地段，已蒇[①]事者，由新辟租界江岸起，迄城东河沿止，约计长六里许。其距芜七十五里之湾沚河，建一长桥，计长四百五十英尺，业已兴工砌置石基矣。至何时行火车至湾沚一带，殊难预料。铁路总理，已另举定，现正筹议一切，而合埠之人，莫不希冀此路，办有成效也。顷闻不日南京将修一铁路达本埠，若果能实现，亦为快事也。

二、税钞：本年共征收关平银八十六万二千七两，比上两年增

①蒇（chǎn）：完成、解决之意。蒇事：完成事情。

益较多者，系出口税项，复进口半税，收四万一千二百九十一两。洵开关以来，惟本年为最优。船钞收七千八百七十两，亦可云盛矣。

三、洋货贸易：（甲）进口　从外洋径运进口，与夫别埠转运而来，除复出口不计外，洋货价值共关平银八百三十八万一千二百四十三两，内由外洋径运进口之货，价仅五十五万三千三百余两。其香港、日本、美国径运来货物，占多数者车糖，计六万一千三十二担，核计五分中，一分来自日本，四分来自香港，他如铁路材料，来自美国者，计值关平银八万六千两。至别埠转运进口洋货，大半皆由上海过载而来。布匹类，除各种斜纹布外，均比上年减色，而原色布更相形见绌，斜纹布进口在三十一年时，二万四千五百八十匹，此后逐年增益，至本年已四万六千九百四十九匹。绒货类，本年进口比最近数年减少，乃棉布价廉，故绒布滞销。杂货类，首屈一指者，系煤油，进口计六百八万一千九百七十三罐，其中有四百四十八万六千九百八十罐，系美煤油，比上年多三十五万六千八十罐，诚向来未有之巨数也。俄国煤油进口，于三十年时，一百三十四万九千三百四十罐，递减至本年只三万罐。苏门答腊煤油，较上年多十六万罐。波罗岛煤油，二年前发轫进口，本年已增至七十九万九千九百九十六罐。其余杂货，比之去岁直等诸自郐以下[①]矣。各色糖进口，上年颇盛，本年骤减九万一千余担，显见上年进口货多之故。

（乙）复出口　复出口货，计有美煤油五十万一千五百二十罐，及波罗岛煤油四万罐。

四、土货：（甲）出口　出口径往外洋者，数则微末，仅值关平银一千三百六十七两。若运往通商别埠之货，最关紧要者，计米四百八十二万五千七百五十三担，内有四十九万三千一百四十二担，

① 自郐以下：郐（kuài），为西周时诸侯国名。《左传·襄公二十九年》载，"为之歌陈，曰：'国无主，其能久乎？'自郐以下无讥焉"，即从郐以下的乐曲就不加评论了。后来"自郐以下"演化为成语，比喻从某某以下就不值得一提了。

系运往比邻之江苏省、浙江省，十七万五千八百六十四担运赴北方，三百八十八万三千四百四十六担运赴南方，而免税军米之运往直隶、山东两省者，计二十七万三千二百八十一担。本年春间，粤省水灾，民食维艰，奏准在本埠购办平粜米四十万石，然直至年关告尽，此项米竟未报运出口。按本口米价，在年底时，上等每百斤约值洋三元三角，中等二元九角，下等二元六角。至出口货物价值百分中，米占八十八分，其余紧要之土货，系土丝、鹅鸭毛、纸、牛皮等类。麦亦向为出口货之大宗，本年只七千六百四十七担，抑歉收之故也耶。

（乙）进口　土货进口大宗，系上海机器、土制之原色布及棉纱，原色布上年进口八百八十四，本年五千一百匹，棉纱上年二千八百七十五担，本年一万五千十三担。揆厥原因，系印度纱价值较巨于土棉纱耳。面粉多由上海运来，上年一万三千五百四十八担，本年一万八千五百七十四担。各种油本年进口最多，豆油二万三千二百十六担，自开口以来，此为巨擘，比较最盛之光绪九年，约加二倍，亦附近一带产豆不旺之故。土糖进口减少，情形与洋糖相仿。进口麦为向来所无，本年亦有进口者，缘近两年收成不佳。

五、子口贸易：（甲）运入　洋货运入内地之价值，比上年少四十万两，一殆因上年入内地之货颇旺，二想系本年安庆兵变，商人不敢报运多货入内地。本关给发之子口单，计四千二百五十三张，只九十七张报往江苏省，其余均系安徽省各属。核其报运货色之占多数者，则为棉布、煤油及各色糖。

（乙）运出　内地无土货运出。

六、贸易船只：船只进口，自互市以还，本年可称极盛，计六百七十万七千二百十一吨，比去年多四十八万吨，其中尤以日本独盛，比之去年多三十二万七千吨，次则脑威[①]亦见加增，去年一万七千一百六十吨，本年五万七千四百九十二吨，然均系海轮来本口，

①“脑威”应为“挪威”。

装米运赴南省。小轮船进出口，计百分中加增六十分，吨数七万五千一百七十二吨，虽搭客熙来攘往，而船商究不获利，乃船多争载之故也。此项小轮，仅能装客及拖装客之船，所报往来航路，则庐州府、大通、安庆等处。其行驶宁国府之小轮，必视内河水涨，方可开行，约计一年中得以行驶彼处者，只大半年。

七、旅客：往来内地之旅客，本年增多，合长江、内河计之，去年三十二万一千五百八十四人，本年五十二万八千五百九十二人。其附航之胜如此，大抵因船只愈多，水脚遂贱之故。

八、金银：本年出口银两，多于进口百万之谱。欲求其故，殊难索解。

九、鸦片：（甲）洋药　洋药贸易，本年白皮土（小土）进口二千二十六担，公班土（大土）十六担，比去年减少三百八十六担，但所少之数，系在本年第四结期内，总以禁烟之示谕煌煌，其价增贵耳。查小土价值，本年涨跌特甚，涨时每担一千一百二十两，跌时每担七百六十两。

（乙）土药　所报经过新关之土药，本年二千五百十二担，比上年多二倍有奇。虽然进口增多，究非吸烟者众也。盖土药进口，固视本省产土丰歉为转移，本年所收土药，仅及五成。窃思禁烟之令，若再加严，购办药土，即非易事。故吸烟、卖土者流，均多多屯集，以备缓急，土药价值亦继续增高，年初只四百五两，年终已至四百三十八两。

十、杂项：本年十月初七日，安庆城外有征兵一标，其中分马、步、砲三队，遂萌叛志，戕管带官，攻击省城。幸当时抚帅，勇于调度，又得停泊江中之本国兵舰，极力攻剿，叛兵失势，旋即溃逃，否则省城为乱兵所据矣。彼时闾阎，风鹤惊心，不言而喻。拿获之叛兵，即行正法。犹幸江督宪，又由离安庆一百五十里之太湖县操地，调派南洋军二千五百人，赴省助剿。乃大军莅止，即静谧如常矣。本口开风气之雷灯，上年曾论及之，本年冬季，其公司之场屋、机器，均布置完备，不日即开炉引电，所设在康衢要道之灯，计二百盏，各商号及茶楼、酒肆之订购者三千盏。公司所用之引电机器，系由德国运来，其余机器并蒸汽炉，系由英国运来。其最足令人钦仰者，即多设学校，增广后进之知识。是年，本口创立两学堂，有湖北旅芜学堂、湖南旅芜两等学堂，概由两省士商集赀筹款所创。至学堂课程，有英文者寥寥，皆为经费窘迫，故不能随心所欲而扩充之。租界工程，迄今未能速告成功，殊出人意料之外，盖以上年沿江石岸崩坍数处，本年又须重行结构，太古公司所建之四大堆栈，及泊船码头二座，厥工告竣。界内官修之马路、沟渠，亦筑成少许，界外弋矶山下游，亚细亚煤油公司建造之铁栈房，已毕事矣。而美孚行，又将步武后尘，起造砖栈一所，备储装箱煤油，刻正鸠工庀材焉。本口邮政，年来又加推广，计有分局四，代办商铺四十五，另设有邮信柜二十个，均归本总局管理。除总分局外，代办商铺，可以领票据汇兑者六家。递寄信札，上年只三百二十二万三千余函，本年增至四百十万四千余函。包件，上年计二万一千四百四十五件，本年四万八百十一件，以今例昔，约增一倍，价值估计关平银七万七百两。常关归并新关，徒有管理之名，本关所呈之常关税数、册薄，均据其所报者核计之。常关税款最属紧要者，乃木簰而已。三十四年征收之税，共计库平银十八万五千七十八两。至本口江潮最低之时，正月初一日，只英尺五尺二寸；极高之时，七月初二日，计涨至英尺二十五尺二寸。

公历一九零九年三月五日芜湖关税务司湛参呈报

三十　宣统元年芜湖关华洋贸易情形论略
（一九〇九年）

一、地方情形：今年各种商人，皆蒙不幸。洪水之为灾，收成之荒歉，兑换之低落，皆使运出商、运进商及轮船公司，受严重之影响。芜湖贸易主要物之米，今年所收获者，与去年相等。春季洪水大作，低地全被淹没，禾苗尽毁，仅高处之稻田无恙耳。今年是否有半数收成，尚属疑问。运出之商人，因本地米价太高，难与安南之米竞争于南方之商场，故其贸易，感受不能获利之痛苦。进口贸易，又为兑换低落所限制。商业萧条之结果，一家银行及数家商店，均倒闭。芜广铁路之工程，本于一九零六年开始，实际上已因缺乏资本而停顿，该公司之经理及人员虽已更换，但目下财政上之困难，尚无法打开，现仅雇有外国工程师，从事测量长江以北之路线。五月中，芜湖面粉厂忽肇焚，如机器及货物，付之一炬，估计遭失在银十万两以上，现尚未复业。租界上各种情形，均与去岁相若，建筑物仅有太古轮船公司所建之货栈，中国航行公司之海船，来此载煤往下游，别无作他种贸易。租界之南端地段，有若干堆之枕木，仅为表示该处为后日铁路之终点而已，将来租界之发达，固多系乎铁路之完成，然于海关所在之地位，亦有关系。近有将海关迁至租界南段陶家河岸上之拟议，此问题已讨论多时，迄未实现。江岸前木场及木排，尚未能搬尽，截至今日，海关之基址，亦未进行建筑也。在现时贸易中心之街市与租界之间，低地甚多，已渐次填平。此举足证商人预料贸易之中心，将来必移至租界，且此区域之展开，必予本埠之贸易一重大刺戟也。

二、税钞：今年所征之税钞，较去年少百分之一零，但仍与近四年税钞之平均数相当。进口税逐渐增加，今已约为一九零六年之两倍。出口税较低，因米歉收之故。至复进口贸易税及鸦片之税厘，降落甚巨，子口税亦然。船钞较去年为少，但此项在税钞中，向来视为无足轻重者。进口税之增加，非为此项贸易之有更大开展，仅因进口洋货，向之于上海纳税者，现改在此纳税也，或亦可谓之曰：直接进口洋货之增加耳。

三、洋货：(甲）进口　进口洋货之净值，较去年少一百五十万两，约减百分之二零。兑换之低落，自然趋于限制洋货之入口。直接从外洋进口，而价值甚高者，计为火车糖，有六万七千四担从香港运来，二千三百一担从日本运来；又煤一万三千二百五十二担，火柴十一万二千九百五十罗，俱从日本运来。他种洋货，多由江轮自上海运来，大约其数，均形减少。其尤可注意者，为棉织品及毛织品，在此类货物中，各种均减少甚巨。其减少，不仅因国货入口之增多，亦为市面金融吃紧之故。金属亦降低，而火柴则有大量之增加。美国煤油减少二百万余罍之巨，波罗及苏门答腊油，亦略较去年之数字为小，俄国煤油则绝迹矣。电灯之装设，自减少本埠煤油之消费，但运往内地之量，亦降落甚巨。此必为柏油供给丰富，尤以上半年间之菜油特多也。肥皂逐年增加。糖较去年略少，其价则异常昂贵。进口伞之柄数，以今年为最少。

(乙）复出口　无足纪者。

四、土货：(甲）出口（运至外洋及他口岸者）连复出口在内直接运往外洋之货，约值银二千两。其三分之一，由邮包寄出。虽今、去两年收成不丰，但米之出口，较去年多十万担。出口之米中，有八十万担，以免税出口，大半运至广州及天津。其纳税之米，计有一百八十九万六千四百九十九担运往汕头，一百五十三万九千三百十担运往广州，三十四万九千三百二十二担运往上海，二十一万二千四百九十七担运往烟台。因农人售价之昂贵，及西贡米于广东各商埠，与之激烈竞争，获利与否，毫无把握，诚贩米商不幸之年也。今年年终之米价如下：上等米，每担值洋三元四角；中等米，每担值洋三元；下等米，每担值洋二圆八角。两年小季之歉收，麦几已回复其从前之地位。今年出口之麦，较去年约多十万五千担。棉花之贸易复活，收制蛋白及蛋黄之贸易，亦甚获利。出口丝之量，约与去年相等。豆类及菜子之贸易，亦隆盛，豆类多运往欧州[1]，菜子则运往日本。若现在至销场维持不变，则从前种罂粟之地，将改种豆矣。据云，菜子出口之获利，较由其制成油后获利为多。但菜油亦为外洋矿油之竞争者。毛羽较去年低落。但尚在水平线上，药材亦然。本埠所制之面粉，已减少五千担，盖因厂中失火之故，当另有说明。茶减少四百担。

（乙）进口　棉织品中去年所增加之货物，今年仍不能维持。粗布减少二千四，棉纱减少七千担，土布减少四千担。虽因本埠面粉厂失火，当地之供给减少，然面粉之进口，较去年少五千余担。油类降落甚巨，其中尤以豆油为最，较去年少一万四千担。糖在历年平均数之下，白糖之进口以今年为最少。进口土货之净值，较去年减少一百万两以上。

五、内地子口贸易：（甲）进口　此项贸易并不茂盛，其值已降落五十万两以上。子口税亦减少约一万两。今年发出凭单三千七百五十八张。去年为四千二百八十三张。棉织品、芭蕉叶扇、煤油及糖，为子口贸易中之主要货物。领取凭单运入内地之油，有二百八十三万七千三百二十罍，较去年少一百万罍。

（乙）出口　无

六、贸易船只：贸易衰落，雇佣船只之次数，自为之减少，但今年船钞之数字，减少不巨。小轮船因激烈之竞争，能否获得厚益，尚属疑问。其航行之区域，现已有六；航期之久暂，以水之高度不碍行轮为标准，离芜开出之时，大约在九点至十一点之间。列表如下：

① 此“欧州”应为“欧洲”。

开往地	与芜湖之距离	航路	开行船只
安庆	三百六十里	长江	每日一只
南京	一百八十里	长江	每日一只
庐州府	三百六十里	庐州府内河	每日两只
无为州	一百八十里	庐州府内河	间一日一只
南宁[①]	一百二十里		每日一只
宁国府	一百八十里	芜湖内河	每日一只

于长江航往无为州者，终年不停，而在各内河，则非水达某一定之高度不可，但水极大时，亦不许行轮，因恐其波浪冲毁圩堤也。

七、旅客：旅客逐年增加，尤以来往内地者为甚。因小轮船行程之迅速及时间之准确，人极喜乘之故。开行时及抵岸时，船均载满旅客。江轮及小轮上载旅客之人数，共计有六十六万五千一百七十八名，去年为五十二万八千五百九十二名。

八、金银：今年无黄金进口，银及铜钞进口之数，仅为关平银十九万四千八百二十三两，至其出口则为关平银一百四十五万二百八十两。金银出超之数，及货物出超之值，共计他埠欠芜之银，在关平[②]六百万两以上也。本埠贸易之情形，一如往昔。英国领事于其一九零五年贸易报告中，曾说明此种出超之情形，谓米之贸易，多操于本省之富户手中，彼等贸易所得，并不需于当地兑现，盖复将此资本全部转移他处投机之贸易也。但恐亦有大批之银，由民船运入本埠，而未经海关，无记载可稽。且近数年来，钞票盛行，余疑其大有影响于出口、入口之平衡也。往年于米粮歉收时，英国银元之市价甚低，年丰时，则每元约等市平银一两，但最近八角三分，即可值银一两矣。镇江之兑换价较好，故今年二十五万余银元运往该埠。墨西哥银元最高时，值钱一千四百一十五文，最低时值钱一千三百六十二文。今年之平均价，为一千三百八十三文。

①此“南宁”应为“南陵”。

②“关平”应为“关平银”。

九、鸦片：（甲）洋药　白皮土从去年二千二十六担，降至今年一千六百四十九担。近十年进口之平均数，为每年一千九百七十担，每担之价，从关平银七百五十五两，至关平银九百九十七两之谱。公班土向无大量进口，今又从十六担落至八担，其价从六百六十两，至八百四十两之谱。在今年之末季中，洋药大为增加，必因土药征新税之故。详之如下：

（乙）土药　各种土药，较去年共少三百二十六担。去年进口所以异常增多者，为预算禁烟方案即将实行也。河南土、江苏土、山西土、陕西土进口，跌落甚巨，盖除去年外，上述各种进口者甚少。但四川土，则复行加多三百五十八担，此土贸易逐年进步，从一九零六年（是年引用土药新税则）之二百一十八担，增至今年一千八百六十八担，此货之值，为关平银三百七十两至四百八十两之谱。九月中，各种土于安徽进口者，每重一两，省当局征厘四十文，其目的在禁止土之消费。故结果进口之土药，渐趋减少，但在年终白皮土之进口，显有增加。据云，禁止种植罂粟之命，已于本省之西北部，严厉执行，向种鸦片之区域，近已改种豆类等物矣。

十、杂项：今有一极可注意之事，即为四月中，本埠装设电灯。当草拟报告时，约有四千盏，发动机之马力，已颇够用。现又另外购订机器，将来此机器到时，不仅可多装电灯，并可供给本埠制米厂机器之用。本埠现已有四家采用外洋机器之制米厂。邮政局仍日见发达，今年内地又新设立二局，及二十个代办处，计宣统元年信件之总数为四百八十七万一千九百件，包裹之总数为四万五千一百件，二者均增加极多。宣统元年，本埠常关所征税钞之总数，为库平银十六万四千八百五十三两。今年降雨之量，较去年为多，气候常多变动，两年气候之情形，特列表说明之如下：

年别	温度		雨量		雪		江水高度	
	最高	最低	时间	英吋	时间	英吋	最高	最低
一九〇八	九八度	三十度	五八八时	四六·三四	三六	一·七〇	二五尺二寸[①]	四尺五寸
一九〇九	九九度	二二度	八三五时	四八·三五	五六	一·六七	二七尺三寸[②]	三尺二寸[③]

公历一九一〇年一月八日，本埠有两次地震，但甚小，此为一八九四年来之初次也。

公历一九一〇年三月二十四日芜湖关税务司马耀呈报

① “安庆图书馆本”中《宣统元年芜湖关华洋贸易情形论略（一九〇九）》及“芜湖复印本”《宣统元年芜湖关华洋贸易情形论略（一九〇九）》，为竖排表格，全部文字均在表格内，有的字被表格线覆盖，记载江水最高为“二五尺一寸”，不清楚，而“京华本”中《宣统元年芜湖口华洋贸易情形论略》为印刷文字，很清楚，记载为“二五尺二寸”，所以，以后者为准。

② “安庆图书馆本”中《宣统元年芜湖关华洋贸易情形论略（一九〇九）》及“芜湖复印本”中《宣统元年芜湖关华洋贸易情形论略（一九〇九）》，为竖排表格，全部文字均在表格内，有的字被表格线覆盖，记载江水最高为“二七尺二寸”，不清楚，而“安庆图书馆本”中《宣统二年芜湖关贸易情形论略（一九一〇年）》虽为竖排表格文字，但是显示为“二七尺三寸”，另外“芜湖复印本”中《宣统二年芜湖关贸易情形论略（一九一〇年）》、《宣统三年芜湖关贸易情形论略（一九一一年）》为文字竖排抄本，板式与前面各篇不同，不用表格，记载为“二七尺三寸”，“京华本”中《宣统元年芜湖口华洋贸易情形论略》也记载为“二七尺三寸”，所以，以“二七尺三寸”为准。

③ “安庆图书馆本”中《宣统元年芜湖关华洋贸易情形论略（一九〇九）》及“芜湖复印本”中《宣统元年芜湖关华洋贸易情形论略（一九〇九）》，为竖排表格，全部文字均在表格内，有的字被表格线覆盖，记载江水最低为“三尺一寸”，不清楚，而“安庆图书馆本”中《宣统二年芜湖关贸易情形论略（一九一〇年）》虽为竖排表格文字，但是显示为“三尺二寸”，另外“芜湖复印本”《宣统二年芜湖关贸易情形论略（一九一〇年）》、《宣统三年芜湖关贸易情形论略（一九一一年）》文字竖排抄本，不用表格，记载为“三尺二寸”，“京华本”中《宣统元年芜湖口华洋贸易情形论略》也记载为“三尺二寸”，所以，以“三尺二寸”为准。

三十一　宣统二年芜湖关贸易情形论略（一九一〇年）

一、地方情形：今年收成之佳，为近数年来所仅有，惟惜全省收获之丰歉，极不一致。当草拟报告时，本省之北方，尚有饥馑之灾，区域亘二十余县，难民约有三百万人。前述之地，逐年洪水为灾，若淮河、运河、洪泽湖，不设法浚导，恐来岁仍难免患。本埠尚难见被灾之影响，难民所趋往之处，为南京及镇江。贸易情形之恶劣，未有过于今年春季，盖当去年歉收之后，所能运出之米，为数亦仅内地有数县曾发生几次米粮风潮，故事实上出口暂时停止，虽在先商人与地方官吏已接洽妥当，准米输出，但后安徽省巡抚发令禁止，期间自六月十四日，至七月二十五日。迨新谷登场，米粮出口贸易，极为活跃，故冬季出口米之数字，为自一九〇二年以来同季中之最大者。安徽铁路之建筑，并无若何之进步，将来车站之基址，现虽以积极填筑，但距完成之期尚远。江岸近始动工，建造依前。本铁路经理、现任交通部副部长李景芳宣称，彼近拟从速将此铁路完成。关于此举，尤为本地方人士所乐闻者，因今岁秋收之丰富，苛重之铁路附加捐，又复起征。此捐前已详一九〇八年海关报告书中，今年重新规定，每担（一百五十斤）缴捐五分。中国政府及订约国领事所改订之港务章程，于三月底即生效，停船界北扩至弋矿山，包括新租界在内。因欲觅一贸易之中心，为海关之基址，久未能得，故租界之扩充，亦致延迟。前所选定之基址，与安徽铁路公司接壤，迄今仍为木场所占据。若木场及木排不移出停船界外，则本埠必无发展之可能。余甚希望木商之觉悟，停止其违反公共利益之举动。本埠木材之贸易，逐年衰落。政府重新指定木场时，亦务须注意木商贸易之便利也。三月中，南京展览会于太平府所征集之货物，曾在芜湖展览数日，无足观者。

二、税钞：今年所征之税钞，较去年少关平银十二万五千两，或百分之一六，除子口税外，其中各项均减少。观乎米粮贸易之衰落，则知前述情形，毫不足怪。盖出口税一项，即已少关平银九万两。常关所征之税钞，计自第三十三结起，至第三十六结止，四结中，共为关平银十四万五千五百十五两。其前四结为关平银十六万五千二百二十九两。

三、洋货：(甲）进口　进口洋货之净值，较去年多一百万两，其原因为煤油进口量之大增，及洋药售价之腾贵也。直接进口之货物，一如往昔，其从香港运来者，为盛米之袋、芭蕉叶扇及火车糖；其从日本运来者，则为煤、火柴等，总值尚不满五十万两。由上海转运进口之布匹中，各种素棉布，几全为减少，至于棉泰西缎、棉羽绫等，则形增加，印度棉纱及日本棉纱亦然，主要各种毛织品皆形低落，煤油进口者六百万瓮以上，虽较前年增加不多，但较去年，则增二百万瓮。今年本埠新开设重要之商店，即美孚煤油公司及亚细亚火油公司，其位置在停船界外弋矶山之下。为便利公众起见，两公司均雇有小工担油沿街叫买，小顾主多乐购之。此举亦可减少失火之危险，因贫苦之家，屋宇狭小，纵有多油，亦无安全屯积之处也。今年火柴减少四万罗。三种糖之数字，均较去年为小。伞亦在前数年平均数之下，民众之需伞者，历年来已逐渐购齐，且一般人认为当地制造之油纸伞，其防雨之功用，实高于逐年进口之劣质洋货也。

(乙）复出口　无足纪者。

四、土货：(甲）出口　运往外洋及他埠者（连复进口在内）直接运至外洋之贸易，并不重要，与往年相同，邮件为其主要之部分。出口之米，约三百五十万担之谱，较去年少一百五十万担。其所以减少者，因去年之歉收，与今年短期间之禁米出口，以及南方市场之衰落等等。将近冬季时，贸易之情形极佳，故冬季间运出者，在二百万担以上，过全年中出口之半数。其普通付税出口之米，运往烟台者二十三万九千四百五十九担，上海六十一万三千一百九十一担（多由此转运者），宁波十九万一千八百五十七担，汕头一百四十万八千二百四十七担，广州八十三万九千五百九十四担。免税之米，为军用或慈善事业之用者，多运往北方各埠及汉口。今年米粮之平均价，计上米每担值关平银二两九钱四分，中米每担值关平银二两六钱五分，下米每担值关平银二两五钱。麦之出口，从去年十一万二千担，降至今年六万三千担。豆类及菜子跌落甚巨。烟叶有显著之增加，与往年之数字，相差无几。生牛皮之数字，打破已往之记录。丝及茶，仍在水平线上。

（乙）进口　土制仿照洋货（粗布及市布）之布匹，已由去年三千一百六十四，增至今年八千二百匹。棉纱增加六千担，土布亦有满意之进步。石膏往年进口甚多，盖为农业上之用者，今年则异常减少。据报告云，本省之池州府，现已觅得石膏矿，故未通过海关也。豆油之减少甚巨，芝麻及茶油略形增加，但尚未达往年之数字中最高者，他种货物不需纪述矣。

五、内地子口贸易：（甲）进口　此项贸易之税钞，增加三百两，货物之值，较去年增加十万两，但凭单则少发二百张，主要货物为白粗布及原色布、棉纱、煤油、糖。

（乙）运出　无

六、贸易船只：今年进出江轮之次数及吨数，均略形减少，而帆船之减少尤巨。有海轮一百一只来此运米，又十二只运煤，三只运煤油。此运煤油之海轮，为运煤油之江轮之外者。于此卸货最多之船只，为蓝烟囱之轮船，名“特拉门”，计有二千八百四十三吨，载有若干机器，此为每年从欧州[①]直接进口唯一之船。从若干日前之

① “欧州”应为“欧洲”。

测量究之，在浅水季中，芜湖不用为吃水最深之大轮船起运之商埠，实属毫无理由，盖当浅水时，大轮船则不能过芜，航于上游也。现有外商之小火轮三只，华商之小火轮二十三只，装运内地旅客，往来本埠，今年报告中之营业表上，已加有一小轮，在深水时期，逐日开至江苏之高淳县。

七、旅客：外人乘江船至某地，其经过沿途各埠之旅客，表中则不记其名，故关于外国旅客之统计，甚不完全。依记录上之数字观之，外人似无增加，中国旅客之数字，亦近似去年。除小轮外，各船似无激烈之竞争，进出旅客之人数，为六十四万四千五百三十九名，去年为六十六万五千一百七十八名。

八、金银：今年亦如往昔，出口之金银，较入口为多，计出口金银，值关平银二百十一万四千一百二十六两；进口之金银，为五十七万六百五十两，其差在一百五十万两以上。又出口商品之值，较进口商品之值多二百五十万两，故有四百万两，贸易始得平衡。本埠贸易之状态，历年大都相同，已于报告书中详之。铜钱已不复为贸易中准之用，铜钞起而代之。墨西哥银元约合铜钞一百三十五枚至一百四十枚之谱，其平均价每圆合铜钞一百三十七枚七文。

九、鸦片：（甲）洋药　白皮土又减少二百四担，今年每担之价，为关平银一千三百两至二千一百两之谱，较去年约增一倍。此即为进口减少之大原因。公班土仅有六担进口，此土吸食者甚少。

（乙）土药　土药之总值，从去年二千一百八十六担，降至今年九百十四担，此显示吸者之减少。四川土素为本地吸者所爱好，现亦减少一千八十九担，每担之价值，从关平银七百六十两，渐增至关平银一千一百四十两。

十、杂项：今年本埠未举办新事业。面粉厂于一九〇九年为火所毁，现已复建，新机器亦装置完毕，年终时已开始制粉。余盼其所出产之大部份，为本地消费也。安设电灯之户虽较增，但电灯之发光力，则为较弱。邮政局年有开展，今年内地又设八分局及二代办处，计宣统二年所处理之信件，为五百三十三万四千件，包裹为五万八千五百件，汇兑之款项，亦大为增多。一九一一年一月十八日，邮政局从海关分出，安徽之总局，现设于省会之安庆。下表系示气候之大概情形，今年雨量甚多，因八月有非常之风雨，其实降雨至一〇点一七英寸。

年分	寒暑表		雨量		雪		江水	
	最高	最低	时间	英寸	时间	英寸	最高	最低
一九〇九	九九度	二二度	八三五	四八·三五	五六	一·六七	二七尺三寸	三尺二寸
一九一〇	九九度	二〇度	七九一	五六·六八	九二	三·〇四	二四尺九寸	三尺二寸

公历一九一一年二月二十日芜湖关税务司马耀呈报

三十二　宣统三年芜湖关贸易情形论略（一九一一年）

一、地方情形：今年本省之大部分及邻近之诸省，俱为洪水所蹂躏，其灾难之重，真令人永久不忘也。芜湖附近之各圩，非全部淹没，即毁坏大半。数万灾民，因水继涨不已，不能留栖于居宅，群趋山峦，斜支竹竿，上盖乱草，以为掩蔽之所。如此生活，历若干星期之久，财产之损失尤大，甚至遗弃其所饲之家畜，历来血汗得来些少之储蓄，不得不全用以购买必需品矣。虽安徽之全省，几皆被水患，但以无为州、芜湖及太平府之当涂为最重。自山巅上远望芜湖之周围，几如一大湖，此山与彼山之交通，须有船只而后可。芜湖之街市，亦被水淹没数星期之久，房屋为其毁坏者极多，幸而洪水最大之时，已在稻禾收获若干之后，此方面之损失，亦不甚重也。今春之气候，极适宜禾苗之生长，若非此次之洪水，则秋收必极为丰盛也。历年来之收成，皆不丰盛，农人滋不快矣，约计之全省之平均收成，约有四成。位于皖南之宁国府，今年独能免于洪水，受灾之处甚少，秋收极丰。今年之洪水，较一九〇一年犹大，九月十一日之水志，为三十英尺五英寸，较一八七七年本埠开放以来最大水志，高十四英寸。据本埠老者称，一八六九年之洪水，最低限度，亦较今年高一尺也。灾患既成之后，立即筹划如何救济之方法，先由外侨及中国居民组织一委员会，与上海华中救济会合作，努力筹划兴筑主要圩堤之资本，因农民自身实无力兴造也。不幸旷观中国之情形，筹划捐款极难，因多数富户，早离开此地也。复有一种障碍，即江水并未甚降落，年终时尚在十六英尺以上，但现在各种困难，已渐得解决。余甚望圩堤之筑成，来年至少亦有部分的收获也。芜湖不仅受水灾之痛苦，湖北革命之爆发，以及后来汉口、南京、他处军队之作战，皆大有影响于芜湖之贸易。十一月九日，芜湖宣布同情于民众之运动。之后，有若干星期，贸易完全停顿。经一短时期之紊乱，迨旧政体推翻，军政府成立，即宣布维持秩序，芜湖并无严重之骚扰，政体交替时，本埠所受之影响，较其他沿江各商埠为轻。淹没地面数尺之洪水，及地方政权之变更，使海关设立于租界上之基址问题，更为之延迟，盖前在历年筹商之结果，已具有相当眉目也。因海关与租界有若干之距离，及两地无适宜之道路，故租界区域尚未能发展至某种程度。租界上未分之一段江岸，已为国际运出公司所得，现正在填筑中。贸易船只各公司，已于数年前，将其分有之江岸修好，此次得免水患。租界中之其余区域，没于水下者数星期，道路亦被淹没，此显系设计时未能增高之故。至如与弋矶山之交通，则全赖小船，此事亦甚重要，因常有急病求医者也。今年洪水毁坏土式之货栈不少，四年前太古公司于租界上曾筑数货栈，前此用时甚少，现大为得力矣。芜湖圣公会附设一学校，并建筑新屋天主堂，亦建立一学校及住所。美孚煤油公司，近已安置可容三百罄之油塔，于弋矶山下营业事务所之旁。安徽铁道之建设，实际上毫无进步，建筑道路之工程于春间即停止，至铁路终点之位置，尚有若干未填筑，铁轨及其他之材料今年运进者，皆堆积于河岸上，似不思用之也。自从四月该铁路总办逝世后，公司亦无形停止，由此建铁路以达南京之说复盛，现正讨论是否在芜广路未成之先，有建筑之可能。五月，扬子江中各灯塔，又重行分配，芜湖为其中心，管理九灯矶及三灯船。

二、税钞：今年所征之税钞，较去年少二十一万五千两以上(约为百分之三三)。恶劣之环境，重重包围，遂致地方之税收减少耳。今年五月八日，中英政府签订条约，禁止印度鸦片之进口。故在是日以后，到此之鸦片，皆为前此已付税者。鸦片之税厘一项，较去年少关平银七万八千六百九十六两。出口税，亦减少十四万余两，但进口税为关平银三万三千六百五十四两，乃最高之纪录，因直接进口之煤油增多也。子口税及船钞，较去年略多。军政府于此成立后，现金之减少，银行之倒闭，在在发生征税之困难。至年底时，不得不允许出口税，由所运往之埠之收货人缴纳，故芜湖海关，又少关平银四万四千六百九十三两，此为实际收税之海关所欠于本关者。

三、洋货：(甲) 出口 (直接及转运)　直接进口洋货之净值，为历年来最高之纪录，因有意外之巨量美国煤油由海轮径运来芜也。此外，又有若干煤油进口，系由汉口运回者。此煤油原非拟于此卸货，乃因战争及彼处贸易情形紊乱之故也。当秩序转好时，有若干煤油复出口运至其地。本埠所存之煤油甚多，恐明年之进口将减少矣。从中国各埠运来之洋货，其值与去年相同。各种棉货减少甚巨，纸烟之贸易，极为茂盛，在街头常见持洋式烟具之吸者。粗芭蕉叶扇增加约六十八万把，进口美国煤油之净量为六百八十二万一千六百五十五罍，去年为四百三十四万六千四百五十六罍，从纽约直接运至者，约有二百五十万罍，其余俱从各埠转运而来。波罗及苏门答腊煤油，减少三十万罍。进口糖之数字，虽与去年相似，但贸易情形颇形不利，尤以近六年来为甚，八月中价格增贵，因主要产糖区域甘蔗之歉收，及欧洲甜菜收成之减少故也。糖价高涨，及因政治情形而酿成地方之不安，故糖之贸易，于年终时甚形衰落。本埠对于糖质之优劣，极为注意，前自由进口之劣等糖，现虽出售，亦无人过问矣。

(乙) 复出口　无足纪者。

四、土货：(甲) 出口　运往外洋及他埠者 (连复出口在内)：今年无直接出口至外洋各地之货。至如与他埠之贸易，豆类虽较去年增多，但比之往年（尤其是一九〇三年至〇五年），则为极少。出口之米（除一九〇七年外），为近十年中最低之数字，在前半年中，贸易极为隆盛，秋季洪水之飞涨，及米价之昂贵，均使运输商人观望不前。迨秋收丰盛，逾于其所预计时，贸易始渐有活动之望。适革命爆发，贸易遂为之暂时停顿。直达年终时，贸易情形始转佳，有大批江轮运米开赴南方。运往各地之米粮，计为烟台一十五万五千九百二十一担，上海四十万九千三百四十九担（其中一部份转运他埠），宁波十三万一千三十四担，汕头一百二十七万三千一百八十六担，广州四十六万六千三十二担。免税之米，为军用或为慈善事业之用者，共计有二十一万五千五百十七担。今年上、中、下三等米之市价如次：计上米关平银二两九钱五分，中米关平银二两七钱二分，下米关平银二两五钱二分。菜子之出口，较去年少三千担，其先本有丰收之望，但正当结子之时，忽遭霪雨，受灾甚重。生牛皮仍有增加，茶及丝亦略有进步。烟叶在前三年，收成甚劣，去年始得复原，今年又得满意之数字。麦从去年六万三千担，降至三万八千担。因春季多雨之故，今年沿江一带，被洪水淹没之地，水仍为退，尚难播种，明年若皖北不能丰收，则麦将益形缺乏也。

（乙）进口　上海所织之市布，进口极少，土制棉纱亦少五百担许。煤仅有三千担进口，故本季极感乏煤之苦，其价格增至百分之五〇，或过之。茶油增加甚多，他种油则减少，糖亦稍有进步。

五、内地子口税贸易：（甲）进口：因洪水之高涨，致运输发生困难，又受革命之影响，贸易之情形甚劣，不复另说明之矣。

（乙）运出　无

六、贸易船只：今年进出之江轮及帆船之次数及吨数，又形减少，实为可注意之事。查吨数低落之原因，除因革命之发生，贸易大受其影响，招商局轮船暂时停止航行外，则为六月中，法国两江轮曰“律风”，曰“律谟”者之退出航线，德国“美兴”八月中于上海被火，与“康图”于九江下游之搁浅，自八月二十二日至一九一二年二月四日之久。此两法国江轮改名“浏河”、“浏阳”，上插英旗，最近又航行于长江矣。来往内地小轮之吨重，亦减少，为供应兵差之故也。

七、旅客：此项中，欲觅得正确之数字甚难，已于去年报告书中说明之矣。但此项纪载，并不重要，因无小轮拖带之民船，其乘客之多寡，迄无纪载也。

八、金银：本埠之金银出口，常多于入口，今年计出超一百五十万两。财政情形极为恶劣，有数家银行相继倒闭，十一月九日后，所有银行，皆行停业，现金极难获得。墨西哥银元之兑换率甚高，每元之价，三月中约合关平银六钱八分，至年底时，约合关平银七钱七分，春间合铜钞一百三十六枚，冬季则合铜钞一百五十四枚。

九、鸦片：（甲）洋药：白皮土从去年一千四百四十五担，降至今年一千二百二十六担。自禁烟计划施行后，价格为之飞涨，每担由一千六百八十两，增至三千八百两。今年四季之平均市价如次：春季关平银一千八百三两，夏季关平银一千八百七十七两，秋季关平银二千七百八十三两，冬季关平银三千四百三十三两，外有公班土二箱进口。

（乙）土药　进口之各种土药（仍以四川土为最多），共计二百八十三担，较去年少六百三十一担。今年之土价，从一千一百两，涨至二千五百五十两。

十、杂项：今年气候之情形极劣，于九百六十五小时中，降雨六十九英寸，其降落之速，亦为一新纪录矣。三月及八、九月间，曾有极大之狂风，禾苗及屋宇之受灾者不少。兹将过去三年气候之比较表，录之于下：

年分	温度		雨量		雪		江水	
	最高	最低	时间	英寸	时间	英寸	最高	最低
一九〇九	九九度	二二度	八三五	四八·三五	五六	一·六七	二七尺三寸	三尺二寸
一九一〇	九九度	二〇度	七九一	五六·六八	九二	三·〇四	二四尺九寸	三尺二寸
一九一一	九七度	一九度	九六五	六九·四一	四九	一·〇一	三〇尺五寸	二尺八寸

公历一九一二年三月八日芜湖关税务司马耀呈报

三十三　民国元年芜湖关贸易情形论略（一九一二年）

一、地方情形：因去年洪水之泛滥及政局之不安，年初商业极为萧条。迨至四月，各方面情形转佳，贸易始渐有生气。五月终，小季已成熟（如豆类等），收获甚丰，营业极为活跃，直至年底，仍继续不衰。盖本埠所赖以繁荣之米，收成极好，据云，有十分之十。出产之总量，估计有一千担（每担一百三十五斤），其中十分之六，可运出销售。但吾人须知，虽如今岁之丰年，然本省仍有数万民众，蒙供给缺乏之苦，所能获实际利益者，仅为经营贸易之中间人而已，即农夫终岁勤劳，亦不过仅能供给其家庭衣服之所需，无多余之储蓄，以作慈善之事业也。今年本埠贸易之净值，为关平银二千九百五十万六千二百八十九两，去年为关平银二千一百四十三万二千一百五十七两，前年为关平银二千四百六十七万六百二十二两。出口贸易之米及白生丝，进口货中棉纱、棉布匹，及涨价之鸦片，皆系使今年贸易值增加之货物也。再吾人考察今年前数月中贸易之情形，则知此一年来贸易实际之内容，极可满意也。但其所以活跃者，若认为贸易通常之进步，则毋宁谓反动之作风，因商人对于投资仍极为谨慎，贸易仍未能恢复常态也。今年之江水，亦涨起甚高，有被淹者，但重要之圩堤，皆无恙耳。华中救济会芜湖分会，工作极为努力，但仍盼政府方面对于圩堤之建筑、淮河之整理、洪泽湖之浚导，迅速着手也。铁路之未完成，实为本埠及全省发展之障碍。安徽铁路公司之总经理，前已逝世，一切事务均集于副经理一身。幸届年终时，该公司改组后，又派一副经理，闻有将改属省办之说，为人极力反对，而打消。若此路线完成，则本埠之出口贸易，将大为之展开，从宁国府附近，可运出矿产，又从广德州之四乡，可运出茶叶（茶叶亦一项重要贸易，闻现取道镇江，搬运甚为困难），即祁门茶，亦或可由此运出也。再由此路分设支线于各矿区，则徽州丰富之铜矿及徽州、绩溪县等处之锑矿、金矿、银矿，均可于支线运出，而"宁国府、徽州、建德煤带"及"宁国府、大通煤带"之佳煤，亦均可从事发掘矣。将来此优质之煤，既可屯积以备出口，又可用以发展本地之工业也（如芜湖、大通间江旁之铁矿等）。倘再将江道略加以疏浚，俾海轮可直达于此，则芜湖之贸易，必较汉口犹有过之，其进而为工业之商埠，实非难事。但欲芜湖之发达，亦非一铁路之所能为功，更须延长此铁道于长江北岸，向东北行，经过庐州（其附近有矿产，可供开采也）、凤阳及他处，而与津浦路衔接。此时若与芜湖相对之安庆，其情形仍旧。现在之长江之深度无改，则芜湖不特对国际及国内之贸易，将继续开展，而工业上亦有特殊之发展也。然欲发展铁路，一则需要金钱，二则需信用。现从何处收集巨资，更有何法可挽回信用，此实为初步之难题也。当草拟报告时，又有英、比联合借款于芜宁路（即芜湖至宁国府）之传说，若有适宜之组织及稽核，则前途必可乐观，或创始于此，他处将竞相仿效也。至于至南京之线，因有水道与之竞争，恐发展较难也。为欲促进本埠之发达起见，今年七月中，已商定将沿新租界一带地方，让与海关，此地于一八八三年即拟划与海关，交付证书，于十一月送到。此处有江岸约五百七十四英尺，岸前水深约七百英尺之谱，但此处仍须充分填高，俾极大洪水亦不致淹没。填筑修岸之工作，即将着手，但须两年后，始能建筑房屋，又须三四年之谱，始能落成也。此由卓有远见之本省首任都督柏文蔚及其极有力之辅助者海关监督李振标、潘赞化与高尚之团体，如徽州同乡会及其会长鲍庚等，共同处理，凡有关于安徽大商埠之发达者，莫不促成之。近年来，本埠之租界，经整理之结果，在长江各埠中，已可谓首屈一指（不似镇江码头之紊乱也），若兴筑完成，贸易展开时，实为居住最适之处也。道路两旁，宜多植荫蔽之树（一色或杂色均可）。又由租界至贸易中心之区域，应辟一大道，以便交通。城外一带之河岸，当加意整理，而沿河岸、江岸，亦必筑一极宽之道路也。税务司之居屋宇，十一月开工建筑，其位置于海关旁之山顶。芜湖城内亦有若干西式新建筑物，为广东籍之运出商所投机建筑者。纽约美孚煤油公司，今年已建第二大货栈于停船界外，当草拟报告时，亚细亚火油有限公司，亦设两大油塔。本埠之电灯公司，今年安设电灯之总数为四千盏，较去年增多八百盏，计街灯共有三百三十一盏。八月中，怡和轮船公司有一新趸船到此。总之，此一年间，尚称平安，仅于七月三日中夜，第五十三营突于芜湖哗变，纵火抢劫，损失甚多。此乱事旋即敉平，多数商店，亦于数日后，即行复业。安庆常小有骚扰，内地及村镇亦间或发生。本省素来之困乏，税捐之苛征，以及本省民众受军事之骚扰，而贸易仍能依旧进行，此亦可奇之事也。外交事务，素与海关监督下之邮政共同处理，现已委派驻安庆地方代表之外交局长，海关监督不复负外交责任。又为开辟租界道路等事起见，复委派一局长。本省之省防军，亦已编置整顿，人数虽减少，训练及纪律则有进步也。军队亦作如英国足球联合会之新式运动。本省会之重要官吏，除都督外，有实业司、军政司、教育司、财政司、司法司、内务司、外交局长等。十二月中，安徽众议院成立，有众议员三十人，其中二十六人为国民党籍。

二、税钞：今年所征之税钞，虽较前三年之数字略有进步，然仍为中等，较去年约多关平银四千两。其所以增加者，因有二百万罄之美国煤油直接进口，又因有大量之火车糖于此纳税也。常关四结（第四十一结至第四十四结）中，所征之税，较前五年为多。海关税务司，不复管理其他若干处之常关矣。

三、洋货：（甲）进口（直接或转运） 此项贸易之总值，为历年来最高之纪录，一因若干种洋货价格之高涨，一因若干种洋货进口量之增加也（如棉纱等）。据商人报告，棉布匹之贸易极为活跃，其中，尤以原色布、白粗布及英国斜纹布行销最畅。英国斜纹布之进口，逐年增加，其数字已为一九〇三年进口之数字之六倍矣。此等布匹，均于本埠染色制成衣服，运往内地。考本省之需此，由来已久，一八七七年即有五千二百匹进口。印度棉纱为近四年中之最多者，日本各种棉纱则为近十年中之最多者，前为鸦片贸易之商店，近多改业此矣。内地购纱，以为手工织纺品（如面巾等）之用者甚多，现各种毛织品，均以素深黑泰西缎代之。洋式衣帽等运来此者，其价约关平银四万三千两，约当去年二十倍，实为最高之纪录，此一般人趋新之结果也。帽以英国及日本货为多，约计六万顶，值关平银二万五千两。现此地之民众，对于式样，尚不注意其新旧，实为欧洲式样过时之货物，运至中国出售之良机也。当拟报告时，穿丝绸及载旧式帽者，复触目皆是，其中尤以商人为最多，此显然旧历新年中之气象，此等装束似为中国交际礼仪所应备，但亦隐然含有提倡国产之丝绸，以代替舶来品之意也。至如中国服装，适合中国式房屋之说，此亦不过指一时而言，现渐渐改穿洋式服装矣。洋式理发馆中，均陈设日本工业出产品，贸易甚盛。至居民家庭中，则常用木梳（以广东出产为最佳），以代洋式之毛刷，因其功用相同，而价则较贱也。皮革之用于中国式之鞋及靴者甚夥，俱从上海运来。但若从商店之窗前留心一览，则知此种鞋靴，尚未完全仿照洋式。阴天着靴甚宜，晴天则以着鞋为舒适，而价又较低也。本埠所做之洋式皮鞋，最为坚结，每双只需洋两元半。日本绕道上海运来之货，为棉布、斜纹布、手帕、面巾、棉纱、衣服、煤、被单、棹毯、玻璃器具及玻璃、袜、灯及灯具等、纸、香水、海菜、肥皂、糖、硫酸、裁缝用具、玩具、伞、火柴等，共值关平银一百万两，但此数字仅占进口洋货总值中九分之一。盖上述货物之价，皆甚低廉也。有若干货物，如贱价之袜，应时代之需要，供给甚多。其他之贸易，则未能称是，例如面巾自一九〇八年以后，则逐年下降。煤，除自汉口及秦皇岛运来七千二百八十二吨外，复有二万吨进口，于是不得不复行运出，惟进口皆系软煤耳。运来之火柴，值关平银二十万两。此种货物，中国若制造，亦甚易易。惟据本埠人称，现在无适当之木材可用，且日本各种火柴运费甚廉，成本极低，非待交通及森林之进步，不能挽回耳。至于布匹贸易，以上海制之市布及中国棉纱为最多，实为一纪录之进口也。庐州府之商人，今年创一工厂，采用外国机器，制出贱价之棉汗衫及衬衣等不少，殆为此类工厂之先驱者。实际上，庐州府商人用中国手工织造之棉面巾，出售于市场者，在两三年前，销路即佳。近两年来，香港糖之销场，渐有进步，较一九〇七至一九〇九年中为优，其价格每担为洋五元四角至八元五角之谱。至日本货，每担为洋六元五分至七元之谱。纽约美孚煤油公司驻华之代表亚当君，曾示余关于本埠煤油贸易之报告，兹节录之如下：进口煤油售出之总数，较去年略少，因油库中支取煤油等事全操于本埠商人之手中，公司之基址，离城甚远，为发展营业起见，不得不多设星罗棋布之代售所，故若干处油库颇多空耗，将来似无再设立之必要。据历年之经验知，每年可售出五百二十万美罃之谱，不能过多，亦不致锐减。此发展之极限，既已达到，则非至本地农业之情形有极大改变，或豆油等之价涨至与煤油相等，居民为煤油发光力强而采用时，不致有若何甚大之改变也。但有一事须注意者，即旧式木箱或铁箱之功用渐减少，大量之煤油，均有钢鼓盛之运出，因其可运回，再行灌满为用，既久又可免包捆之烦也。但用铁鼓，仍为一时权宜之计，如内地所销之油量足以建设一新式之油塔时，即可停止矣。至雇用小贩，沿街兜售之法，仍拟继续施行，因其于各方面均有利益也。本埠之油商，今年曾有一时期贸易甚佳，获利较内地代办处为多，偏僻之内地，多不通电报，商人为防止油价之突然涨落起见，每将售价提高，此亦为煤油在内地未能畅销之故。芜湖之油价，较沿江他埠为低，但其趋势亦视纽约之市场情形而完。今年有一轮船上载煤油（木箱所盛者）直接进口，因吃水太深，不能驶进目的地之汉口，大半由此转运而往。各种牌号之油，十二月三十一日中，在芜湖者为二百六十一万三千九百九十罂，在内地代售者，有一百一十二万八千三百一十五罂，共计三百七十四万二千三百五罂。

（乙）复出口　复出口者，以煤油为最多，此项煤油原因地方不靖，故从汉口运回，今年复载往该处也。

四、土货：（甲）出口（运往外洋或他处，复出口在内）　在一八七九年约有米六万担出口，当时即觉其量甚大，贸易甚盛。今年出口之米，有四百五十余万担，虽较去年增加甚巨，但以本埠贸易之情形观之，亦为中等之年耳。因南方米价较前为廉，故本埠之米商，未甚获利。屯积之米出口者，有五分之二。所运往之埠，为汕头、广州、上海、宁波、烟台；有九千六百担之米运往牛庄，以作军粮；复有同量运往天津，亦为军用；又米一千三百五十担运往镇江，为救灾之用。米中最佳之一种，非安徽之米，而为江苏省著名之麻粙米。最近在地方工业中，划一新纪元者，即为四月中成立电力制米厂，计内装有七组机器，均以电力旋动之，每日下午四点时开工，至上午六时收工。在此时间，可制米六百担。本埠虽有采用新机器之米厂（或米面合厂）半打，但其中三家皆今年成立。此六厂中，三为江苏人所设，二为安徽人所设，一为广东人所设。本省之米粮贸易，仍操于有势力商人之手中。麦之出口量，为近十年中之最小者，去年低地退水甚迟，不及种小季矣。若本省之洪水非长久状态，计每年收获之米粮中，能有一千二百万担至一千五百万担之谱出口，麦亦可有五十担至一百担之谱出口。现在之长江，亟宜加以疏浚整理，此在最初固非巨款不办。然历年之经常费（虽较前为少），亦须相当之款，至所获利益，则非上述之数字所能代表也。豆类，多从庐州府、皖北、安庆、宁国府等地运来。菜子，则未满足农人之愿望。自十月至二月中，鲜鱼（江鱼及湖鱼）之贸易甚大，或直接由本埠，或由安庆绕道本埠。关于此种贸易，尚不知其详。头发之出口，亦为本埠贸易之旁支，但须注意者，即近年剪去发辫甚多，但未增加出口也。至剪刀下之辫，常用为女人之鬏，而留作纪念品者亦多也。

（乙）进口　上海制之市布及中国棉纱，前已详之。赤糖之进口，为近十年来之最高数字。中国各种糖之贸易，极为茂盛也。

五、内地子口贸易：（甲）运入：今年发出往江苏省之高淳、溧水之凭单两张，因该两地于本省接壤，过此则非本埠分配力所及之地带矣。又发出运往湖北之凭单二张，因在六月中，有一民船载药材，自汉阳来此，通过常关，适其时，白糖之价甚廉，乃乘机收买九十一担运回也。

（乙）运出　自一九〇六年以来，曾未发出运出之凭单，在镇江则逐年有之，且安徽出口之货物，领取三联单，由此运出者，有值五十万至百万两之巨，固因此项贸易在该埠为期甚久之故，亦以其有河道之便利也。

六、贸易船只：（甲）依照普通章程者　船只之贸易，为近六年中最佳之年，不特表中增加船只，并有各航业公司不能载完其包运之货之情形。三大公司（太古、怡和、招商）运费，皆加百分之三十，日本及其他较小公司运费，则较廉百分之十或二十，盖为运输之竞争耳。口岸贸易，主要如往汕头者，有四分之三，均操于太古公司之手中，今年甚为满意。冬季时，本埠几成为运输之中心，因在九江附近，大船只于冬季航行即感困难，而本埠之人工及货船之供给，又较他九江为充分，故群趋于此也。二月中，由汉口运来豆类、药材等六万三千六百三十二包，将转运至汕头。十一月及十二月，又运到鸡蛋及芝麻四万七千六百五十包，为转运至欧州[1]者。十月中，有美国煤油约二百万罐，系从美国直接运来，由此再转运至湖北商埠。此外，今年一月中，有小轮船自汉口及长江上游运到

① “欧州”应为“欧洲”。

米、豆及豆饼等二十二万三千二百四十三包后，由此转运至外埠。二月中有十六万四千一百六十九包，亦转运至外埠。总上述情形观之，本埠对汉口之贸易，实占重要部份，此为贸易册中，所未及者。此处现又为太古轮船之上煤岸，因船只从各埠至汉口，或从汉口至各埠，置煤栈于此，较上海为优，以其可省一日之装载也。

（乙）依照内河航行章程者有小轮一只于今春因战事而沈没，又小轮四只，常征作军事运输之用。故今年小轮开行，较去年少二百七十次，吨重少五千七百四十八吨。据各公司称，今年之营业未能获利也。

七、旅客：因小轮开行次数之减少，故旅客人数亦为之低降，但此统计册中所载，亦只为旅客中一部分而已。

八、金银：今年进口之金银，为关平银二百六十八万七千三百二十二两；出口之金银，为关平银二百六十五万八千五百九十八两，金银之入超，实为数十年来所仅见。盖往年自芜湖运出之米、豆等，均于上海或镇江付价，革命后购买一切货物，均须付现金矣。九、十月中，墨西哥银圆及中国银元兑换关平银之价甚高，每元约合关平银八钱二分九厘，及至年终，仅合关平银六钱八分。英国银元前每元约合关平银一两，现落至每元合关平银六钱五分，且不常见于市场，但数年前曾为重要之货币，上游商人皆用此收买米粮也。

九、鸦片：洋药及土药　唯一进口之洋药为白皮土，自去年一千二百二十六担，降至今年一千一百八十九担，但其价则增加关平银四十一万一千五百五十一两。严格禁烟之计划，现已实行，一面禁止罂粟之栽种（闻皖北尚有少数种罂粟者），一面禁洋、土药之吸食。自十二月六日以后，即无鸦片进口，本埠所有鸦片商店，均于十一月二十七日停业，但其所屯积之货，尚未查封。至安庆禁烟之情形，报纸上已载之甚详。在现时各种工业中，其能代替中国鸦片之贸易，并为地方财富及国家税钞之源者，惟有发展烟草之种植及制备耳。

十、杂项：此处之工业教育，亦与他处同，正在继续发展之中。在本埠盛极一时之学校，为本省士绅所创办之安徽公学，今年复行开学，校舍为中式极优之建筑，现有学生二百五十六人，学程定为三年，每年之学费八十元，分两期缴纳，教授之课目为英文、数学、经济学、化学、农学、物理学、养蚕学（内包括蚕桑等等）。欲明瞭芜湖贸易之趋势，仅考察街头所安设之中国图画广告，即略可知其梗概，计美孚煤油公司、亚细亚火油公司、英美烟公司、利华肥皂公司、胜家缝纫机器公司等，均四布有广告。中国商行则皆甚小，未设有西式之街头广告也。普通之街头广告，并无图画，此以药材及书籍为最多。地方所出报纸之广告栏中，售药之广告，触目皆是也。

公历一九一三年三月二十六日芜湖关税务司亚纳柏司脱呈报

三十四　中华民国二年芜湖口华洋贸易情形论略（一九一三年）[①]

窃查本口贸易情形，本年开始数月，商务颇形发达。虽军队时怀反侧，风鹤频惊，本埠又为急进党结集重要处所，多方煽动，本城如此，全省亦然，惟是商务活泼如恒，未受何等之影响。洎乎急进党党魁宋教仁被刺于沪渎，长江下游一带政治上大生波折，商务随之减色。七月初，多数殷富之户，相率移家上海，托足租界，乃为芜湖军队叛变之先导。七月十六日，驻芜旅部军队宣布独立，反抗中央，该司令旅长龚镇鹏僭攘政权，佳兵乐祸，威胁商会代筹饷项，闻有资财者，即便勒借，并各项之虐政残民，以逞如此者。四十二日，本埠即遭此变，皖省属县同时亦有叛乱，加之官兵剿灭乱党，以致八、九两月，贸易蹂躏殆尽。不但本口如此，即内地各处与本口平时懋迁交易，亦因此停滞。俟中央大兵将莅，芜埠即于八月二十七日取销独立，本埠各帮大商及一概利于法律治安之一般人民，得以抑制匪类怙恶之观念。迨至年终，贸易情形略见复原，此外尚有他故，致令本口贸易不佳者。本口贸易之盛衰，多视米市为消长，本年因向食芜湖米之省分，其地既有乱事，米之行情有复不洽，而况皖省年岁亦属下稔，是以出口之米大为减少。本年本埠海关计簿之贸易净值，估计关平银二千二十二万三千六百四两，以上年之二千九百五十万六千二百八十九两，并前年之二千一百四十三万二千一百五十七两，互相较之，未始不相形见绌。然究其致绌之

① “安庆图书馆本”与“京华本”中《中华民国二年芜湖口华洋贸易情形论略》为同一版本，内容基本一样。

由，大半在出口米石。进口药土项下，按洋药一项，上年进口估值关平银二百八十万九千六百七两，本年禁止输入，丝毫不得进口，扣除药土价值不计外，他项洋货进口，尚稍有起色，惟土货进口，略有减少。本年非常缺雨，以致损失秋稔，而禾稻受旱尤甚。内地水道浅涸，亦逾寻常，以致冬间运输货物诸多妨碍。因银根奇紧，且政局变乱，信用全失，故本年创办较大实业厂所者，竟无其人，只有洋商小厂一所复兴开工，制造干蛋白、蛋黄，运往外洋。但此厂所制之货，时值蛋价低贱，差堪获利；倘至蛋价高昂，便不合算。将原蛋付寄上海，据云，由彼处运销美国，若于时令较冷，六星期之内，可以起岸，即作鲜蛋出售。至于芜屯铁路，本年依然阁[①]置。即公共租界，本年并未发展，界限之内，无建屋者，惟有美国圣公会小教堂一座而已。本年芜军倡乱之初，由税务司于七月十六日接管五十里内常关各口。查本年常关计簿之贸易价值，不足五百万两，此数虽比去年所记册者加多，实则大为减少。综其原因，即上文所详述之情形也。按税务司未接管之前，凡百统计之宗旨，与接管后办法不同，是以旧时常关统计表，并未能准计此等贸易价值实在之数。

一、本关税课：本年新关只征关平银四十五万一千九百七十一两，较去年之八十四万五千七百六十八两，计绌三十九万三千七百九十七两，即以前年之四十三万四千八百二十二两较之，亦只盈一万七千一百四十九两耳。然前年本埠洪水为灾，加以光复初期，以致税收短少，达于极点。究其短少之由于何种货物，一则系因洋药禁绝进口，少收二十四万八千一百五十两，余则在米石出口之减色。本年船钞少收之数，有外洋迳运进口纸烟与糖税以为抵补，得剂于平。所有入内地子口税加增，自一千九百七年以后，以本年首屈一指。常关税课，本年征关平银二十一万八千九百二十五两，其增收之多，为历届之巨擘。常关计簿之贸易，实为衰落，其税收畅

① “阁”应为“搁”。

旺，并非因贸易兴盛之故，全赖新关自七月起管理得法。

一、洋货贸易：洋货由外洋径运进口及由通商口岸运来者，去年净值计共关平银九百四十九万八千九百三十五两，本年跌至七百四十三万七千六百三十两。去年进口洋药，估值二百八十万九千六百七两，本年禁绝进口，若将洋药估值扣除不计外，其余洋货进口估值，有增无减。其所增者，径运洋货内，有白糖、车白糖，比之去年增涨倍蓰，本年共进口九万七千七百九十九担，内有七万二千六百七十八担由香港径运，二万五千一百二十一担由日本径运，并有由英国运来之纸卷烟，由通商他口运来之洋货，内有棉布类数种、五金类、肥皂与糖。其洋糖市价平允，涨落无大参差，年终存货一万四千担，较平常为多。所有减少之货，原布、英美两国粗斜纹布、日本自来火、日本煤。查日本煤销场之淡，实因土煤遂层推挤之故。本年煤油进口数目，较诸去年不相上下，所有照常推广之希望，则未能如愿，其故有四：内河水道，异常浅涸，转运为艰，一也；政界俶扰，销场阻滞，二也：上海银圆涨落极巨，三也；皖北数部，向由芜湖购办煤油者，近自开办津浦铁路以来，即赴金陵购运，四也。其煤油价值，即随欧美市价向上，此等贸易，一俟各项情形回复如常，定能卜其发达。运法改用散舱，甚为迅速。本年初次由美国径运散舱煤油入美孚行新建油池，此池能储煤油五千吨。该行旧有油池，只贮煤油三百吨。本年内亚细亚公司初次建筑油池两所，每所可贮煤油五百吨。

洋货复出口，以美国煤油十九万三千二百罉为大宗，其余甚微。此煤油大都运赴九江，系于江流趋浅，海船不能上驶之时。

一、土货贸易：土货出口运往外洋及通商口岸（连复出口在内），径运外洋之土货，为数最少。芜湖土货出口，以米为大宗，本年出口之数一落千丈，为二百四十七万三千八百三十五担，较上年出口之四百五十六万二千一百九十五担，将近退缩一半，即前年之二百六十六万五千一百五十一担，尚未能企及。此种大落之原因，上文亦已略陈梗概，不第因缺雨过久，收成歉薄，且因产米之地与销米之地交有乱事，而懋迁一层，隐受损失者，比比皆是。更有进者，广东一省，为销皖米最多之主顾，每因暹逻及安南运来之米，价值低贱，互相争竞，又以该省官颁纸币之跌价，以致重遭亏损。查本年完税出口之米，运往烟台者二十万八担，运往九江者十四万九千九百四十四担，运往上海者五十四万五千三十四担，运往宁波者二十九万七千一百二十四担，运往汕头者七十二万八千十四担，运往广州者三十二万五千四百八十担。免税出口之米，共计二十一万三千四百六十担，内有军用米十一万四千八百担运往牛庄与天津者，赈米九万八千六百六十担运往温州者。本年米市平均价值，上米每百斤值关平银二两六钱四分三厘，次米每百斤值二两三钱六分五厘，下米每百斤值二两一钱三分一厘。此外，出口土货之减少者，为花生、茶、生牛皮、水牛皮等。所有出口大增者，小麦、菜子、菜饼及芜湖机器面粉。其出口略增者，豆类与烟叶。但所增者，不过稍资减少之弥补耳。

土货进口本年净值，较上年减少，所减之数，在土糖、靛与烟叶为占多数，惟棉布类、煤、石膏与桐油之输入，稍有进步。

一、内地税则：洋货运入内地，其数仍然逐渐加增，系以棉布类、煤油及糖较多。所有机器厂仿照之土货，领有运单运入内地亦如是，多系棉布类、土洋烛、纸张等物。

土货出内地　无。

一、船只：遵照本关总章行驶者，因本年出口米石所短甚巨，直达通商他口之船，大为减少，惟江船吨数增长相抵，有多无减，是以船只进口、出口只数、吨数，较上年稍大。本年招商局新添二千三百二十一吨之江轮一艘，名为“江华”。本年扰乱之时，该公司轮船，与[①]前年光复之初，一例暂行停驶。本年江轮装载货物之多，

① “与”字应为“于”字。

较往年为最，常有供不应求之概[①]。冬令长江上游航行维艰，来往汉口之货，仍照曩时办法，在芜换轮。本年初次有煤油舱船一艘，由美国径运煤油来芜，遵照内港行轮章程行驶者，本年吨数并无加减。

一、旅客：本年来往，姑不具论。

一、金银：本年出口之数，比之进口，多一百五十万。历年出浮于进，独去年统年金银进口略多于出口。当光复之时，本埠小钱庄之歇业者，内有四家，本年二月复行开张。本埠统年银市不洽，有钱庄数家因之倒闭，现银缺乏，本埠扰乱之时，每鹰洋或龙洋，涨至关平银七钱五分一六六，惟至年终始跌至六钱四分八五。铜元价值，七月分，每洋可换一百二十八枚；十二月分，可换至一百三十九枚；本年十二月杪，中国银行预备在本埠开设支行。

一、药土：本省自本年颁发禁令，洋药一概不准输入，无论何种药土，绝无报关进口者。本年内，吸烟者遏绝甚力，私运者防杜极严也。

一、杂论：本年雨水为历年所至少，计共得雨五百三十六小时，三十三寸四十二分。至于江水之情形，不异于常，本埠于四月三日下午六点三十七分，地震甚烈。美国医生赫怀仁于本年四月十四日去世，本埠居民皆以为失一重要人物。伊本美以美医院监督，多年本关医员医术极精，中外人士咸加敬爱焉。

中华民国三年五月二十五日芜湖关税务司赫美玲呈报

税务司赫美玲译汉

帮办顾恩瀚撰述

① “概”字应为“慨”字。

三十五　中华民国三年芜湖口华洋贸易情形论略（一九一四年）[①]

窃查去年下半年，全省政治扰乱，人心浮动。本年开始时期，依然受此影响，叛军龚镇鹏党羽，仍出力煽动驻扎要塞军队，并在安庆陈家桥组织起事，谋陷省垣。恰于紧要之际，三月间，倪将军卫队不肯附和，便就破获造意犯，悉正典刑。皖北区域多山之县分，白狼窜入，几于任意蹂躏。此剿彼炽，宛若长山之蛇，异常灵活，所部匪团，自高山压地而下，连陷城镇，匪徒散匿山隘要口，狙劫行旅，又虐待西教士。有天主堂法国教士奚凤鸣，在六安州地方，于一月二十三日被戕，城厢内外劫掠一空。白狼突来东南，至是而止。自此时起，官军会师雕剿，白狼原期联络长江伏莽，受此阻遏，折而回窜，扰及西北诸省，驯至扑灭。地方如此不靖，本年起首数月，商务大致仍剂于平。迨狼祸肃清，本省治安回复，商务颇有希望，不意希望未能实现，皖省江北又患旱魃[②]，米、麦、豆、菽大减收成。欧洲列强失和，金融奇紧，居民购物力量亦大退缩。综以上情形，合而压抑商务不能发展。本年本埠海关计簿之贸易净值，只估计关平银二千二百五十三万四千一两，上年估值二千二十二万三千六百四两，前年估值二千九百五十八万六千二百八十九两[③]，而前年估值数内，约三百万

① “安庆图书馆本”与“京华本”中《中华民国三年芜湖口华洋贸易情形论略》为同一版本，内容基本一样。

② 旱魃：传说中引起旱灾的怪物。

③ “芜湖复印本”抄本《中华民国三年芜湖口华洋贸易情形论略（1914）》和“京华本”中《中华民国三年芜湖口华洋贸易情形论略》均载“前年估值二千九百五十万六千二百八十九两”，与“安庆图书馆本”载“前年估值二千九百五十八万六千二百八十九两”不一致，少“八万”。

两系进口洋药估值，近两年内，并无何项洋药报由海关进口。可见本年估值比之上年，尚见增多，其故有四：一、以有多种货物本关列入统计表，所估价银较往年为增；二、煤油进口数大增；三、中国机器布类贸易甚盛（因欧战而受益，惟此一项）；四、菜子收成属上中年分。其余贸易多门，有形退色者，亦有未能增加者。所有轮运出洋之货，景象更见如斯，轮运食米出口，溯自前清光绪二十二年以来十六年间未有少于本年者。本口贸易最有兴味之点，以常关行政制度非常发展常关所短民船，除行运来往内地货物外，亦以轮运进口之货分俵内地，又以内地土货自各处运来，供给轮运出口。本年本埠常关计薄当地之贸易净值，将近关平银八百万两，去年计五百万两。所有装载民船，经过本口之货物，照章均在本口完税，大概净值约估一千八百万两，不在上项当地贸易数内。厥数如此之增，其原因在严密取缔民船，查验货物亦弥加认真，并非贸易加增。上论海关贸易所受之影响，致平平无起色。常关贸易，连枝同气，亦未尝不蒙影响。贸易已能如此，设时局平靖恢复原状，常关贸易且可增进。本年本埠公共租界，依然不见发展。本年交通部接收芜屯铁路为国有，连同资产及债负一并收受，并将安省筑路计画并入宁湘铁路计画之内，拟自南京起点，干路直趋宁国府，出徽州，历南昌，达萍乡，另于本口、宁国府之间筑一枝路，业于本年三月三十一日，与中英公司订立合同。本口商场深恐本埠大受影响，尽力运动，期改此路干线仍过本口，迄今尚未决定，该路亦未开工。

一、本关税课：本年海关征收关平银四十八万五千五百八十六两，较之去年，多收三万三千六百十五两，所多[①]税银系进口、出口税，项下收数，强半为上半年所征。查除香港、日本运来之糖及美国煤油在芜完纳进口税外，其余运芜各项洋货，大都在沪完纳进口税。此项在沪完纳之税，每年有关平银二十万两之多。入内地子口税，少有减收。皖省江北输入洋货，向由本埠转运。本年开始遭白

① 此“多”字在“芜湖复印本”抄本中作“收”字。

狼之劫，下半年复收成歉薄，以致人民购物力欿[①]然退缩，洋货入内地贸易，遂受顿挫。去年征收常税关平银二十一万八千九百二十五两，已属空前之多。本年常税乃增收至四十二万九千七百六十二两，溢数极巨。去年常关归海关兼管，不足半年。度本年既全年由海关兼管办法具征，功效逐渐加紧。

一、洋货贸易：洋货由外洋径运进口及由通商口岸运来者，本年共值计关平银八百二十六万二千七百十七两，较去年数目多八十二万五千八十七两。由外洋径运之洋货，其数寔形加增，内美国煤油及糖所增较多。惟所有通商口岸运来之洋货，价值稍增，因有多种货物，本关列入统计表。所估货价加增之故，并非实在进口货数加多，止有数种货物须特别提出者。各种煤油，去年进口四百八十六万五千一百十二罍，本年增至六百九十六万八千四百十一罍，其内四百八十三万二千七百四罍，系自美国运来者，惟销售之数，大概仍与去年相平，本年底所存之数，非常之巨。美国粗布，从前在上海、香港、潮州染色，故本处买客嫌其价昂。本年有六家将此项布匹运至本口，即在芜地染色，售价可以较廉，所以进口为之大增，前年一百八十四，去年一百四十四，本年一万一千九百八十四。日本棉纱，去年输入一万五千六百二十二担，本年增至二万四千三百六十七担，似系顶出印度棉纱之故。印度棉纱，由去年三万四千三百八担，本年减至二万六千三百八十九担。纸烟输入之数，加增四分之一，惟销售之数，却未畅旺，受欧战影响甚大。因欧洲战事之故，有数种洋货价值加增颇巨。以糖一项而论，增值百分之六十，去年各项糖进口总数，为空前之多，有二十五万六千担，本年略减，有二十四万三千担，实在销售之数，与去年无甚差池[②]，年底所存之货，较寻常为少，本年底估计五千担，去年底估计一万四千担。由香港输入之白糖、车白糖，本年九万四千三百十八担，去

①欿（kan）：忧愁，不得意。

②差池：差错。也作差迟。

年七万二千六百七十八担，又有增加，遂令赤糖本年六万二千五百二十担，去年七万八千四百三十二担，并日本车白糖本年一万三千七百三十二担，去年二万五千一百二十一担，在市场受挤，遽形退缩。日本车白糖，与香港车白糖不易竞争。日本伞实，不及中国伞之耐久合用，华人因日伞之轻便，故争购之，前年进口五万八千四百四十八柄，去年七万五千六百九十四柄，本年十三万二千三百五十八柄。

洋货复出口，姑不具论。

一、土货贸易：土货出口运往外洋及通商口岸（连复出口在内），径运外洋之土货，仍然为数甚少。运往中国各地之土货，去年已属不旺，本年大致比去年尤形减色。皖北旱魃为灾，以致能运出之农产品，厥数不多，多县寻常输出之数极巨，本年反而运入，以赡饔飧[①]。所最受影响者，为小麦、豆子、花生、火麻、烟叶、米六种。本年皖南之米，原属中稔，报由海关出口之数，上文已云，前清光绪二十二年以来，为空前之少，比之去年二百四十七万三千八百三十五担之数，犹短二十万担。此其原因复杂，其内有因欧洲开战之后，银根极紧，又因西贡米竞争之故。查暹罗、西贡运米至广州，其运费并厘税，每百斤共计洋四角一分，由本口运米至广州，每百斤共计运费曹平银二钱八分，一切厘税七钱，共计九钱八分。在广州购西贡米，每百斤价值，常较购本口米，约贱四角五分至八角五分不等。西贡年岁丰收，必影响于本口之米，致令在广州受挤，而由芜运往中国他埠。惟闻在皖丰稔之年，比之西贡为米。本年所有轮运出口完税之米，二十一万六千八百五十担赴广州，一百十七万八千五百八十二担赴潮州，八万七千八百六十七担赴烟台，七十六万六千一百四十五担赴上海（转运宁波等口之数在内）。输运出口免税之米，共有二万一千九百六十五担，内有一万二千九百七十八担军用赴鄂，八千九百

① 饔飧：饔（yōng），早饭；飧（sūn）晚饭。

八十七担赈济赴浙江。报由海关轮运出口米之减少，其最要原因，皖省江北一带，平日尚有米输出，今值年岁荒歉，江苏地方亦际恶岁，两处需求食米，接济民食，为数不少，又均属近处，有以内地只能用民船装运者，有为省费图便以民船装运者，民船之米，归常关管理，向无切实统计数目。本年始将所运米数，确实考核，计本年装民船由本口运出者，六万六千一百八十九担赴皖省江北，二百六十四万担下江往江苏。本口周围运入本埠之米，共三百二十万担，此数不全登常关统计表，其原因不烦详述。凡由轮船或民船运出之米，其所指运之地，每岁运销多寡，变动无常，其故因各该地年岁有丰有歉，歉则求多供多，丰则求少供少。本年米市平均价值，比之去年约多二钱，上米每百斤值关平银二两八钱九分七厘，次米每百斤值二两六钱，下米每百斤值二两三钱二分八厘。出口贸易，内有差强人意者，菜子出口为空前之旺数，本年二十九万二百四十八担，上年为六万七千六百十五担。此等菜子多本口附近出产，年成甚好，大多数经由上海转运日本。禽毛、牲皮均系运往欧洲销售之品，因列强战事发生，业此者大受亏折，价值跌落，仅值平时半数。鸡、鸭等毛出口之数，本年不过一万三千五百十一担，去年二万七千九百十五担，生牛皮本年二千八百九十四担，去年七千九百五十二担。

一、土货进口：第一主要为中国仿造之棉货，大有加增。上海粗布，前年进口八千六百六十匹，去年进口一万二千九百七十三匹，本年加至二万五千六十九匹。上海棉纱进口，前年二万五千一百八十二担，去年二万七千二百十一担，本年加至五万九千一百四担。因欧洲发生战事，外国棉货价涨，遂尔扶助中国棉货之发达。煤斤进口数仍加增，前年进口七千二百八十二吨，去年一万二千五百十四吨，本年加至一万九千一百四十九吨。此其原因，一以来往内地小火轮之增加，一以当地木柴贵之故，从前洋一元可买木柴六百斤，现在洋一元只能买三百斤，民间炊爨，多有用煤代柴者。

一、内地税则：洋货运入内地，本年头一班运往皖北之子口贸易，颇受白狼零星小股邀劫商旅及军队剿匪行动之影响，迨后即已回复原状。英国粗布、印度棉纱因欧战之故，价值大增，需求棉货者，相率购买中国所制之棉货，本年其价估值近乎加倍，至一百四十一万六千三百九十一两，因在上海完税，故进口货数虽多，并不膨涨本关之税银。别项货物子口贸易，大致稍形减色，惟中国所制棉货，既已多增，海关贸易统计表又将数种货物价值加增提估，以致子口贸易总价，仍至关平银五百三十万三千九百四十六两，去年则只有关平银四百十一万七千七百七两。向来洋货运往长江六处，内之安庆、大通之子口单，专由本关发给，本年江海关初次亦发给此项子口单。

土货出内地　无。

一、船只：遵照本关总章行驶者船只进口、出口吨数，为六百五十六万一千一百二十六吨，比之去年之数略多。其故因太古公司又增一船，名曰“武昌”。该轮载重一千九百七十五吨，与平常船式不同，并无装载西人客舱。因轮运米业贸易停滞，直赴中国各海口之船甚少，与去年仿佛。自汉口来之土货在本口换船者，于春初一、二两月内甚多，迨至冬季，因水不甚落，故无在本口换轮者。遵照内港行轮章程行驶者，本年吨数加增。

一、旅客：姑不具论。

一、金银：历年出浮于进，本年亦复如斯，出口估值关平银三百三万三千八十四两，进口之数只估值五十三万七千一百九两。本年有两处参照西法办事之银行开设在芜，一于一月一日开幕，为中国银行支行，系官性质；一于九月二十五日开幕，为交通银行支行，系半官性质。此外，钱庄共有二十家，内有三家存备金较多，交易尚大，其余资本均小。岁首数月，汇银至沪，汇价如常，嗣以曹平银买规元价值渐增，八、九、十月间，为规元[①]价格最高时期，后又渐见平复。本口银元市价，随本口曹平银市价及上海银元市价之涨落为涨落。制钱逐渐不见通行，系被铜元所驱斥，仅作铜元之零数。每铜元一枚，面铸作制钱十文，制钱既如此之少，以致有店铺代发竹筹，为购物不满一铜元者之找数，此项竹筹只发出之店收用，他店并不通行。牌示钱价，仍以制钱计数。本年钱价，每芜曹平银一两，少则兑二千四十文，即铜元二百四枚，多则兑二千一百七十六文，即铜元二百十七枚。

一、药土：因本省实行禁令，洋药、土药一概无报关进口者。

一、杂论：本年堪记之事无多。十一月接任驻芜英国领事奥泰蔚君后任之德为门君，在镇江任时已染寒热之症，至芜履任后，病即剧发，竟于十二月二十六日逝世。凡素识德君者，同深惋惜。其寿之夭，对于德为门君夫人之哀恸情状，无不为之恻然。本年寒度最低时正月间，在法伦特表十九度；最高时，七月间，一百一度。本年雨水平平，计共得雨六百九十小时半，五十寸七十五分。江水情形，极为平稳。以上报告，颇蒙本关二等帮办毕洛君之辅助，合并声明。

中华民国四年六月五日芜湖关税务司赫美玲呈报

税务司赫美玲译汉

帮办顾恩瀚撰述

① 规元，也称豆规银、九八规元，为近代上海通用之银两计算单位。“在银两制度的情况下，由于各种秤的分量不一致，分为库平、关平、漕平、市平等，记帐单位是规元等，行使的却主要是银元、银角、铜元”（《新华月报》1955年第3期）。

附　录

附录一：“安庆图书馆本”版式

封面

内容例一

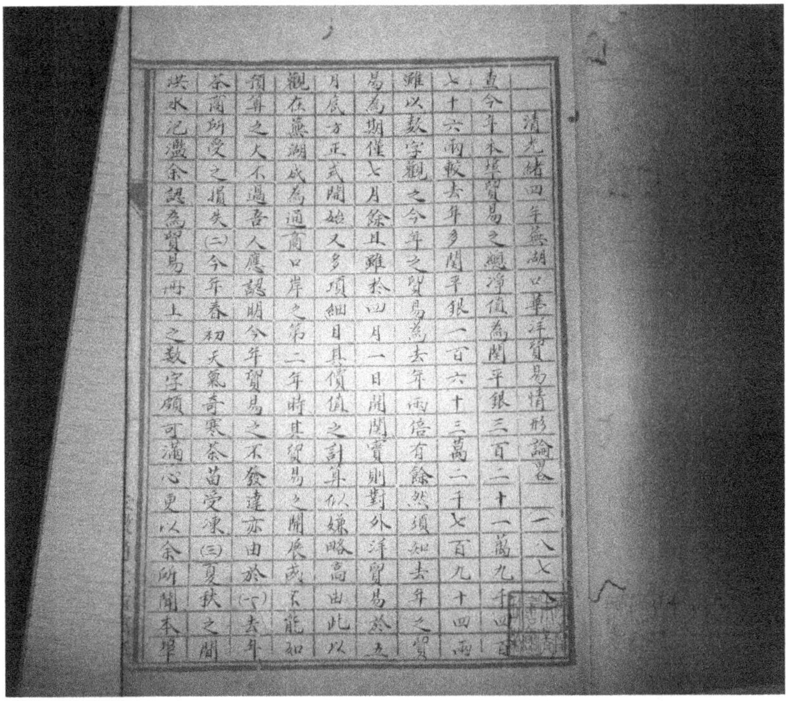

清光緒四年蕪湖口華洋貿易情形論略　一八七八
查今年本埠貿易之總淨值為關平銀三百二十一萬九千四百
七十六兩較去年多關平銀一百六十三萬二千七百九十四兩
雖以數字觀之今年之貿易為去年兩倍有餘然須知去年之貿
易為期僅七月餘且雖於四月一日開關實則對外洋貿易於五
月底方正式開始又多項細目具值之計算似嫌略高由此以
觀在蕪湖成為通商口岸之第二年時其貿易之開展或不能如
預算之大不過吾人應認明今年貿易之不發達亦由於(一)去年
茶商所受之損失(二)今年春初天氣奇寒茶苗受凍(三)夏秋之間
洪水氾濫余認為貿易冊上之數字頗可滿心更以余所聞本埠

内容例二

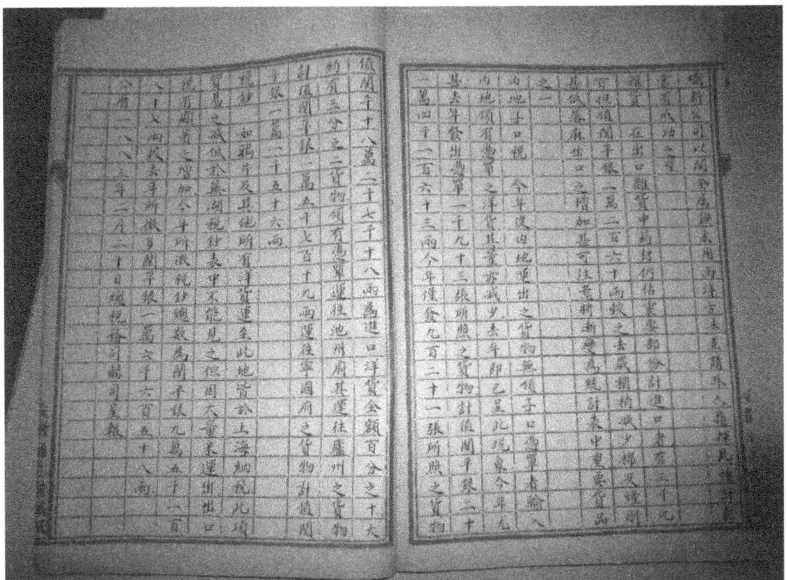

附录图二："安徽省图书馆抄本"版式

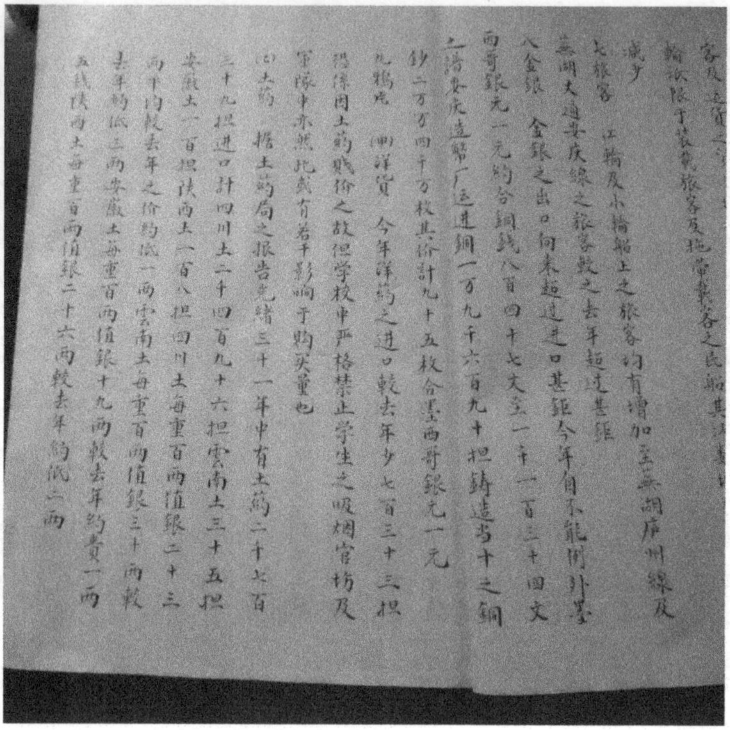
客及运貨之……
輪亦限于装载旅客及拖帶装各之民船其……
減少
七旅客　江輪及小輪船上之旅客均有增加至蕪湖庐州線及
蕪湖大通安庆線之旅客較之去年短过甚鉅
八金銀　金銀之出口向來超过进口甚鉅今年自不能例外墨
西哥銀元一元約合铜钱八百四十七文至一千一百三十四文
之譜安庆造幣厂运进铜一万九千六百九十担铸造当十之铜
钞二万万四千万枚其价計九十五枚合墨西哥銀元一元
九鴉片　(四)洋貨　今年洋药之进口較去年少七百三十三担
揭係因土药贱价之故但学校中严格禁止学生之吸烟官坊及
军隊中亦無托成有若干影响于购买量也
(口)土药　据土药局之报告光绪三十一年中有土药二十七百
三十九担进口計四川土二十四百九十六担雲南土三十五担
安徽土一百担陕西土一百八担四川土每重百两值银二十三
两平均較去年之价約低一两雲南土每重百两值银三十两較
去年約低三两安徽土每重百两值银十九两較去年約贵一两
五钱陕西土每重百两值银二十六两較去年约低二两

附录图三："芜湖复印本"版式

内容例一

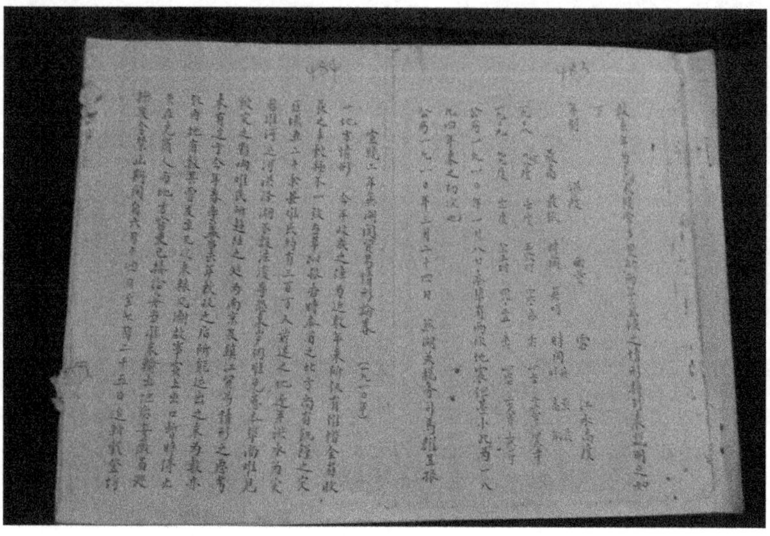

内容例二

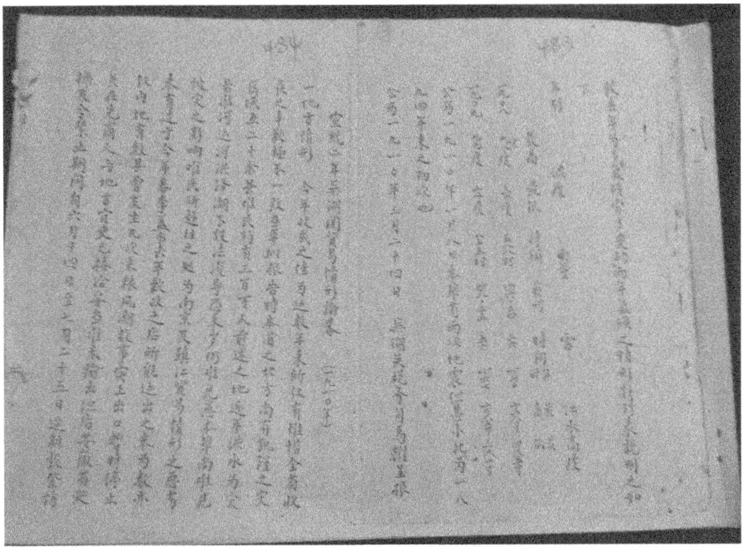

后 记

《芜湖关华洋贸易情形论略》是研究清末民初芜湖及皖江地区历史的重要资料，也是研究中国近现代史的重要资料，涉及政治、经济、文化、社会等各方面内容，很珍贵。其在《通商各关华洋贸易总册》有保存，但是安徽师范大学图书馆没有此书，只有《宣统三年通商各关华洋贸易论略》一册。由中国第二历史档案馆和中国海关总署办公厅汇编的《中国旧海关史料（1859—1948）》（京华出版社2001年版）包含了一部分《芜湖关华洋贸易情形论略》，但是安徽师范大学图书馆也没有此书。笔者在芜湖市地方志办公室资料室发现《芜湖关华洋贸易情形论略》17册，包含了从光绪四年（1878）到民国三年（1914）各年英译汉《芜湖关华洋贸易情形论略》，其缺陷是中间缺光绪二十三年（1897）和光绪二十四年（1898）两个报告，并民国三年（1914）以后就没有了。笔者为了查阅、补齐《芜湖关华洋贸易情形论略》，到安徽省图书馆查阅三次，到安庆市图书馆查阅一次，到南京图书馆查阅三次。在查阅过程中，发现芜湖市地方志办公室、安徽省图书馆、安庆市图书馆收藏的《芜湖关华洋贸易情形论略》，内容一样，只是版式不同，与南京图书馆藏的“京华本”不同。所以，感觉有必要把芜湖市地方志办公室、安徽省图书馆和安庆市图书馆收藏的《芜湖关华洋贸易情形论略》整理出版，以与“京华本”比较使用。但是，在安徽省图书馆和安庆市图书馆均未发现光绪二十三年（1897）和光绪二十四年（1898）两个报告，也未发现并民国三年（1914）以后报告。因为辗转查阅，并多方寻找光绪二十三年（1897）和光绪二十四年（1898）两个报告及民国三年（1914）以后报告，所以该书迟迟没有完成校注。经过多方寻找和查阅，决定把芜湖市地方志办公室资料室、安徽省图书馆、安庆市图书馆收藏的同一内容的《芜湖关华洋贸易情形论略》整理出版，关于光绪二十三年（1897）和光绪二十四年（1898）两个报告，只能空缺，截止日期也只能到民国三年（1914）。

本书在查阅和校注过程中，得到家人和学生的协助。妻子曹厚如协助我在安庆市图书馆和南京图书馆拍照资料，并打印了一部分资料。我的学生陈海群、刘博、马琼、李猛、张翀、张勇超、张媛、李兰兰、尤敏等协助打字或核对资料。感谢他们的辛苦劳动！此书也是本人2012年国家社科项目（批准号12BZS066）的中期成果之一。其出版也得到了安徽师范大学历史与社会学院资助，在此致谢。

由于本人水平有限，书中不足之处敬请读者批评指正。

沈世培

2015年11月16日